走过传统

——网络古言小说与明清小说的不完全观察

胡 晴 著

燕山大学出版社
·秦皇岛·

图书在版编目（CIP）数据

走过传统：网络古言小说与明清小说的不完全观察 / 胡晴著. —秦皇岛：燕山大学出版社，2021.3

ISBN 978-7-5761-0191-1

Ⅰ.①走… Ⅱ.①胡… Ⅲ.①古典小说－小说研究－中国－明清时代 ②网络文学－小说研究－中国－当代 Ⅳ.①I207.4

中国版本图书馆CIP数据核字（2021）第092929号

走过传统——网络古言小说与明清小说的不完全观察

胡 晴 著

出 版 人：	陈 玉
责任编辑：	朱红波
策划编辑：	朱红波
封面设计：	方志强
出版发行：	燕山大学出版社
地 址：	河北省秦皇岛市河北大街西段438号
邮政编码：	066004
电 话：	0335-8387555
印 刷：	英格拉姆印刷(固安)有限公司
经 销：	全国新华书店

开 本：700mm×1000mm 1/16		印 张：15.5	字 数：218千字
版 次：2021年3月第1版		印 次：2021年3月第1次印刷	
书 号：ISBN 978-7-5761-0191-1			
定 价：62.00元			

版权所有 侵权必究

如发生印刷、装订质量问题，读者可与出版社联系调换

联系电话：0335-8387718

序

当胡晴告诉我她正在写一本研究网络古言小说的书,并希望我给她的书写序时,我对什么是"网络古言小说"几乎是一无所知。在日新月异的新媒体发展时代,我们这一代人真是太落后了。

为了给胡晴的书写序,我"临阵磨枪",做了一点"调查研究",才知道网络小说早就成为热门话题,早就是年轻人关注的热点,不仅有"名作""名作者",更有着一批热情的追随者。我发现不管你喜欢还是不喜欢网络小说,网络小说都以不可阻挡的趋势涌来了。据说,现在喜欢网络小说的读者群很庞大,几乎包括了各个阶层。我有一位老朋友是著名的民营企业家,前几年就曾听他说过伴随着他休闲时间和睡觉的,就是网络小说。而最近的"调查研究"结果更令我吃惊,包括我的博士研究生和一些学术界的朋友,他们竟都是网络小说的热情读者,甚至是"评论者""研究者",他们之中不乏教授、研究员、副教授、副研究员等专业人员。如此说来,胡晴写了一本研究网络小说的专著,就没有什么奇怪的了。我原先的吃惊、不解,倒显得我孤陋寡闻。

我们这个时代变化得太快了,网络时代的到来,给人类开辟了新空间、新领域,对当代人的生活、生存都产生了重大的影响,尤其是对人们的阅读习惯产生了很大的影响。网络小说的出现,正是伴随着现代人的快节奏生活而诞生的,既有商业的因素,又有着现代人的生活需要和审美需要的因素。总之,这是一个不能忽视的文化存在,我们必须面对它。

那么，我们今天如何面对和正确地认识、评价网络小说呢？我以为胡晴的研究是一个很有价值的探索。胡晴的研究主要探讨网络古言小说这种在网络新媒介兴起的通俗流行文学样式内核中的传统因素，将之与明清小说对标，进行互看对读，以期从这个角度汇通古今之变。很显然，胡晴的研究更注重网络古言小说研究的学术性，这当然与她的学术背景有着直接关系，她对中国古代小说尤其是《红楼梦》有着比较深入的研究，其探讨的视角和目标，无疑是很有意义的。

胡晴的研究不是从理论到理论，而是采用从具体的小说文本入手，无论是明清小说还是网络文学，从中生发想法，提炼观点，进行自己理解范围内的规律性的探讨，希望能通过古今对比，既见出古今之变，又收获时代之思。何谓"不完全观察"？据她说，这是因为一方面在考察的类型上，囿于自己的爱好和倾向，局限于考察网络古言。而网络文学的受众还是以女性读者为主，网络古言小说也不是单一的爱情小说，从题材分仙侠、玄幻、公案、宅斗、宫斗等，从时空线可分穿越、重生、系统、无限流等，因此她的研究是"不完全观察"。另一方面，她认为对网络古言与明清小说关联性的考察是实验性的，可能并没有做到面面俱到。我认为这是很实在的想法，是比较严谨治学的一种表现。

本书从主题阐释、人物塑造、叙事技巧、时空架构、传承线索五个方面展开，充分尊重网络古言小说的主体地位，通过大量深入文本内部的阅读分析，结合明清小说相关内容和理论，有的放矢地得出结论，认为网络古言小说继承了大量中国传统文学尤其是明清小说的素材和技巧，中国式审美在网络文学作品中大放异彩，并且在对传统的吸收、借鉴、反思与颠覆中，展现了当下年轻一代的独特思考，兼顾了传统意识与当下的需求。

本书从这个角度去审视网络古言小说，希望能让传统文学的读者和评论家放下成见，以更宽容和发展的眼光看待这一新兴文类，并重视其价值，充分加以引导。关注中国优秀传统文化在当下的继承与发展，以网络文学为研究对象，紧扣时代脉搏，从学理的角度，在传统与流行之间架起桥梁，这是非常值得进行的学术探索。

网络小说既然是时代的产物，就必然要接受时代的检验，而它能否在日新月异的新媒体时代生存发展，关键还在于它的本身是否遵循了文学创作的基本要求和规律。无论是叙述特点、结构、语言、文笔，还是网络小说关注的内容，都必须适应时代发展的需求，而不能一味迎合当下普遍存在的低俗倾向，成为一种无聊的消费文化、快餐文化。概而言之，网络小说在形式上虽然是简单地适应人们快节奏生活的需求，但不能忽略文学创作的基本要求，如语言的生动、文笔的流畅、结构的巧妙等；而在内容上则应体现出当代价值，就是你的故事、人物塑造是有当代意义的，与当代人的生活密切相关。网络小说不是仅仅满足人们的"快餐"，更应是人们在快节奏生活中不可或缺的营养加餐。而如像胡晴研究的目标那样，打通当代网络小说与明清优秀小说的内在联系，从明清优秀小说中汲取深厚的文化营养，这将对提升网络古言小说的创作是很有帮助的。

是为序！

张庆善

2021 年 2 月 3 日于北京惠新北里

前言

唐诗宋词元曲明清小说，一代有一代之文学，虽然这只是一个简单的进化论的描述，却说出了中国传统文学历史发展的基本事实。小说是明清时期的代表文学样式，四大名著是中国小说的高峰，甚至延及当代依然无法逾越。明清小说是风行一时的通俗文学，网络小说则是当下具有现象级影响的通俗文学，在我看来，它们在各自的时代之所以能够流行，主要是直面读者，通过读者的判断和选择决定作品的成败优劣。而将中国传统小说与当下的网络小说进行互相观照，从"通俗"入手，进行专题研究，则是一个新鲜而有趣的尝试。

网络小说的不期而至，打破了我们一贯对文学疆界的划定，甚至需要对文学性进行重新定义。网络小说以互联网为传播媒介，进入门槛、传播速度、作者与读者的关系等，都与传统纸媒文学有极大不同，而且，网络文学专注于娱乐性不承载太多的价值追求，也与传统的"文以载道"相去甚远。但有趣的是，网络小说也有其继承传统、呼应现实的一面。有人说"网络小说是中国传统小说的当代表达，中国式审美在网络文学作品中反映得更为明显"。确实是这样，从选材主题到结构语言，再到内在审美追求，网络小说中有太多中国传统文化尤其是明清小说的影子。而网络小说中所诉说的，往往又是当下人们最关心最具有切身体会的问题，让当下读者得以充分代入共情，所以"不像一些人以为的，网络文学就是'快餐文学'，看过一遍以后就不会再看了"，有一些网络文学作品会被读者反复阅读，在他们眼里，这些作品已接近经典。博尔赫斯在《论经典》中说:"所谓经典著作,指的是一个国家,或几个国家,在一段很长的时间决定阅读的一本书,仿佛在这本书的书页之中,一切都是深思熟虑的、天定的,并且是深刻的,简直就如宇宙那样博大,并且一切都可以引出无止境的解释。"从这点来看,网络小说也许离经典还有很长的路要走,但是至少,现在浩如烟海的大量网络小说作品与传统文脉相连,又寄托了现实之思,其中蕴含着经典化的可能。所以,无论如何都不应把网络小说排斥于文学之外,它应该在文学史中拥有一席之地,也是值得以认真的态度去深入研讨的对象。

网络古言小说中充满了对中国古代传统文学作品尤其是明清小说的模拟、戏仿和反动。我们不禁要深究,其中包含着怎样的叙述策略,而在这样的文本现象背后,其创作机制和生存之道又是怎样的。本书就以网络古言小说为主要研究对象,与传统小说主要是明清小说进行互看,兼及中国传统小说理论和相关西方文论的涉入。相较于纯理论,我更喜欢具体的作品,也更愿意进入作品内部,因此,本书采用的方式是从具体的小说文本入手,无论是明清小说还是网络小说,都进行了认真而细致的阅读,充分尊重自己的研究对象,在文本细读的基础上,生发想法,提炼观点,结合网络文学独特的时代气质,进行自己能力范围内的规律性的探讨,希望能通过古今对比,既见出古今之变,又收获时代之思。

之所以说这本书是"不完全观察",一方面在考察的类型方面,笔者囿于自己的爱好和倾向,局限于以考察网络古言小说为主,当然我们也应该注意到,虽然网络古言小说的受众以女性读者为主,但网络古言小说也不是单一的爱情小说,从题材可分仙侠、玄幻、公案、宅斗、宫斗等,从时空线可分穿越、重生、系统、无限流等,所以,这也是一个相当丰富且具有代表性的品类。再有一个方面,则是对网络古言与明清小说关联性的考察是初步的具有实验性的,可能并没有做到面面俱到。因此,本书是对于这方面问题的初步研究，最开始以文本细读分析等基础性工作为主，而后有一些规律性的摸索和思考，而且，带有作者自己对传统与当代的思考，既有不同时代类型化写作手段的勾连，也有经典与非经典文本的互文性讨论，还有对于大众文化现象的思考。传统的存在并不是作为不可逾越的高山，遮蔽了后来者的光芒，也不是作为因袭的模板，阻断了想象力的源泉。传统是我们血肉中存在的生生不息的精魂，可以变化，拥抱新变，绵延不绝。作为传统文学研究者，面对扑面而来充满鲜活生命力的网络文学，我自认为充分放开怀抱，以一个参与者的身份，亲历着，在场着，进入文本内部，力求与大众保持一致的站位，去理解，去欣赏。而我的结论是开放的，我看到明清小说与网络古言的形似，也看到它们底里的分野，在判断相似是传承还是偶合的同时，也希望在对它们不断加深了解的过程中，拓展和修正自己的观点。

当下，网络文学的影响已经不止于文学界，而早已是一个重要的社会现象，现在各种对于网络文学的批评都在建构中，可谓"众声喧哗"，我不揣浅陋，因着对网络文学的浓厚兴趣冒昧加入，寻着我熟悉的明清小说研究的路径，走进一个充满生机的新领域，希望从文学的演进中，由过去看向现在和未来，由传统经典走向当代非经典，找到桥梁，打开一条道路。"世上本没有路，走的人多了也就成了路"，我，在路上。

目 录

第一章 主题论

第一节 爱情：明清言情与网络古言的对读 ………………………… 001
一、明清言情与网络言情 ……………………………………………… 001
二、明清言情的爱情模式 ……………………………………………… 004
三、网络言情的爱情至上 ……………………………………………… 010
四、结论 ………………………………………………………………… 016

第二节 成长：《红楼梦》与《知否知否，应是绿肥红瘦》《花开春暖》的女主之路 …………………………………………………………… 018
一、网络仿作与《红楼梦》的对看 …………………………………… 019
二、林黛玉、盛明兰、李小暖三位女主人公人物设定的似与不似 … 022
三、女性成长的古今困境 ……………………………………………… 031

第三节 亲情与伦理：以《新唐遗玉》《庶女攻略》为例 …………… 035
一、小说主人公的"孤儿"身份 ……………………………………… 036
二、异世界的家庭秩序 ………………………………………………… 038
三、最终的归宿——温情与团圆 ……………………………………… 044

第四节 复仇：以《琅琊榜》为例 …………………………………… 047
一、牺牲自我的复仇 …………………………………………………… 048
二、复仇与宽恕并重 …………………………………………………… 051

三、快意恩仇，出江湖入庙堂……………………………………054

四、忠义千秋，家国情怀……………………………………………057

附：石以砥焉，化钝为利——评《冰刃之上》…………………060

第二章　人物谈

第一节　从"白莲花"到大女主：不断演进的类型……………066

一、醒目直接的人物设定………………………………………067

二、鲜明的价值输出……………………………………………071

三、程式化的人物设置…………………………………………074

四、不断演进的类型……………………………………………076

第二节　成为最好的自己：层层深入的代入感…………………078

一、代入的现实方向……………………………………………078

二、自我塑造……………………………………………………083

三、满足期待……………………………………………………085

第三节　典型宅斗大女主：以《九重紫》中的窦昭为例………088

一、重生改变不了一切…………………………………………089

二、不是圣母也不是怨妇………………………………………091

三、爱情，也是必须拥有的……………………………………095

附：煮一壶生死悲欢祭少年郎——由《魔道祖师》到《陈情令》……098

第三章　叙事面

第一节　网络古言小说的章回体建构……………………………110

一、回目考察……………………………………………………111

二、叙事段落与套路模式………………………………………116

三、个案分析：《云鬓凤钗》…………………………………118

第二节 主角光环下的时空 ············ 120
- 一、明清小说经典之作的兴衰循环 ············ 120
- 二、网络古言小说中不完整的循环 ············ 122
- 三、随着人物旋转的时空 ············ 125
- 四、余论 ············ 129

第三节 网络古言小说的视角变化 ············ 131
- 一、传统小说的视角 ············ 131
- 二、古言的视角 ············ 133
- 三、人物声音的反思性进入 ············ 139
- 四、限知视角带来的悬念 ············ 141

第四节 虚拟框架中的真实感受 ············ 144
- 一、虚拟真实带来临场感 ············ 145
- 二、奇情化俗套中的吸引 ············ 149
- 三、互动引起的全民狂欢 ············ 150

第四章 时空结

第一节 穿越重生：前世今生的来往 ············ 155
- 一、走上人生巅峰 ············ 157
- 二、弥补自身遗憾 ············ 162
- 三、追求现世安稳 ············ 165
- 四、结论 ············ 167

第二节 架空的世界：摆脱束缚与复制历史 ············ 169
- 一、挣脱束缚 ············ 170
- 二、复制历史与现实 ············ 175

第三节 平行时空：以《二哈和他的白猫师尊》为例 ············ 179

一、时空结构的逻辑自足 ················· 180
　　二、神魔人鬼的世界想象 ················· 184
　　三、余论 ··························· 189

第五章　传承线

第一节　仿作——《红楼梦》网络仿作 ············ 192
　　一、《红楼梦》早期续书与仿作 ············· 193
　　二、网络小说中的《红楼梦》仿作状况 ·········· 195
　　三、网络小说中《红楼梦》仿作呈现的特点 ········ 202
　　四、余论 ··························· 207

第二节　同人——各种古代小说同人 ············· 207
　　一、关于古代题材网络同人小说的基本情况 ········ 208
　　二、续书、翻新小说和网络同人 ············· 211

第三节　破局之路——走过传统 ··············· 217
　　一、选择主题，汲取素材 ················· 224
　　二、写人化物，结构故事 ················· 226
　　三、走过传统，塑造自我 ················· 228

后记 ································ 232

第一章 主 题 论

第一节 爱情：明清言情与网络古言的对读

爱情是古今中外文学作品中一个经久不衰的主题，从"兼葭苍苍，白露为霜"到"恐美人之迟暮"，从"此恨绵绵无绝期"到"红酥手，黄縢酒"，从简·爱到斯佳丽，从杜丽娘到林黛玉，感人的深情、动人的故事、迷人的形象一直层出不穷，一再唱叹。而就小说文体而言，明清言情小说与当下的网络古言小说都以言情，即描写爱情为主题，虽然这两个时代的言情小说目前来看，都没有为读者呈现经典作品，却跨越时光的阻隔而文脉相连，以通俗文学特有的魅力吸引着红尘俗世的读者，以爱情之名诉说了各自时代不同的声音。

一、明清言情与网络言情

所谓明清言情小说，是明代奇书《金瓶梅》之后产生的一大批小说，或称"才子佳人小说"，内容上以描写男女爱情为主，脱胎于《金瓶梅》却笔墨洁净，在一个时期内，盛极一时，甚至还被译成外文，远播海外，比如《好逑传》《玉娇梨》《平山冷燕》《金云翘传》等都有译本，"传统的神魔小说、历史演义都无法与之争雄角胜"[1]。明清言情数量甚夥，笔者选取了《明清言情小说

---

[1] 冯其庸《明清言情小说大观·序》，殷国光、叶君远主编《明清言情小说大观（上）》，华夏出版社 1993 年版。

大观》作为素材库,以 22 部具有代表性的明清言情作品[①]为研究对象。

至于当下的网络言情小说,则是以网络小说中的女频小说为主。从最初痞子蔡发表的《第一次的亲密接触》为肇端,开启了网络言情的元年,之后经历了初期的酝酿彷徨,随着资本的注入,阅读网站商业化运作日渐成熟[②]。2007 年前后,网络言情也迎来了繁荣期,题材趋向多元化,衍生出校园言情、穿越言情、幻想言情等不同的子类,各种衍生产品如实体书、影视作品、音频作品更助长了其流行势头,而在一片纷繁变幻中,爱情是网络言情小说尤其是古言小说不变的主题,因此始终保有一批固定拥趸,以年轻女性为主。

虽然明清言情与网络言情时间相隔久远,但二者之间具有明显的传承关系,而且其产生的背景,受到的评价与社会影响也颇多相似。首先,无论是明清言情还是网络言情小说,都以爱情描写为核心,虽然经过了几百年光阴的洗礼,明清言情开创的才子佳人式恋爱模式,依然是言情小说中最为固定的内核,虽然几经变体而万变不离其宗。我们看到,言情小说形成了一定的模式或套路,从而呈现出人物与故事的类型化或同质化特色。明清言情大体依循着"才子佳人相见欢,私订终身后花园,落难公子中状元,奉旨完婚大团圆"的公式,甚至被嘲为"千人一面,千部一腔"。这样的公式代入网络言情,则是旧瓶新酒毫无违和,依然是各种一见钟情、两小无猜,依然是小人拨乱、误会阻隔,最终是历尽波折、终成眷属。其次,二者的诞生背景有相似之处,二者都在经济文化繁荣发展的时期应运而生,具有一定的组织性和

---

① 22 部明清言情作品分别为《好逑传》《吴江雪》《生花梦》《梦中缘》《英云梦传》《五美缘全传》《金云翘传》《玉娇梨》《合浦珠》《情梦柝》《巧联珠》《醒名花》《蝴蝶媒》《终须梦》《驻春园小史》《平山冷燕》《飞花艳想》《凤凰池》《听月楼》《风月鉴》《梅兰佳话》《雪月梅》。

② 2003 年起点中文网实施了在线收费阅读的新模式,后来发展为 VIP 收费阅读模式,成为文学网站实现商业化运营的里程碑事件。2004 年起点中文网被盛大集团收购,开启了资本注入的时代。

目标读者。明清言情是资本主义经济萌芽、市民文化逐步成形之后的产物,深受社会思潮的影响,力图打破封建陈腐道德枷锁的框架,以摹写男女爱情作为自我意识觉醒的一种表达。明清言情小说的创作虽然不能称为有组织的自觉行为,不过可以看到,小说作者多沉沦下寮,郁郁不得志,大部分是江南人,小说的出版地和修订者在江南,小说主人公的主要活动地在江南,小说中有大量的江南风俗场景描绘[①]。作者群体互相鼓吹,志趣相投,经历相似,因言情小说的写作而形成了类似文化沙龙的团体。当代网络言情小说则产生于新媒体飞速发展之下,互联网和移动端的快速发展使大众的阅读习惯发生着变革性的改变,催生了青年一代独树一帜的阅读需求和表达欲望。因为互联网和文学阅读网站的出现和迅速发展,使得发表和阅读言情小说都变得比纸媒时代更加便捷容易,不少文学青年投身网络文学写作,描写身边熟悉的人事物,表达自己的爱情观念和理想,而网站在商业化运作下也以利益为驱动,引导促成了网络言情的繁荣,吸引大量年轻女性读者在言情文字中缓解生活压力,编织成人童话。最后,二者都属于通俗读物,因单一的主题、模式化的故事和扁平的人物,其文学水平历来不受重视,甚至多受贬抑。除了《红楼梦》作者曹雪芹曾多次在作品中提出才子佳人模式的固有问题外,现代研究大家鲁迅、胡适等对明清言情小说也都评价不高,尤其反感其大团圆式结局,认为是"瞒和骗",是"说谎的文学","那些书的文章也没有一部好,而在外国却有名"[②]。由此,学术界对明清言情的文学价值几乎一面倒地贬抑,这种情况直到20世纪80年代才有所好转。但这又并不影响其在广大读者中受到追捧的现实,"这类小说发轫于明代末年,直到清代乾隆之后,才逐渐衰落……它们风行了一个多世纪,成为中国小说史上创作时间相对集中、作品

[①] 苏建新《中国才子佳人小说演变史》,社会科学文学出版社2006年版,第226~227页,转引自魏崇新《试论才子佳人小说的创作动机》,《人文丛刊》2013年第八辑。

[②] 鲁迅《中国小说的历史的变迁》,人民文学出版社1957年版,第344页。

众多、声势颇大的一个流派"①。网络言情也面对着社会评价与发展规模的不相称,现当代文学研究者提起网络言情大多看重其社会价值,而迟疑于其文学属性。而就以当前最具影响力的女频言情阅读网站晋江文学城来看,其中共有言情小说 177 万本以上,之下又分古代言情、都市青春、幻想现言、古代穿越等 10 余个子类,成绩好的言情作品点击量都超过千万,其规模与影响力可见一斑。

总而言之,正因为明清言情与网络言情都是以小说文体而专注于摹写爱情,又具有上述诸多传承关联和相似性,隔着时空互相呼应,将双方进行互相观照成为可能且具有意味的话题。笔者并不讳言言情小说的诸多问题,却也认为应该承认其作为文学史中重要现象的存在价值,并有必要对前后关联的两代言情小说进行汇通性考察,尤其是其中作为核心内容的爱情主题。

二、明清言情的爱情模式

虽然从产生到发展、繁荣的一个多世纪时间里,明清言情小说也有过各种调整和变化,但总体来讲还是具有较为一致的审美取向和模式偏好。

(一)男才女貌、两情相悦的固定搭配

美貌无疑是男女两情相悦的重要条件,明清言情小说没有跳出俊男美女的套路,"信乎天生才子必配佳人,钟灵毓秀,天之所以成全美人也"②。《好逑传》中铁中玉"生得丰姿俊秀,就像一个美人",水冰心"生得双眉春柳,一貌秋花,柔弱轻盈"③;《英云梦传》的王云"才高八斗,学富五车",吴梦云

---

① 殷国光、叶君远《明清言情小说大观·前言》,殷国光、叶君远《明清言情小说大观(上)》,华夏出版社 1993 年版。

② 寄生氏《五美缘全传·序》,殷国光、叶君远主编《明清言情小说大观(上)》,华夏出版社 1993 年版,第 633 页。

③ 名教中人编次《好逑传》,殷国光、叶君远主编《明清言情小说大观(上)》,华夏出版社 1993 年版,第 4、18 页。

"生得真正倾国倾城之貌"①;《巧联珠》中的闻秀才"眉目清秀",芳芸"姿容非常,真是绝色佳人"②。如此种种,不一而足。

在美貌之外,才华也是必须具备的,这也是明清言情中女主人公不同于前代之处,尤其强调了女子并非一味以容貌悦人的被动附庸,而是追求闺阁女子个性才华的有限度张扬。《平山冷燕》写才子才女成就姻缘,两位才女不但文采不凡,聪敏过人,巾帼不让须眉,且忠君爱国,恪守仁恕,是儒家伦理的完美化身。天花藏主人在《平山冷燕》序中发论痛惜天下有才之人"天赋人以性,虽贤愚不一,而忠孝节义莫不皆备,独才情则有得有不得焉……致使岩谷幽花,自开自落;贫穷高士,独往独来。揆之天地生才之意,古今爱才之心,岂不悖哉!"③从这番爱才惜才的言论中,可以看到作者以才子自况的自怜意味,同时更感受到明清之际才女崇拜的社会氛围④。明清之际,女子学习文化的权利得到了一定的发展,以文才闻名于世的闺阁女子颇多,成一时风尚。胡文楷的《历代妇女著作考》是对历代妇女作品收集较为完备的一部著作,"笼群娥于笔下,撷众香于几上,一卷在手,彤史可备",共著录妇女著作4000余家,分20卷,而清代独占15卷。胡文楷在《自序》中亦强调"清代妇人之集,超轶前代,数逾三千",清代女子文学之盛可见一斑。而其中闺阁才女之作更大盛于前,类似《国朝闺阁诗钞》《清代闺秀诗钞》这样收录闺阁女子作品的合集和作品专集都颇不少。更重要的是,一批出类拔萃的闺阁才女给中国文坛留下了清新的一笔,"妇学而至清代,可谓盛极,才媛

---

① 震泽九容楼主人松云氏撰《英云梦传》,殷国光、叶君远主编《明清言情小说大观(上)》,华夏出版社1993年版,第438、446页。
② 烟霞逸士编次《巧联珠》,殷国光、叶君远主编《明清言情小说大观(中)》,华夏出版社1993年版,第476、480页。
③ 天花藏主人《平山冷燕·序》,殷国光、叶君远主编《明清言情小说大观(下)》,华夏出版社1993年版,第3页。
④ 雷勇《明末清初的才女崇拜与才子佳人小说的创作》,《明清小说研究》1994年第1期。

淑女，骈萼连珠，自古妇女作家之众，无有逾于此时者矣"①。这股风气，也在才子佳人小说中继续蔓延。

我们看到，才色兼备是才子佳人的基本条件，《玉娇梨》中白红玉择婿的标准就是"不论富贵，只要人物风流，才学出众"。才色之中，才似乎更重一层，如《平山冷燕》中所云"人只患无才耳，若果有才，任是丑陋，定有一种风流，断断不是一村愚面目"。

而在才色两个条件之上，还有一层即是情，有情是才色兼备的才子佳人们成就姻缘的至关重要的条件。《玉娇梨》中苏友白宣称："有才无色，算不得佳人；有色无才，算不得佳人；即有才有色，而与我苏友白无一段脉脉相关之情，亦算不得我苏友白的佳人。"烟霞散人在《凤凰池》中借人物之口道出："大凡佳人必配才子，才子既难逢，佳人岂复易得？才子不可无佳人之貌，佳人不可无才子之才，有才子佳人之才与貌矣，又不可无佳人才子之情，合拢来方可谓之真正才子、真正佳人。"②

由此可以明确，才貌是对才子佳人自身外在、内在条件的要求，而在此基础上必须有内在的情，才能够成就一段风流佳话。正如烟水散人《合浦珠》自序云："必其一往情深，隔千里而神合；百忧难挫，阻异域而相思。……盖世不患无倾国倾城而患无有才有情，惟深于情，故奇于遇。……世之君子，须信风流之种不绝，芳韵之事足传……"③

（二）故事元素的模式化和趋同性

才子佳人小说已经形成了固定的故事模式，多半是才子游历或遇难，得

---

① 胡晴《〈红楼梦〉才女群像：清代才女文化的文学化阐释》，《红楼梦学刊》2013年第四辑。
② 烟霞散人撰《凤凰池》，殷国光、叶君远主编《明清言情小说大观（下）》，华夏出版社1993年版，第254页。
③ 烟水散人编次《合浦珠·序》，殷国光、叶君远主编《明清言情小说大观（中）》，华夏出版社1993年版，第274～275页。

遇佳人成就美好姻缘，其间又有小人拨乱制造波折，"多情才子是一副刚肠侠骨，持正无私，几个佳人，作一处守经行权，冰霜节操，其间又美恶相形，妍蚩有别，以见心术之不可不端，……"①。因此，言情作品之间具有雷同感，写作上存在着因袭模仿的风气，历来被诟病，如谭正璧所说："才子无一非状元，佳人无一非淑女，千篇一律，读之生厌。"②"才子佳人小说在结构上呈单体式，是典型的线性结构，故事背景被抽象化，情节则务求曲折奇巧，更因为情节框架的陈陈相因，千篇一律，以致形成了'私订终身后花园，多情公子中状元，奉旨完婚大团圆'的情节公式。"③

具体到表达爱情的方式也充满程式化，最为常见的就是诗词传情。以诗词作为择偶标准，是唐传奇以来的传统，如《游仙窟》《莺莺传》《步飞烟》等都有出现。明清言情中，几乎每部作品的才子佳人都是锦心绣口，必定要以诗词相调，互证心声。如《玉娇梨》中，苏友白凭一首《新柳诗》而爱上白红玉，并与之以诗私订终身；《平山冷燕》中平如衡与冷绛雪因先后在庙中题诗而结缘；《飞花艳想》中也是柳友梅恰巧和了雪太守、梅兵备所出诗题，且诗句风流清新俊逸，因此得了雪梅二位小姐青眼。除此之外，还有姻缘天定、因物结缘等常见套路，如《蝴蝶缘》是因蝴蝶而起的姻缘故事，《生花梦》写姻缘天定、不谐而终谐，《终须梦》则是指腹为婚。

另外，笔者注意到，明清言情小说中的这些貌似大胆的爱情故事，最终往往还是在礼教框架之内，是才子们具有浪漫主义情怀的爱情冒险而往往并不逾矩。比如《好逑传》的男女主人公说话隔帘，恪守礼义，二人仿佛更重视行侠仗义而非儿女私情。《巧联珠》开宗明义宣称，"人生于情，有情而后

---

① 蕙水安阳酒民著《情梦柝》，殷国光、叶君远主编《明清言情小说大观（中）》，华夏出版社1993年版，第383～384页。
② 谭正璧《中国文学进化史》，光明书局1929年版，第172页。
③ 杜志军《〈红楼梦〉与狭邪小说的兴起》，《红楼梦学刊》1999年第二辑。

有觉知，有情而后有伦纪也"，承认情，又将情纳入了伦纪笼罩之下。而每部言情小说必有的奉旨成亲结局，更是以皇权作为压倒一切的最高意旨，为才子佳人的爱情打上合法性标签。

这些套路，其中有种种理想化不切实际的问题，静恬主人在《金石缘序》中就指出："如《情梦柝》《玉楼春》《玉娇梨》《平山冷燕》诸小说脍炙人口，由来已久，谁知其中破绽甚多，难以枚举，试即一二言之。堂堂男子，乔扮女妆，卖人作婢，天下有是理乎？韶龄闺媛诗篇字法，压倒朝臣，天下又有是理乎？且当朝宰辅，方正名卿，为女择配，不由正道，将闺中诗词索人倡和，成何体统？此皆理之所必无，宁为情之所宜有？"[1]可即便如此，才子佳人的恋爱套路却一直风行了一个多世纪，可见这种故事固有的审美模式是符合当时读者欣赏心理的。

（三）男性视角下的美满

明清言情的作者都为男性，即使书写男女情爱也偏向男性视角，更多地满足男性读者的阅读心理。人生美满的状态，对于男性是科场、情场双得意，是"洞房花烛夜，金榜题名时"，因此，在明清言情中，对于爱情美满的追求最终就归结为终成眷属的大团圆结局。

男性的爱情理想是与佳人在互相欣赏的基础上自由恋爱，并在功成名就之际退隐山水之间，尽享林下快活，所以明清言情的结局大多是奉旨成婚、急流勇退。当然，这理想中也难免落入当时社会通行的滥俗，比如左拥右抱的齐人之福。言情小说往往是一男得数女的模式，而且众女子竟然能够婚前互相约定，婚后感情和睦，同心侍奉丈夫。这是一夫多妻制度的展现，也是典型的男性视角产物，至于小说中的妻妾和谐且地位相对平等，更多的是一种对现实的美化。

---

[1] 静恬主人《金石缘·序》，《金石缘》，北京师范大学出版社1993年版，第1页。

明清言情中的女性角色在追求才子的问题上往往没有太多的纠结痛苦，都坦诚正视内心情感，勇于追求心目中的爱情，以"嫁得人间才子妇"为最终圆满。这不仅是女主角的个人爱情追求，更是一种女性自我觉醒的表现。但令人感到遗憾的是，女性角色的进步是有局限性的。佳人们往往带有浓郁的理想化色彩，是男性对理想女性形象的描绘，无一例外的貌美多才贤惠不妒，性格较为单一而显得面目模糊。

从作者的创作动机出发，才子佳人的大团圆模式，首先是一种自娱，进而娱人。男性所追求的无非是事业有成爱情美满，但在现实生活中，士人往往既仕途淹蹇，又佳偶难觅，承受双重的不得志，而愈是如此，一代代文人对此愈发向往，长久的集体性的心理压抑，进而产生了在小说中获得释放的心理需求。因此，言情小说作者直言借言情以浇胸中块垒，"太史公云：《诗》三百，大抵圣贤发愤之所作也。经传且然，何况稗官野史？作此书者，想其胸中别有许多经济，勃不可遏，定要发泄出来"。而且众多作者对于作小说抱有游戏心态，秉持着以小说为小道的传统观念，"自有文字以来，著书不一。四书五经，文之正络也。稗官野史，文之支流也。四书五经，如人间家常茶饭，可用，不可缺；稗官野史，如世上山海珍馐，爽口，亦不可少"。言情小说多梦中结缘、姻缘天定之说，小说中的爱情出于作者想象和观念的居多，曲折离奇的情节、荡气回肠的故事、浪漫的大团圆结局使人感到轻松愉悦，既能逃避现实的问题，也抚慰了在现实中挫折的内心。当然，才子佳人的浪漫也很符合市民阶层的口味，其中的实用主义和功利主义意味也颇为明显，进一步促成了才子佳人爱情模式的广为流行。

总的来说，明清时期的言情小说，虽然深受《金瓶梅》影响，但反对猥亵艳情，旨在"一洗淫污之气，使世知风流有真，非一妄男女所得浪称也"。言情是其主旨，间或有世情风俗也并不是主流，描摹世情并非言情小说承担的历史职责，其后的《醒世姻缘传》《红楼梦》等才把"描摹世情，见其炎凉"的旨趣推向高峰。而言情小说的浅易通俗或许注定了其流行而难登大雅的命运。"借叙事以抒情，借小说创作以抒发心中的苦闷与追求，是才子佳人小说作者的主要创作动机。"①模式化与作者的审美追求和人生执着有很大关系，形成了言情小说固有的套路，并在相当长时间大受欢迎，这既是作者自我疗愈的过程，也是读者满足幻想的过程。

三、网络言情的爱情至上

网络言情小说的近源应来自港台言情，以琼瑶的纯情系言情和之后席绢的冰激凌文学最具代表性和影响力。琼瑶具有个人特色的模式化爱情小说充满理想主义的爱情执着，建立起独有的"爱情百科全书"；席绢开启了都市轻言情之路，而《穿越时空的爱恋》又可称为穿越小说的开山之作。之后言情之风在网络逐渐兴起，肇端就是前文提到的痞子蔡的《第一次的亲密接触》②。大陆的网络言情小说20世纪末起步，并逐渐摆脱港台影响，形成自己的特色和规模，更多见出中国传统言情的底色。当下，网络言情小说影响力巨大，在起点、晋江、潇湘等阅读网站中，言情都是必不可少的主力军。大多数网络言情小说推崇爱情至上，某位网络小说作家的专栏介绍就是"天真永不消逝，浪漫至死方休"，从中我们可以看到当下言情的一种态度。

（一）从传统而来的言情因子

网络言情小说，虽然曾经受港台言情影响，但逐渐进入长篇阶段后，褪去了港台文学风格，更多地展现自己的特色，其中的传统言情底色也在日见明显地显示出来。其中最明显的当然是对传统爱情素材的撷取，这一点在网络古言中体现得最为明显。从传统诗词的意境风格到历史事件，都被拿来进行具有现代性的阐释，用当下年轻人的观念和语言进行再呈现，既承袭了经

---

① 魏崇新《试论才子佳人小说的创作动机》，《人文丛刊》2013年第八辑。
② 有人认为中国网络文学源头是罗森的《风姿物语》，但这显然不是一部言情作品。

典的悲欢遇合的精髓，又变化得通俗易懂，这也是众多古言作品能够打动当下读者内心的原因。比如《知否知否，应是绿肥红瘦》（以下简称《知否》）这部小说的名字来自李清照的词，词句中透着慵懒舒适的气质，寄托了作者美好的理想，希望女性在生活严苛的压制下，能够通过自己的奋斗拥有幸福家宅。清代作家刘璋有言情之作《凤凰池》，晋江文学城也有同名小说，都取凤凰池曾为禁苑中书省所在地，意指掌机要，接近皇帝。而以历史爱情故事为素材的网文更是不胜枚举，比如桐华的小说很多都有明确的历史背景和人物原型：《曾许诺》上溯到战神蚩尤的年代，讲述远古的爱情；《大漠谣》讲霍去病的故事；《云中歌》背景还在汉朝，写的是汉昭帝刘弗陵的一段故事。还有其他作者的小说，如《未央·沉浮》写的是汉宫美人故事，《凤囚凰》是借用了南朝山阴公主刘楚玉的轶事，《不负如来不负卿》编织了鸠摩罗什的爱情故事，这些小说或基本遵照史料，或架空反转，依靠传统素材的力量支撑起故事。

当然，除了明显的撷取素材外，更值得探讨的传承还在才子佳人模式在网文中的呈现。通观近十几年的网络言情作品，其中的基本模式还没脱离几个基本要素：俊男美女，情有独钟，横生枝节，大团圆结局。这种套路与明清言情一脉相承，只是增加了各种各样的新鲜元素。《梦回大清》《步步惊心》《独步天下》都是经典的清穿小说，其中的穿越元素为小说的叙事建构打开了广阔的天地，穿越而来的女性角色历经坎坷，其间穿插的历史故事波澜起伏、曲折动人，男女主人公都拥有令人一眼万年的高颜值，女主集万千宠爱于一身，独得众多优秀皇子的爱慕，只不过女主角因为穿越而具有了现代观念，显得更加独立自主，而男性角色变成了位高权重的皇子王爷。其他的网络言情亦大多如此，在多变的故事层面之下，是同质化的爱情模式，比如《你和我的倾城时光》是职场故事，女主是白领丽人，男主是霸道总裁，两个人不打不相识，在职场合作中来来去去，情投意合，终成眷属；八月长安的《你好，旧时光》等系列小说则是讲述了青梅竹马在成长中互相懂得，纯纯的初恋情怀；《三生三世，十里桃花》的故事把背景拉到了仙气飘飘的四海八荒，讲述了与天齐寿的神仙跨越三生三世、痴心不改的执着爱情；《微微一笑很倾城》写的是大学校园中男神与女神的相遇相爱，带着独特的轻快单纯的调子，在校园题材中还加入了电竞元素，很具有时代感。

我们看到，无论故事的外壳如何变化，爱情模式没有本质的改变，依然没有脱离男才女貌、两情相悦的基本框架，而男女之间的"有情"更是被不断强调与放大，一往情深是不变的主调，"纵有夭夭桃花十里，取一朵放心上足矣"，"我不害怕危险，我害怕没有你的世界"，"纵是情深，奈何缘浅，但，不悔相思"，美好的爱情宣言一遍遍申说着对于情的执着。男女主人公能够排除各种误会、摒弃金钱权势诱惑甚至跨越时空最终走到一起，都是因为爱情，爱情的力量超越一切。再有就是，对大团圆结局的执着坚持，女主们所面对的矛盾冲突激烈而难堪，让她们不得不抛弃单纯懵懂，尽快去适应去生存，尤其在婚姻爱情上更加需要理智冷静的衡量，但无论经过怎样不堪的过程，作者都会给小说一个 Happy Ending，即使女主无一例外地收获知心爱人与圆满人生并非那么合情合理的安排，也还是会给女主这样一个充满希望的结局。

（二）对才子佳人模式的消解

当然，在爱情高于一切的前提之下，网络言情的类型在逐步增多，也出现了对于才子佳人固有模式的反动。最常见的策略就是改变女主人公的条件，越来越多女主走出了明清佳人才貌双全、贤惠大度的框架，不再完美无缺、无可挑剔，有着这样那样的缺点，甚至平凡普通如身边的你我。比如，《杉杉来吃》是典型的都市言情，以职场为背景，讲述的是一个霸道总裁爱上"我"的故事，清新脱俗的点在于女主角既无上乘容貌，也不精明能干，只是个软糯迷糊还爱吃的小职员；至于《何以笙箫默》则是女追男的校园感情，因为误会分手又破镜重圆的故事。相对于优秀的男主，女主角除了家境之外各方面都较为平凡，而且有着深深的自卑执拗；《花千骨》在玄幻的框架之下，描述了师生禁忌之恋，女主虽为女娲转世却一直被认为命格异数，厄运缠身，出生时满城鲜花尽数凋零，与高高在上的男主人公长留上仙白子画有云泥之别。

还有的女性角色才貌出色却性格强势，能够与男子相匹敌，完全背离了佳人柔顺的特质，也就是时下古言风行一时的大女主。于是，我们看到了独立自强的庶女、身手不凡的女特工、操纵男人于股掌的女强人、武力值碾压的女将军，等等。比如，《锦桐》是个弃妇重生弥补前世遗憾的故事，女主重归依然狼狈合离，以妇人的身份运筹帷幄翻云覆雨，守护了现世安稳，也收获了势均力敌的爱情；《有翡》写了少女周匪升级打怪闯荡江湖成为一代名刀的故事，男女主角之间没有矫情得死去活来的情情爱爱，却在江湖风波中一步步情深义重。读者会随着女主的逐渐成长而历遍江湖风雨，快意恩仇，"终有一天，你会跨过静谧无声的洗墨江，离开群山怀抱的旧桃源，来到无边阴霾的夜空之下。你会目睹无数不可攀爬之山相继倾覆，不可逾越之海干涸成田，你要记得，你的命运悬在刀尖上，而刀尖须得永远向前"。而《知否》《庶女攻略》《平凡的清穿日子》《花开春暖》这类古言小说，虽然主打种田，调子舒缓，内容日常，但其中女性都是宅斗好手，生存能力极强，尤其女主都是生活中的智者，靠一己之力为自己谋得良配，一片岁月静好。更有甚者，有些网文的女主越来越具有男性气质，男女的设置上出现错位，比如强调女主总攻气质，干脆让男人穿越到女主身体里的《太子妃升职记》，再比如《将军在上》中男女主完全错位，女主帅气英武，武力值爆表，男主身娇体弱，貌美如花[1]。

这些消解才子佳人爱情神话的方式，是在保持爱情合理内核的基础上进行的，男女主双方还保留着两情相悦的根本点，而且以改变女主的人物设定

---

[1] 还有完全消解了女性角色，但继续消费爱情的所谓"纯爱"小说即耽美文，限于篇幅，本书不作讨论，仅讨论普通网络言情作品。

为主，男主的模式则较为稳定缺少变化，还是外貌才华兼备，且拥有不菲的身家与权势。

（三）性别视角的改变

如前文所说，明清言情是男性作者写爱情，从男性视角描绘理想，而网络言情小说则是以女性作者居多，读者群体也基本以女性为主，简言之，网络言情大多是典型的女频小说。由作者写作视角和读者期待视野的改变，带来了明清言情与网络言情在故事主线、爱情期待和理想形象描绘上的多重差异，从中更多可见出网络言情对当下女性情感困境的反映。

首先，明清言情代入了作者自己的个人情绪和人生感受，以才子的经历为故事主线，其中也会融入社会现实、神怪灵异等各种素材。而网络言情大多采用女主视角，故事以女主的经历为主线，爱情是其中主要的内容，但也不一定是唯一的内容，波澜起伏的历史事件、波诡云谲的朝堂风波、气势磅礴的沙场点兵、瞬息万变的商场厮杀都可以加入其中。大部分的网络言情小说篇幅都较长，而女主出场时年龄尚幼小，如明兰出场是个六岁小萝莉，余周周也是上幼儿园爱幻想的小姑娘，作者先要耐心细致地描摹女主怎样生活学习，适应社会，接受父母长辈的教导，一点一滴成长，让读者伴随着女主一起去经历。

其次，如果说古代一夫多妻制给了明清言情男主人公角色齐人之福的美梦，那么忠贞不渝则是当代女性对爱情最强烈的期待，这一点在网络言情中得到了充分而强烈的体现。男女双方情有独钟情深不移是最基本的要求，无论世事如何变幻，男女主人公之间的爱情是不可动摇的，"如果世界上有那个人出现过，其他人都是将就，我不愿将就"。即使网络古言的社会背景还是一夫多妻制，但男女主莫不遵守了"一生一世一双人"的规则，只要女主出现，男主的眼中就再容不下第二人，这是一种理想状态的表现，而且在网络言情中一再复现，表现了女性读者对专一爱情的憧憬和渴望。

再有，如果说明清言情中的女性角色存在符号化、类型化的特点，投射出的是当时男性对理想女性的普遍期待，那么网络言情中则换成男性角色承担这样的任务。男主人设缺少变化，无一例外的金光闪闪高富帅，在校园是学长校草，在职场是霸总上司，在古代则是皇子世子小公爷。他们能力才华无人能及，性格坚韧沉稳，对爱情忠诚执着，对女主情深不悔，对各色诱惑都不假辞色。另外，小说中还会有炮灰备胎男二、男三，这些男性角色或是"白月光"或是青梅竹马，无论身份如何，都是一般无二的完美温暖，心甘情愿为女主付出，最终牺牲自己的一切默默送上祝福。这种各色男性形象的对立设置，比如青梅竹马的暖男与浪子回头的霸总的并峙完全是女性心中理想形象的投射，是一种补偿性的安排，具象化了现实中的求而不得。

网络言情的代入感很强，不只是作者代入了自己的感受和情绪，更主要的是读者尤其是女性读者会投入一场白日梦，将自己想象成女主角。因此，女性在现实生活中的情感领悟在其中也得到了深入反映，最鲜明的表现就是在爱情上的保守被动。网络言情的女主反而没有了明清佳人们面对感情的坦率简单，她们往往思前想后，包袱沉重，对爱情悲观退缩。或者说，女主角们都将自己保护得很好，表现进退得宜，懂得权衡利弊，自觉遵守社会道德伦理规范，追求现世的安稳与成功，甚至不惜压抑本心。以言情之名，反而在爱情前却步，这种矛盾的表现，是女性在现实中既渴望真情又害怕受伤的情感困境的彰显。

由此可见，网络言情受到了明清言情前文本的深刻影响，而影响促成了因袭模仿与反动消解两种截然不同的表现。网络言情中新元素的融入打破了明清言情传统单一的模式，但言情的基本模式从未断绝。明清言情创立的才子佳人模式依然是网络言情的内核，追求颠覆的同时一直被保持。网络言情小说具有明显的女频倾向，代入了当代女性的情感困境和理想，或许充满"意淫"，或许难登大雅，却于浮浮沉沉的红尘中，制造着抚慰人心的爱情童话。

四、结论

（一）理想化表达

明清言情与网络言情所表现出的审美倾向是理想化的，爱情一直作为言情小说的理想而为读者燃起希望，描写理想化的人物与生活、理想化的人际关系、洋溢的喜剧氛围和大团圆结局。其中所表现的价值观念也都非常正统单纯，比如明清言情都会宣扬传统道德伦理，忠孝节义、忠君报国、惩恶扬善等，而网文题材范围更广泛，传达的信息更富现代性。

纯真美好的爱情是言情小说所宣扬的最主要的价值。言情小说中树立的理想爱人形象无疑是深入人心的，不管是明清时期的才子佳人，还是当下各种变体，不管是一见钟情还是不打不相识，兜兜转转，最初引起你注意的那个人才是命中注定的缘分。"如果，我知道有一天我会这么爱你，我一定对你一见钟情。"而且，言情小说一贯将爱情与欲望分离，强调文笔洁净，限制情欲描写的尺度，对男女爱情的表现停留在纯真阶段，极力彰显爱情之美好动人，自动屏蔽了猥亵芜杂甚至丑恶。网络言情的番外是一个独特的存在，作者在小说结局之后再单独写作几章小故事，主要是展现男女主婚后在一起的甜蜜生活，是大团圆结局的延续，纯粹撒糖回馈读者，充分满足读者对美好爱情的体验。可以理解，为什么言情会收获众多读者的喜爱，"因为爱情，所以爱情"的美好故事，总是让人心生欢喜。

（二）模式化写作

从根本上来说，无论是明清言情还是网络言情都无法摆脱模式化写作的帽子。从作者的创作到读者阅读接受的整个环节中，言情小说的模式化特性贯穿始终。

模式化写作是一把双刃剑，一方面，当下网络小说的雷同和模仿并非无意识行为，其中有利益的驱动，一篇成功的网文之后，就有几何级倍数的同类文出炉，满足读者的类型化阅读需求，由此带来了抄袭、粗制滥造等问题。另一方面，模式化写作其实通过重复传达了观念，通过重复强化了某种特定的审美感受，并加以固化沉淀放大，总结成为大众普遍接受的审美定式。比如才子佳人小说的私订终身、赠送信物等固定桥段，比如网络言情中穿越重生等子类别，共同展现了爱情主题的魅力。

（三）抚慰心灵

自由谈爱情，无论在讲究封建伦理的明清社会，还是在风气自由的当下，都是奢侈品。"大人想要说一句'我爱你'，总要思前想后，因为它代表太多"，现实中的爱情附加了太多条件。为爱情而玉石俱焚的勇气，在现实中可遇不可求，所以更令人向往。

如果说明清言情还充满了男权色彩，是男性"言志"的工具，那么网络言情则毫无疑问弃绝了传统模式的男性视角，进入了女性的"言情"时代。网络言情解构了对女性要求极高的才子佳人模式，女主人公可以有缺点，甚至很平凡，但永远有优秀的男主来拯救来呵护。平凡普通的女主人公让众多女性生出更贴近的代入感，投射下现实中无法实现的梦想。重生或穿越的设定，都是普通人可念而不可即的梦想，时间最无情，承载着多情的记忆，有多少覆水难收，有多少意难忘，有多少"白月光"，都在时光流逝中一去不回。可以重来一次的机会，是对残酷现实中无能为力的我们的一剂安慰剂。一直都被嘲笑但一直有市场的玛丽苏文，"受众多半也是女性，有厌倦于平淡生活的中年女性，做着白日梦的少女，读琼瑶、亦舒长大的女性，以及浸淫于日韩文化的'宅腐'群体。说到底，这种爱情白日梦可以舒缓现实焦虑，逃避情感困境，并填补日常空缺"[1]。

---

[1] 陈红《从"纯爱"到"穿越"——网络言情小说模式的演变》，《重庆师范大学学报（哲学社会科学版）》2015年第2期。

（四）追随大众

言情小说是通俗读物，有很大一部分明清言情小说不提撰人，其实反映了社会对于小说尤其是言情小说的轻视心态。现在的网络言情情况类似，作者以此为谋生工具，而非文学艺术作品。读者以此为消愁解闷工具，也并不认真对待其文学性。我们不否认在这样的创作和阅读环境下，也对言情小说的传情达意造成了伤害，大量作品流于矫情，为了谈情而说爱，失去了本真，凸显了言情小说作为消费品的一面。但另一方面，我们也看到在这样的创作氛围中，读者的诉求和愿望会受到更多的重视和体现。在这方面，网络言情比明清言情走得更远，一个重要的表现是作者在叙事中的权威性被消解和打破。网文作者开文一般都会宣称文章的逻辑和情节甚至文笔会有不尽如人意之处，提前与读者和解，即使如此，在写作过程中，依然会受到来自读者评论的质疑和影响，极端的甚至会因此修改人设和情节走向。比如《知否》作者在访谈中就曾谈到过因为男主的人设而受到粉丝质疑的困扰。言情小说一直都给读者带来影响，同时也接受着读者的影响，读者通过选择自己爱好的故事人物情节等，展现自己的取向，进而影响言情小说的趋势，诉说自己的故事，也争取被倾听的平台。

第二节　成长：《红楼梦》与《知否知否，应是绿肥红瘦》《花开春暖》的女主之路

谈到网络文学中的成长，也许大家首先想到的是清新的校园文、励志的修仙文。校园文学的青春色彩，成长的迷惘、叛逆与伤痛确实是成长的题中应有之义，修仙文中的主人公一层层升级打怪，登上人生巅峰，也应算一种成长，但这些小说更多集中在校园小圈子内的纷纷扰扰或人物应对外在世界

能力的增强，作者与读者都兴奋于人物技能不断升级，却较少关心他们的内在，或简单化了人物的内心历程。笔者更关心女性角色在小说中的定位与心理状态和人生选择，这一节就选择两篇细水长流的大女主种田文，与《红楼梦》对看，进行个案讨论。

虽然与真正的成长小说有着差异，但《红楼梦》也被认为具有成长小说的特点[①]。不过，一般关注《红楼梦》中的成长主题，最受注目的人物是贾宝玉[②]，研究者更多地认为贾宝玉是整部小说成长主题的主要体现，而女主人公林黛玉则更多地作为宝玉成长中的重要一部分。其实，如果从林黛玉的角度进入小说，也可见出一部闺阁女子的成长史。林黛玉作为寄人篱下的孤女，作为作家赋予悲剧美感的人物形象，其成长的内在心理与外在表现兼具丰富性与独特性，非常值得深入讨论。笔者也注意到，当下网络古言小说中有大量摹仿《红楼梦》的作品[③]，多以讲述女性成长历程为主线，可以与《红楼梦》中林黛玉的成长之路形成互文，让我们有机会比照古今小说中的女性成长之路。笔者选取了其中较为有代表性的两部——《知否》和《花开春暖》，结合林黛玉与另两位女主人公盛明兰、李小暖的成长轨迹进行讨论，以期有所收获。

一、网络仿作与《红楼梦》的对看

《知否》与《花开春暖》都可算是典型的《红楼梦》网络仿作，《知否》开场就是盛纮母子的一番关于家宅治理的论战，红楼排场已清晰可见。环境

---

① 薛海燕《论〈红楼梦〉作为成长小说的思想价值及其叙事特征》，《红楼梦学刊》2009年第四辑。

② 此类型文章有张云的《成长与死亡相伴——以贾宝玉的情感历程为视角》（《红楼梦学刊》2008年第四辑）、傅承洲的《成长的烦恼和青春期叛逆——从年龄角度看贾宝玉》（《江苏社会科学》2017年第2期）、刘莉莉的《从"西昆体"到"长吉体"——由诗风的转变看贾宝玉的成长》（《红楼梦学刊》2019年第一辑）等。

③ 胡晴《此身虽异性长存——以检视网络文学中的〈红楼梦〉仿作为主》，《百家评论》2019年第3期。

描写是这样的,"盛老太太规矩极严,这番话说下来,满屋的丫头婆子竟没有半分声响"。盛老太太开口的语气恍然穿越回到贾母数落贾政:"我原是不管事的,也不想多嘴多舌惹人厌,你喜欢哪个都与我不相干,你房里的是是非非我也从不过问,可这几年你也越发逾礼了……"而盛老太太不便出口的言辞,就由身边服侍的房妈妈代为分说,服侍长辈的奴才比年轻的主子还有体面,还是明摆着的《红楼梦》传统。《知否》作者显然爱好古代文学,《红楼梦》等明清小说尤其是她摹写的范本,在每回文字后都会写一点读后感,其中关涉《红楼梦》的最多,足见热爱。作者在第一回回末曾明言小说中女性的地位和内宅环境,是仿照明代来写的。参考的是《三言二拍》《金瓶梅》,还有《红楼梦》和《聊斋》等。不过《三言二拍》和《金瓶梅》是写市井,《聊斋》是花妖狐媚故事,真正写女性写闺阁的还是《红楼梦》。作者对内宅的解读,基本来自《红楼梦》,比如讲妾的贵贱,特意举例详解了袭人、平儿、赵姨娘三人身份的差异。

《花开春暖》亦是如此,前半部分,女主人公李小暖每日与古家的兄弟姐妹一起上学游玩,晨昏定省,中秋时螃蟹宴,元宵时花灯会,颇有几分《红楼梦》中公子小姐的日常风味。而李小暖几个姊妹联手理家的情景,则大有探春理家的精明风范。更有趣的是,表面六岁的李小暖颇懂风雅,知道雨水泡茶口感轻浮,仅次于梅花上的雪水,这分明是栊翠庵品茶时妙玉的说辞,暗笔一带,想来女主人公前世肯定是熟悉《红楼梦》这段情节的。可以说,从情节细节到人物设定、结构布局甚至叙述风格,这两部网络小说都能够清晰地让读者看到其中的红楼影子。

《红楼梦》的仿作与续书自《红楼梦》产生之后就随之而生,绵延不绝,而仿作与续书又有区别,仿作是另起炉灶,在小说的内容、结构、人物乃至艺术特色和细节上模仿《红楼梦》的作品,如鲁迅在《中国小说史略》中所说:"尤其是在语言、结构诸方面要具有原著'神韵',人物背景虽然与《红楼梦》不同,而'摹绘柔情,敷陈艳迹,精神所在,实无不同'。"① 不过,总体来看,《红楼梦》续书与仿作所得的评价历来都不高,续书被认为是"狗尾续貂",仿作则被看作大多是"东施效颦",均无法与《红楼梦》相提并论。

　　当下的网络仿作也不可能达到《红楼梦》的艺术高度,且大多质量平庸。但不可否认,其中诸多不管是着意模仿还是无意流露的相似性,让《红楼梦》与这些网络仿作有着无法切断的文脉渊源,亦带来了《红楼梦》与网络仿作对话的可能与必要,其中所引发的思考不能仅仅从小说各自的水平去考量。《红楼梦》在产生之初,也是作为通俗流行读物而存在,有着较为广泛的传播,有人曾说"士大夫几于家有《红楼梦》一书",有人记述见闻说在乾隆、嘉庆年间,京城人家案头都必备一本《红楼梦》,甚至有记载称《红楼梦》已经达到了"家弦户诵,妇竖皆知"的程度,也有笔记记载了因读红而痴迷殒命的痴男怨女②,这种影响力和粉丝效应与当下的爆红网文具有相似性。及至现在,《红楼梦》经受住时间的考验,成就经典地位,在我们以《红楼梦》的经典性反观当下的非经典通俗文本时,也不应忘记《红楼梦》最初作为通俗文学读物的出发点,基于此,应给予网络文学更多的宽容和包容。同时,也正可通过不同时空下中国通俗流行文学的碰撞,去触摸不同的时代性脉动。因此,在观念上打破经典与非经典、古代与当代、原作与仿作、纸媒与网媒的疆域,让我们得以放宽了视野。既然《红楼梦》与网络仿作都关注女性,为"闺阁昭传"③,那么我们不妨从女性成长的角度入手,考察跨越了时空与文本的女性形象有怎样的相同与不同,其中隐含着怎样的内在逻辑,以女主人公们由幼年长成少女阶段为主要研究时段,观照女性成长的诉说。

---

① 鲁迅《中国小说史略》,中国文史出版社2002年版,第216页。
② 一粟编《红楼梦卷》(第二册),中华书局1963年版,第347页。
③ 本书《红楼梦》原文均出自《红楼梦》人民文学出版社1982年版,后不再注。

二、林黛玉、盛明兰、李小暖三位女主人公人物设定的似与不似

由于仿作的着意模仿,三位女性形象的出身经历有着很多相似之处。首先,三个人都是孤女的身份:林黛玉是官家嫡女,幼年丧母再丧父;盛明兰是庶女,姨娘死于内宅斗争,父亲偏心淡漠,与孤女无异;李小暖是赶考举子家的女孩,父母双双死于瘟疫。再有,三个人都寄人篱下,依赖长辈护佑:林黛玉寄居外祖母家,衣食住行都仰赖舅家供给,身份地位的维系主要在于外祖母贾母的疼惜怜爱;明兰丧母后,嫡母不慈,父亲无视,处境凄凉,后来养在嫡祖母身边得到庇护;李小暖双亲逝去后衣食无着,被连宗的远亲古家收养,得到了古家老太太的青睐,待她一如亲生孙女,得到了表小姐的尊荣体面。另外,三个人都有青梅竹马一起成长的少年,陪伴黛玉的是全家心尖上的宝贝贾宝玉,明兰的"白月光"是小公爷齐衡,小暖的童年伙伴是古家独子古箫。虽然初恋美好纯净,但这些青梅竹马无一例外地没有与女主成就姻缘,书写了一段或大或小的婚恋悲剧。

这样高度雷同的相似性之下,三个女孩子在读者心目中最终形成的整体印象却又具有相当的差异性,这与作者对人物具体的性格呈现有关。林黛玉是才华横溢的清高少女,敏感多思又体弱多病,她的一生短暂而充满遗憾,其中关于爱情的怅惘与婚姻的无着是她悲剧的最主要部分,是其中悲剧色彩最浓重的女主人公,同时也最具审美层面的价值;盛明兰表面懵懂软弱,内心通透坚韧;李小暖则更加泼辣有心机。盛明兰和李小暖并非束手束脚的古代闺秀,作者借助穿越的手法,赋予了她们现代独立女性的灵魂:小暖为了生存能够下河摸鱼偷贡品,也能够伏低做小装温顺;明兰在娇憨的壳子里是个学法律见惯世态的律政佳人。下面从三个方面细看三人的各自特色:

(一)对待身份

林黛玉的客居意识非常强烈,贵为千金小姐却父母早丧,外祖母虽然疼爱但终究不似父母,舅舅家也不能如自己家一样随心所欲。这也造成了林黛

玉两方面的表现：一方面事事小心，"步步留心，时时在意，不肯轻易多说一句话，多行一步路，唯恐被人耻笑了他去"；一方面敏感尖刻，比如著名的宫花事件，比如因史湘云说她像戏子而怄气，林黛玉的表现显然气度不够，其背后是寄人篱下的自矜自保。

由身份尴尬而生出的悲叹，并不足为外人道，所以"泪自不干"是林黛玉的常态，对身份的感知也大大超于常人。宝玉挨打，府中女眷上自贾母，下至各房姐妹都去轮番探视，黛玉自然而然就会"想起有父母的人的好处来，早又泪珠满面"。第四十九回，薛宝琴、邢岫烟和李纹、李绮联袂进京，齐聚贾府，热闹非凡，黛玉想到"众人皆有亲戚，独自己孤单，无个亲眷，不免又去垂泪"。与宝玉拌嘴后去怡红院寻宝玉，结果被晴雯误关在门外，林黛玉本待争辩，却最终左右思虑，想的还是自己的身份处境，"虽说是舅母家如同自己家一样，到底是客边，如今父母双亡，无依无靠，现在他家依栖。如今认真淘气，也觉没趣"。

黛玉有这些思虑，并非故作矫情，她虽然敏感多思，但所思所虑都是有的放矢。她与宝钗一番话，道出自己客居的艰难："你如何比我，你又有母亲，又有哥哥，这里又有买卖地土，家里又仍旧有房有地。你不过是亲戚的情分，白住了这里，一应大小事情，又不沾他们一文半个，要走就走了。我是一无所有，吃穿用度，一草一纸，皆是和他们家的姑娘一样，那起小人岂有不多嫌的。"所以宝钗建议黛玉喝燕窝粥，并顾虑了黛玉不能自主的处境从自家送来材料，黛玉非常感激，不仅因为燕窝，更因为宝钗体贴出了她客居的难处。

另一个能体贴黛玉难处的人，就是宝玉。宝钗给黛玉送燕窝这件事的后续是宝玉跟贾母透露了意思，然后凤姐马上就开始给黛玉送燕窝了。这件事通过宝玉与紫鹃的对话侧面描写出来，宝玉说："我想着宝姐姐也是客中，既吃燕窝，又不可间断，若只管和他要，也太托实。虽不便和太太要，我已经在老太太跟前略露了个风声，只怕老太太和凤姐姐说了。我告诉他的，竟没告诉完。如今我听见一日给你们一两燕窝，这也就完了。"紫鹃道："原来是你说了，这又多谢你费心。我们正疑惑老太太怎么忽然想起来，叫人每一日送一两燕窝来呢？这就是了。"从二人的对话可以看出，贾宝玉对黛玉确实关爱至深，事事不关心的"富贵闲人"愿意为黛玉做到如此无微不至，而且这样的小事多年以来应该是做了不少。从另一个角度看，则是黛玉在这个家中的处境确实有种种为难，一两燕窝都需要这样左思右想难以周全，所以"一年三百六十日，风刀霜剑严相逼"从这种意义上说并非夸张，林黛玉的客居身份确实让她遭受着无形无声的慢待和脸色，日复一日说不出口的苦楚往往更伤人。

相比之下，盛明兰和李小暖最初则是旁观者的心态。现代人乍然进入古代，人生发生翻天覆地的改变，最初的反应都是拒绝接受，随着时间的流逝，二人逐渐由最初的消极淡漠而渐次融入生活，投入感情，但始终保持着一份旁观者的疏离感。

明兰借着身体有病，不说不笑地木然了很多天，其间，她经历了古代内宅的嫡庶大战，失去生母，深感人情冷暖，再然后又是嫡姐出嫁，受宠的嫡姐在自己的婚事上没有任何发言权，古代女人婚前婚后的可悲处境都明确地表现了出来。盛明兰前世很有主见，为了追求自由自主的人生，为了奔前程可以去支边吃苦，可在看过了身边的世界后，也只能含着泪不甘心地告别前世的自己，告诉自己只能甘心，接受这个女人无法独立自主的社会。在佛像前默默流泪后，她开始接受了自己的身份，而且马上有了透彻的认识，"她既没有实力派的姨娘做生母，又不是嫡母所出，她将来在盛府的地位会很微妙的，她这次投胎实在是鸡肋，比差的要好些，比好的又差些，比上很不足，比下却没余出多少"。这样的认知虽然让明兰沮丧，但她还是能够认清现实，非常聪明地趋利避害。《知否》中也有送绢花的情节，而且婆子也是都给别的姊妹送完才给明兰，明兰还特意问了是不是先给了四姐姐和五姐姐，得知两位姐姐都有了她才欣然接受，这段显然是对《红楼梦》情节的模仿与反转，显出明兰与黛玉截然不同的处世风格。明兰明确知道自己想要什么，"来这世上一遭，本就是要好好过日子的"，因此被称赞"淡泊，明净，豁达"。李小暖的思想过程更为简单，留在古家，成为表小姐与古家的少爷小姐同起同坐后，她非常清醒自己的不同，常说的是知足，一再告诫自己身边人，不要轻易表现不满招惹是非，"就是比这个差上十倍去，我都满足得没半分挑剔处"。李小暖初到古家，古夫人并没有像对待自己子女一样给李小暖安排早上进补的燕窝粥，还是李老夫人问起才给李小暖屋里送去，而且送去的燕窝也是次等的，李小暖身边的丫鬟心中不忿，都被她压服住。李小暖认识得很清楚，"我是老祖宗捡来的野丫头，是依附古家求个暖饱的孤女，这身份变不了，别的也都跟着变不了，再说，如今这日子，没哪一处不好，人哪，要知足，心比天高，就只能命比纸薄"。所以她不要求古夫人一视同仁，也不在乎下人势利轻视，对于不太如意的处境坦然处之。不难看出，这段燕窝粥的故事又和黛玉喝燕窝粥的内容有着明显的互文。

而明兰与小暖的故事显然在黛玉故事前文本的基础上，附加了后来者的诠释和演绎，这样的变化首先让我们看到了网文作者对于林黛玉表现的不认同，其次则明确表达了网文作者认为怎样的处理才是正确的方式，再然后则是网文作者的表达显然并不仅代表个人发声，其中附加了社会群体起码是很大一部分网文读者的心声，是一种社会价值观的体现。

（二）对待生活

林黛玉具有多层次而矛盾的性格，既有诗意多才的一面，也颇具风趣诙谐，虽然悲观伤怀是她性格的主调，但也通晓人情，了解俗务。林黛玉有名士般出尘的风骨才华，读书作诗是她发挥才能寄托情感的最主要方式，也是她的生活常态，而这一点又显然与当时对闺阁女子的要求不一致，显得她与众不同。也难怪，刘姥姥看了黛玉的潇湘馆说这不像小姐的绣房，竟比上等的书房还好，而袭人也要淡淡地吐槽林黛玉不爱做针线。虽然如薛宝钗所说，女孩子读书识字最怕移了性情，只该做些针黹纺织之事，但是林黛玉却始终把诗歌作为自己的正经事业，姐妹们诗社集会都可以见到她积极的身影，香菱学诗她亦认真耐心地教导，更是以共情通感的方式发现生活的诗意，抒发自身的情感，创作了《葬花吟》《桃花行》《柳絮词》等众多充满自况意味的作品。

因为年幼即经历离丧，常年客居，黛玉对于聚散离合有着超于常人的感知，"人有聚就有散，聚时喜欢，到散时岂不清冷？既清冷则生伤感，所以不如倒是不聚的好"。因此她养成孤僻好静的脾性，总有众人欢娱独自戚戚的作态，不肯投入欢乐，性格中的抑郁气质很鲜明，因此有时也确实不够讨喜，甚至有些不合时宜。比如，芦雪庵烧鹿肉，众美欢畅投入，林黛玉偏在旁戏谑，"那里找这一群花子去！罢了，罢了，今日芦雪庵遭劫，生生被云丫头作践了。我为芦雪庵一大哭！"惹得湘云冷笑反驳。寿怡红开夜宴，众女孩难得无拘无束，连管家的探春都喝酒行令玩得痛快，林黛玉却要泼冷水："你们日日说人夜聚饮博，今儿我们自己也如此，以后怎么说人。"林黛玉的"孤高自许、目下无尘"是一种无法与周围环境和解的自我保护，充满着矛盾纠结，既怀着渴望被接纳的期待又害怕被伤害，既自矜孤独又渴望同伴，正如她以诗句自道："孤标傲世偕谁隐。"

当然，林黛玉在姐妹相处中并非一味不合群，她的高才情、伶俐的口齿也是让人又爱又恨，与史湘云等伙伴虽然偶有口角，但基本是相得的。而且林黛玉一旦敞开心扉，待人也是极赤诚热切的，比如小说后半，她对薛宝钗放下猜疑，更感念薛姨妈对自己的疼爱照抚，与宝钗、宝琴直以姐妹相称。黛玉对身边的人也是极好的，紫鹃能够赤胆忠心为她，是因为黛玉对待她好。小说也不止一次写林黛玉给院子里的小丫头发钱，给仆妇婆子发赏钱，出手大方。黛玉的院子里只有雪雁和王嬷嬷是从南边家里带来的，其余仆从都是贾府分配的，但黛玉的院子并没什么飞短流长，反而是宝玉院子的莺莺燕燕争讼不断。可见，黛玉也并不是心中没有成算之人，约束下人管理门户的能力应该是好的。小说也侧面写了黛玉并非不通庶物，只是没有立场多管。她与宝玉谈论起探春管家，很懂得其中宽严进退、事务艰难，"你家三丫头倒是个乖人。虽然叫他管些事，也倒一步不肯多走，差不多的人，就早作起威福来了"。又说："咱们也太费了。我虽不管事，心里每常闲了，替他们一算，出的多，进的少，如今若不省俭，必致后手不接。"

盛明兰和李小暖在各自的家中都得到了一个相同的评价——可人疼，在一群厉害的夫人小妾姐妹中能够得到这样的定评，是要付出极大努力的。明兰在复杂的环境生存，与祖母共同生活在寿安堂的几年是可以娇憨自在的日子，但肆意扮演小女孩的日子很快就过去了，没有人能为她遮风挡雨一辈子。于是，一方面，她偶尔揭下软包子的面具，团结直肠子的嫡姐，智斗频频挑衅的庶姐，寸土不让又晓以利害，还要着手整治自己的院子暮苍斋，把各个房头派来的眼线能打发的打发，能收服的收服，让各方都晓得她的手段，不敢轻易欺辱。另一方面，明兰继续动心忍性，姐妹团战，她就算靠边站也要一起陪着挨板子以示义气。远道而来的大伯多给了她许多新鲜样式的金锞子，转讨头就要拿出来分给姐妹，以免她们气不平。李小暖从来到古家就看透自己的处境，派到身边的丫鬟傲气不服主，她要磨着性子收服。自己院子的下人本是好意想着自己屋里的针线自己做，省得麻烦针线房，结果这个提议却引出了裁撤针线房的决定，也连带得罪了针线房里的人，这个教训让李小暖再次深深认识到，在这个家里自己要万分谨慎，一个随意就可能让自己陷入麻烦。

盛明兰和李小暖选择兴趣爱好并不能从心所欲，她们所学所做都是为了能够更好地适应生存。盛明兰在学习上早就有了算计，"作为一个深闺女子，诗词歌赋琴棋书画样样皆精，到底有什么用？她又不能拿读书当饭吃，因为她考不了科举。还是在贵族子弟中博个才女的名声？"因此明兰既不像庶姐用功于琴棋书画，也不像嫡姐致力于管家算账，明兰努力的方向是女红，她的想法非常实际，"不论读书太好或者理财太精都可能会被这个社会诟病，只有女红，保险又安全，既可以获得好名声，将来有个万一也算有一技傍身"。李小暖在诗书学习上很有天赋，但她没有吟风弄月，而是爱看各种杂书丰富见闻，甚至看邸报了解时事。因为古夫人柔弱，她和古家两个姐姐早早就跟着学习管家理事，帮助李老夫人打理店铺。她还时时关心古箫的学习，变着法子引导古箫改善学习方法；鼓励古箫学画，因势利导开发他的特长，甚至帮忙分析古箫的文章路数与考场局势，帮他在科举道路上更为顺遂。她的这份用心和帮助，李老夫人都看在眼里，而且深为认同。这两个人都在用心经营着自己在古代的生活，符合古代的生存法则，小心翼翼，求一个安稳。

（三）对待婚姻爱情

林黛玉的爱情悲剧是《红楼梦》中重要的一部分，也是感人至深的一部分，对于其中的纠葛，不同的人会有不同的解读。王昆仑说："宝钗在解决婚姻，黛玉在进行恋爱。"①对爱情的天然的渴望与对礼法的遵循不断拉扯着林黛玉，她走出了安全范围，但并不能突破太远。她"并不孜孜以求超越自然与社会的秩序，她不打算扩大可能性的界限，也不想重新调整价值观，她满足于拘束在其原有疆界与法律维持不变的世界中来展现她的反叛"②。林黛玉的价值取向一如她为人的一贯诗性洒脱的特性，具有随意性。贾宝玉为什么视林黛玉为知己呢？"这是因为，林黛玉从不曾劝谏他去走什么仕途经济学问之路，对他背离传统价值的'无事忙'的人生态度不问不闻听之任之的缘故。和林黛玉在一起，尽管小儿女感情纠葛不断，但在如何做男人这一点上，没

---

① 王昆仑《红楼梦人物论》，团结出版社 2002 年版，第 195 页。
② 刘敬圻《林黛玉永恒价值再探讨》，《求是学刊》1996 年第 5 期。

有压迫感。她带给他一种宽松空气。"①所以宝玉挨打后,她也会心疼地劝说:"可都改了吧!"与宝玉的坚决不改不同,林黛玉并没有执着于反叛,她更多的还是个在恋爱的女孩子而已。

宝黛二人在恋爱初期,曾经有过各种试探,种种争吵,也正因为如此,阖府上下对二人的感情都有所察觉。他们的姻缘也曾经有过希望,一度黛玉也被认定为内定的宝二奶奶人选,因此才有了王熙凤拿吃茶典故来凑趣黛玉宝玉二人。不过,宝玉在表达心迹方面或许主动坦荡,但在争取婚姻方面无能软弱,没能给黛玉一点实质性的抚慰。走过了恋爱早期的试探、吵闹、猜忌、排他等各种情绪化阶段,林黛玉的情绪趋于稳定。林黛玉确实更看重感情,但她也试图把恋爱转化成为世俗接受的婚姻,故意远着宝玉,待人越来越和气慷慨,与宝钗等人和睦相处,庶务上也有了计较。可是,在当时的社会环境下,对于一个女孩子来说,实在是太艰难。这层窗户纸终究一直没有人去捅破,"父母早逝,虽有铭心刻骨之言,无人为我主张"是黛玉最深刻的痛苦。深知黛玉心事的紫鹃甚至为此求薛姨妈去老太太面前保媒,而终究不了了之。小说后半,黛玉身体日渐衰颓,红颜薄命之叹日重,"你我虽为知己,但恐自不能久待,你纵为我知己,奈我薄命何"。而最后,虽然小说前八十回没有写到黛玉的结局,但续书对于黛玉结局的描写基本秉承了原作的基调,绝望之下,黛玉必死无疑。

如《知否》作者所说:"古代女孩人生的第一要务就是嫁人成亲,然后相夫教子,终老一生,在这之前所有学习,女红、算账、管家、理事,甚至读书写字,都是为了这一终极目标而做的准备。"盛明兰从穿越而来就见识到大宅院里女子你死我活的斗争,对女子的婚嫁处境有深深的不满,也依然保有着独立自主的婚姻观,"若有人逼我嫁个烂人,我也非得挣个鱼死网破不

---

① 刘敬圻《林黛玉永恒价值再探讨》,《求是学刊》1996 年第 5 期。

可！"然后，老家的远房表姐淑兰合离的故事，长姐华兰艰难的求子之路，闺中好友嫣然被论亲对象的外室找上门来逼迫羞辱，一件件事情教育着明兰。与齐衡青梅竹马的恋爱因为身份悬殊而不了了之，"他在人群中央，众星拱月；而她在冷僻角落，独自芬芳"。明兰说看一个人要看最低处，顾庭烨的最低处，明兰是见过的，响马一样的大胡子、打马游街的浪荡子，明兰都能接受。齐衡的最低处，明兰永远不能见到，是不忍。也许青梅竹马的感情，总是缺少白头到老的成色。明兰放弃了不切实际的爱情理想，只想找个合适自己的人好好地过日子，贺弘文娶表妹为侧室的事实甚至让她放弃了一生一世一双人的执念，所以她嫁给顾庭烨的时候，已经没有太多少女的迷梦。丈夫身份显贵，内宅关系复杂，上有继婆婆及族中各色长辈，下有小妾和外室留下的子女。她收起心中妄想，照顾庶子女，管理内宅，"贤惠"起来。同样，作为一个穿越而来具有现代灵魂的女性，李小暖在婚姻爱情上头脑冷静，不敢有半分行差踏错，在得知古家二小姐思慕外男后大惊失色，极力劝导阻止。她对自己人生的规划也非常简单，不求富不求贵，不过想着日子能够随心适意些，最好就在风光优美的上里镇，做个温柔贤惠的管家娘子，安安稳稳求个善终。她也许曾经对自小细心呵护的古箫有过几分真心，可惜古夫人并不属意于她，而软弱的古箫也终究辜负了她，最后嫁给程恪她也并不失望，她坚信嫁给谁自己都能过得好。这两个人的夫婿，都不能算作良配，女方都是被动的，甚至是被算计的：顾廷烨有外室小妾，程恪最初只想让李小暖做通房妾室，这与两位女主孤苦的出身有莫大关系，更因为当时男性对女性普遍的轻视。

综上，《知否》和《花开春暖》中两位女主虽然表面设定与《红楼梦》中的林黛玉有诸多相似，但细究起来，两位女主与林黛玉的做法和观念往往背道而驰，尤其是对《红楼梦》中相似情节的模仿和改写，明确地显示出了林黛玉故事前文本对《知否》与《花开春暖》的强烈影响，而其中大异其趣的改写则强调两位女主与黛玉人生选择与价值观的差异。如克里斯蒂娃所指出："互文引语从来都不是纯洁的、清白的、直接的，它总是被改变的、被曲解的、被位移的、被凝缩的，总是为了适应言说主体的价值体系而经过编辑的。"[1]

三、女性成长的古今困境

通过三位女主人公的各方面表现，我们看到了相似的处境、相似的渴望和追求，也看到了截然不同的个性与命运。带来这些差异的，或许是经典与通俗读物的区别，或许是作者创作宗旨的差异，也或许是不同时代社会背景的影响，无论如何，其中所反映的是不同时代女性成长道路上所面临的种种困境与痛苦，其中又具有某种共性。

从作者创作的意图来看，在林黛玉的人生中，作者更着意凸显其诗性的悲剧性的一面。《红楼梦》作者从一开始就立意打破才子佳人的俗套，写作具有更震撼性艺术性的悲剧，在塑造人物方面，也力图打破窠臼，林黛玉这个人物形象不同于同时代小说中面目模糊才高貌美的闺中小姐，寄予了作者对理想人格"情情"的呈现。也因此，林黛玉的生活更接近于诗意的栖居，她的生存危机并没有那么明显直白地呈现出来，我们从不曾担心她吃不饱穿不暖，也不担心她会遭受简单粗暴的慢待委屈。曹雪芹对林黛玉这个人的设定基调就是悲剧性的，在小说开头的神话楔子已经预设了泪尽而亡的结局。林黛玉对爱情的追求纯美浪漫又痛苦无望，而她最终的早逝将人生定格在最美好的桃李年华，不必承受嫁人生子其后人间烟火的搓磨。如此结局让读者伤感叹惋又隐隐感觉这是对林黛玉最好的安排，早逝保护了这个少女诗性纯粹不食人间烟火的美好特质，干干净净来去，不染尘埃。而当代网文则更注重世俗性的一面，女主们生活中所面对的矛盾冲突激烈而难堪，让她们不得不

---

[1] 陈永国《互文性》，《外国文学》2003 年第 1 期。

抛弃单纯懵懂，尽快去适应去生存，尤其在婚姻爱情上更加需要理智冷静的衡量。而且，作者为了适应读者阅读网文的基本心理期待，都会给小说一个 Happy Ending，即使女主无一例外地收获知心爱人与圆满人生并非那么合情合理，也还是会给女主这样一个充满希望的结局。客观来讲，这也体现了《知否》与《花开春暖》作为类型化的通俗网络文学，其与经典性的文学作品《红楼梦》之间不可逾越的鸿沟。

从人物的社会环境来看，林黛玉自幼所受到的教导是封建淑女式的，在她日渐长大的过程中，也在向社会公认的标准靠拢，所以有研究者认为，林黛玉最初是宝玉的同路人，但后期逐渐转化为宝钗的同归者[①]，在价值取向上发生了转变，这种转变有着内在合理性。不过，当时的社会环境给林黛玉的选择非常少，她的哀怨、无奈与对贾家的依附就更多的来自环境的限制。她的任性，她的宁折不弯是不愿随俗而变，也是没有太多选择的一种痛苦表达而已。而盛明兰、李小暖的独立自立，则主要是由于受到现代文明的教育。林黛玉所经历的彷徨痛苦她们也都感受到了，只不过比林黛玉更有准备也更实际现实。而且，即使具有独立自主的自觉意识，两个女主还是纷纷向现实低头，屈从世俗，屈从男权，这正是女性面对生活的困境。盛明兰说别人的伤心痛苦，自然是比不过自己开心快活来得更紧要一些；李小暖一再告诉自己要知足，是智慧也是无奈。

而从更深层来看，盛明兰与李小暖虽在古代内宅，她们反映的还是当下女性尤其是年轻女性的心理状态，反映她们的焦虑与追求。这两部小说的女性视角不等于女性主义，《知否》和《花开春暖》甚至都不是典型意义上的女强文，盛明兰和李小暖所追求的，无非是做乖巧善解人意的妻子，辅助丈夫，赢得家庭地位，她们所传递的价值观是传统而保守的，甚至是有所退步的。

---

① 周蕙《林黛玉别论》，《文学遗产》1988 年第 3 期。

女性囿于内宅，一辈辈消耗着青春和智慧，循环往复无止无息。她们所面对的是日常生活的琐碎繁杂与人际关系的尖锐紧绷，男人们海阔天空，女性却只能在小小天地中挣扎，无论姐妹之间，母女之间，婆媳之间还是主仆之间，普遍互相警惕倾轧，缺少同性之间的同情同理和互助互爱。《知否》中有段话对女孩一生的成长描述非常形象："长大是痛苦的过程，成熟是不得已的选择，如果可以，哪个女孩不愿意一辈子骄傲明媚地做公主，人非草木；哪个女子又不希冀幸福的婚姻，没必要矫情地假装淡定和不在乎。可世事如刀，一刀一刀摧折女孩的无邪天真，磨圆了棱角，销毁了志气，成为一个面目模糊的妇人，珠翠环绕，穿锦着缎，安排妾室的生活起居，照管庶子庶女的婚姻嫁娶，里里外外一大家子地忙乎，最后被高高供奉在家族的体面上，成为千篇一律的符号。"这段话虽然是对古代女性成长的解读，却反映着古今女性共同的悲哀。我们不可想象林黛玉结婚生子是什么样的画面，即使如愿嫁给宝玉就能够避免从珍珠变成鱼眼珠子的结局吗？现在女性获得了相对的独立自主，就真的已经逃脱了千百年来套在女性成长中千篇一律的框架吗？其实，我们看到现实中女性大多还是背负着相似的命运艰辛度过一生。

再有，盛明兰和李小暖对待爱情的态度都是被动疏离的，她们对爱情有萌动有渴望，但又都压抑自己的情感需求，为了追求内心所谓的安稳而放弃对爱情的执着，主要表现就是按照社会要求塑造自身，遵循父母长辈的安排。这样的表现值得玩味，这种自保、淡漠与无情，是对爱情缺乏安全感的表现，真实地折射了现实女性的情感心理。再有，作品中男性角色的失位与符号化，也是当代女性心理的投射。小说中的丈夫形象更多地旁观妻子的操劳与挣扎，妻子对丈夫也不乏揣摩和利用，双方的关系像盟友而非夫妻。虽然为了不让女性读者失望，作者最终安排了夫妻和谐的大团圆结局，但真正能做到与否，连作者自己都不敢下结论。千篇一律的现世安稳、幸福安康，殊途同归的情深不移、白首同心，让我们看到了女性读者群体对真情与圆满的渴望。而男性形象的对立设置,比如青梅竹马的暖男与浪子回头的霸总的并峙也是女性心中理想形象的投射,是一种补偿性的安排。我们可以看到,在婚恋关系中,女性对自身地位和男性表现的双重失望。

由此,我们反观数百年前的林黛玉形象会发现,当下女性的成长选择并没有比林黛玉进步,我们认为林黛玉在处理人际关系时犯了错误,导致自身的不幸,所以网文中的盛明兰、李小暖都自觉不自觉地以林黛玉的行为为参照,反其道而行之,务求做一个随分从时的人,摆脱林黛玉的悲剧;我们认为林黛玉在爱情上的执着犯了大忌,直接导致了她的魂销香断,所以盛明兰、李小暖都放下了爱情的执念,遵从社会规则和长辈安排,理智冷静地经营自己的感情生活。这样,网文中的女主人公们貌似获得了更平顺更成功的现世生活,但是我们发现,最终在内心深处,在底色上,盛明兰和李小暖一样并不幸福,在逐渐长大中告别天真,走入成人世界,经过挣扎,逐渐懂得怎样在失去理想光彩的复杂世界中生存,对一些人来说,这是迈向成熟的关键一步,但对另一些人来说,则是幻灭的开始。

在以《红楼梦》与《知否》《花开春暖》为对象,由女性成长而展开的文本细读中,笔者发现,无论改写或是误解误读都造成了强大的文本张力,最终导向的更多是社会价值观层面的思考,这也是文学讨论的题中应有之义。这些成长的难题,林黛玉与盛明兰、李小暖都曾面对,古今处境不同,也有着各自不同的选择,封建淑女也有任情任性,独立女性还在经营自保,是非对错则见仁见智,难有定评。八月长安在访谈中谈道:"我不是什么都得体验过,所以就写那些真的有经验的领域。此外更重要的是,一个人的青春是值得发掘的。我喜欢那时,是因为很多人在那个时候成了他自己,然后就再也没变过。成人的悲切都是少年时代形成的,只是他以为自己忘却了。"①

---

① 《八月长安:许多人青春后,再没有变过》,澎湃新闻 2016 年 7 月 13 日。

第三节　亲情与伦理：以《新唐遗玉》《庶女攻略》为例

中国社会讲究伦理道德，其中三纲五常、维系家庭的"孝"的观念、宗法嫡庶准则等，都渗透在我们的血脉中，包含在我们日常的基本行为规范中，潜行在日常生活的各个方面。而对于伦理道德，对于亲情观念和家庭关系，中国传统文学作品中一直不乏讨论，《牡丹亭》《红楼梦》等经典作品中都有这方面的丰富内容，探讨了封建礼教之下的父母子女关系乃至家族秩序，《金瓶梅》《醒世姻缘传》从反面凸显了纲常压抑下人性的觉醒和反叛，当然也有《五伦全备记》那样极端的演绎，而流行一时的才子佳人小说则是展现了理想化的婚姻观念。网络古言小说所言之情也不止于男女之情，还展现了最常见的家庭问题和亲人之间的情感关系，并且借着古代宗法社会的严苛氛围，更加强调了忠孝等传统伦理道德对于个人的规束和教化作用。值得注意的是，一向以天马行空著称的网络文学作品在道德取向上，基本毫无例外地展现了传统而正面的价值观，这是作者与读者共同选择的结果，同时反过来起到了接近传统小说的劝化功能，也体现了中国社会传统道德渗透的底里。吴文辉在访谈中曾说："我们平台上出现的一些内容，虽然表面上与传统的文学有一些不同，但归根结底还是符合中国传统的文化观、价值观的，而且会强化传统的家庭观念、道德观念。违反基本道德的内容是会天然被用户排斥……其实大家可能低估了中国老百姓的审美的观点和能力"，"中国老百姓还是有非常明确的基本道德观、是非观，也是能在作品里面表达出来的。有些人可能会对现实生活有这样那样的不满，但是对于最基础的忠孝义，诸如此类的东西反而是非常认同和强调的"[①]。

---

① 《网络文学恢复了大众的阅读梦和写作梦》，《文学报》2018 年 5 月 4 日。

《新唐遗玉》《庶女攻略》这两部小说的主人公都是穿越而来，在似是而非的架空古代社会开始自己新的人生。网络小说从轻松的角度出发，其间围绕女主人公展开了丰富的人生故事，而围绕家庭关系展开的关于亲情的思考也在其中占有很大比重。笔者认为此类笔墨甚至比爱情故事更动人，更引人共鸣，让读者可以深刻代入到中国特有的复杂的家族关系纠葛中。虽然现在的家庭关系趋于简单，三口之家的小家庭已成时代的主流，但是中国人对于亲情宗族的重视依然不容忽视，传统伦理道德深深扎根于社会大众之中。不过，笔者也注意到此类作品大多无意求之过深，主要是通过主人公的性格命运和结局表现出鲜明的倾向，寄希望于在复杂的亲情纠葛、家务琐事中寻求到非黑即白的清楚明白的正解，有简单化理想化的倾向。

一、小说主人公的"孤儿"身份

这两部小说中的主人公在穿越之前都亲缘淡薄，不是孤儿就是身份不明，而这样的设定，一方面可以较好地解释为什么主人公能够无牵无挂地展开一段异世生活，没什么牵绊留恋；另一方面，也从开始就展现了主人公在亲情方面的失意。而即使穿越过来，主人公所面临的家庭环境也都各有不如意，这是一种刻意的弱势描写，有利于激起同情，展开故事，也是通俗作品中对当代亲情问题的一种独特展现，一切从回避亲情开始。有趣的是，明清小说尤其是才子佳人小说中也会将男女主人公的亲缘关系简单化，一般都是独养子女，丧父或丧母，这样的设计屡见不鲜，已经形成了套路，为男女主人公突破礼教约束追求婚恋自由提供了一个相对宽松的家庭环境。

《新唐遗玉》中的主人公遗玉，真的如同她的名字一样是被遗留的一个小可怜，从小被抛弃，在孤儿院孤孤单单长大，不懂得投机取巧又才貌平平，总是被忽视，总是当炮灰，是生活得又艰难又可悲的不起眼小透明。穿越过来，她还是难逃孤苦的身世，原身是个痴傻的女孩，四岁了还不会说话，跟着寡母卢氏和两个哥哥在小村庄苦熬岁月。家境的贫寒使得一家四口时时处于危机中。而实际上，母子四人的身世并不平凡，父母都出身望族，父亲就是历史上大名鼎鼎的房玄龄，而历史上以吃醋闻名的悍妻恰好姓卢。母子四人是被家族抛弃而飘零到这一隅孤村的。表面看来，母亲因为不许父亲纳妾而被祖母厌弃，父亲最终背着母亲纳妾，又因为一连串的误会，阴差阳错之下，母亲怀着身孕带着两个哥哥逃出家门。

虽然一家四口苦中作乐温馨融洽，好像父亲的存在与否并不重要，但当遗玉和母亲面对恶人的逼迫，面对冷漠看热闹的村民时，抱着晕倒在怀中的母亲，在荒凉山村的小院中，遗玉还是惧怕又怨恨，怨恨那个将他们置于这样境地的父亲，又矛盾地希望能有父亲站出来为他们挡风遮雨。而实际上，所谓的家族比穷乡僻壤更加凶险，房家祖母苛刻凉薄，只看重男丁的子嗣传承，对儿媳毫无关心，对于在外出生的遗玉是不屑与排斥，心怀鬼胎的平妻又频频从中作梗，最重要的是小说中的房玄龄是个与历史人物不同的父亲形象，自私无情，文过饰非，这个家庭的混乱局面就是由父亲的缺席而造成的。

《庶女攻略》中没有描述女主前世的家庭关系，只隐约介绍她前世是一位律政佳人，穿越到庶女罗十一娘的身体里，也以一种认命的状态接受了这样的现实。十一娘穿越过来的身份倒是毫无疑问的亲缘寡淡。父亲妻妾成群，庶女也不少，对儿女几乎不闻不问，亲生姨娘软弱无能，嫡母刻薄无情，姐妹之间互相猜忌拉踩，甚至身边的丫鬟婆子都要小心应付。十一娘在这样一地鸡毛的处境中感受不到温情，时时担心自己的未来，毕竟在这个礼教森严、对女性的压抑完全仿照中国传统模式的社会中，庶女的命运是显而易见的卑微，她很清楚自己的处境，"庶女，长得漂亮、母亲不得宠……命运全掌握在大太太手里"。

但是也不能说十一娘完全没感受到亲情，随着嫡母远行进京前，一向生疏的生母五姨娘给了十一娘鸽蛋大小的蓝宝石，这是姨娘防身保命的最后一点财物，最后还是给了女儿。十一娘突如其来地感受到没有掺杂的亲情，心底泛起了一层层涟漪，泪如雨下。这个软弱的姨娘，在自己女儿出嫁的时候，也忍着躲在余杭老家没有来，就是不想让自己的出现增添女儿的尴尬，毕竟女儿是嫁到侯府，最需要体面。这点微薄可怜的爱，是十一娘在罗府感受到的最大爱意了。

两位女主人公所谓的"孤儿"身份，即她们卑微的庶出和家族弃子身份的设计，其实是强调其地位的低下甚至不合法性，这与明清才子佳人小说一般将主人公身份设置为孤儿或独子，以此减少家族压力很是不同。这种否定，是以家族为根基的社会氛围下对人物身份的根本性否定，将主人公置于弱势的地位，便于开展由弱至强的爽文模式，更为了显示普遍的一种亲情缺失的状态，并由此引发渴望，从而将亲情作为重要的线索来展开故事。

二、异世界的家庭秩序

这两部小说都是架空的小说，《新唐遗玉》中的遗玉穿越到了类似于唐代的一个历史上并不存在的朝代，历史主线雷同，但总是时不时有出入。《庶女攻略》中的十一娘生活在一个架空的叫作大周的王朝，每天在《大周九域志》中探索外面的世界，并没有机会真正接触外界。从余杭和京城等熟悉的地名来看，这个世界也是一个中国某个朝代的仿品。虽然小说的时空是虚设的，但其中的社会风俗、伦理制度却实打实地因袭了中国传统，相对来说，《新唐遗玉》追随唐代风范，而《庶女攻略》则更接近明代。选择时代背景的差异也决定了两个故事中的家庭秩序差别很大，《新唐遗玉》更倾向家人间的情感纠葛，《庶女攻略》主要在内宅斗争上用力。

《新唐遗玉》早期的故事写一家四口在靠山村的生活，将家人之间的感情描写得颇为感人而励志,有着当下很多普通家庭温馨平凡的样子。遗玉一家最先面临的是生活的拮据,但是没关系,他们有一个强悍的娘亲,给了三个孩子在这个世界上第一个温暖踏实的怀抱。卢氏是个有眼光的家长,就算家里再穷,也重视孩子们的教育,家里最大的开销都花在给孩子们买学习用品上,还亲自教三个孩子识字。腹黑聪慧的大哥、憨厚强壮的二哥,都对妹妹非常好,又好得不一样。二哥的喜欢是直接捏一捏脸,许给妹妹好吃的好玩的,大哥则会更照顾妹妹,每天给妹妹梳头发,时时揣摩妹妹的心思,虽然并不是总能猜对,但却让遗玉莫名感动。只要妹妹不再痴傻,全家人就欢喜不已,大哥认真地表白妹妹:"你就算是不高兴,我也是开心的,因为你会哭会笑才真的是好了,现在我就总想着咱们一家子就这样开开心心地过日子,在这村里过一辈子,也是使得的。"

有了亲人,让遗玉放下了前世的自卑懦弱,"人有时候就是这样,自以为想不通的事情,时过境迁,换一个角度去看待往事,自然会看开,既然看开就不会再去执着过去的事情"。当遗玉第一次叫出娘,最先感动的竟是她自己,"无论她表现得再怎么淡然,口中再怎么说些亲情无所谓的话,作为一个孤儿的她却是始终悄悄地渴望着亲情"。有了家人,一切都会好起来,童年的生活虽然辛苦,在家人的互相支撑下,遗玉时刻充满了乐观的情绪。重生的遗玉也配备了穿越女主的福利技能:比如头脑比前世聪明,母亲的刺绣技能,她看一眼就能记住,读书的记忆力也超群;比如样貌比前世美丽,虽然不是绝世佳人,但是足够她摆脱自卑享受容貌带给她的恣意盛放。而在改善生存环境方面,她也不能免俗地使用了金手指,比如在古代售卖冰糖葫芦发家致富。而且她的血竟然还是神奇的生长剂,可以促进植物快速生长成熟,并显示出培养植物方面的宿慧。总之"一间牛棚一间屋,一头牛地三十亩,一个老娘会教书,一哥喜文一哥武",这就是遗玉田园牧歌式的穿越生活。

在靠山村,民风淳朴,连生存都成困难的时候礼法就没那么严格,加之背景有意模仿唐朝，女性还是相对自由的，所以寡妇带着三个孩子，可以自立女户，屈身在小山村勉强容身。但这样简单融洽的家庭生活很快就被动结束了，一家四口来到了繁华的长安，被卷入了那里复杂而激烈的斗争中。从此开始，小说的描写重点开始追求情节的离奇曲折，而放弃了家人情感的细腻描摹，这点颇为令人遗憾。一家人在长安丰富离奇的经历充满狗血味道，就家庭关系而言，则主要叙述了前代纠葛带给子女的伤害和由此而来的因果循环。兄妹四人，先后被外祖家和父亲所认领，都在号召他们重回家族，而纠缠在政治斗争中的当年真相逐渐浮出水面，亲情究竟何去何从也是一道耐人寻味的难题。

这一段最激烈的亲情冲突并没有表现在遗玉身上，反而是大哥卢智与父亲房玄龄的对峙成为矛盾的焦点。卢智选择了玉石俱焚，报复父亲的同时自己也留下了伤痕。当年五岁的他对父亲的背叛印象最深，幼时在靠山村的艰辛生活，少时一家的辛勤劳作，来到长安城后经受的屈辱磨炼，让他更加恨意难平。父亲当年为了所谓大义抛妻弃子的行为给了年幼的他难以愈合的伤口，也让他对血缘与亲情的认识有着偏执与清醒。血缘关系并不是原谅一切的借口，骨肉之情也需要用真情来维系。他痛斥房玄龄推卸责任的自欺欺人、自私自利，"骨肉之情，生养之恩，那些东西，早在你决心拿我们成全你的大义时，便由你自己抛弃了"。所以他早就下定决心，处心积虑报复自己负心的父亲，也最终付出了沉重的代价。一切尘埃落定，他才明白这样的失去并不值得，他再也无法光明正大地站在自己的亲人身边。有时候爱恨之间，就是那么难以抉择，"我会怀念以前在靠山村时候的日子，虽然贫苦，可是我们一家人在一起，仅是为了能让日子过得好些而努力活着，可现在呢……长安城很大，很繁华，可是吃上一顿海味珍馐，却不抵当初一罐子野菜来得高兴，开心的事似乎变得越来越少"。小山村里的田园牧歌已成绝响，遗玉和家人都怀念那回不去的简单时光，那才是一家人该有的样子。

相比来说,《庶女攻略》中的罗府则在着力模仿封建伦理社会的大家庭模式,呈现了经典的内宅生态。大周女性的生活极为受限,罗十一娘穿越过去三年,走得最远的距离就是到家里的二门去送嫡母上香。她所处的环境可以说是将封建伦理对女性束缚的内容还原到了比较极致的地步。十一娘无疑是众多穿越女主中比较悲催的一位。罗家是个典型的有些家底的书香仕宦家族,这一家,"一个妻子六个妾,还有一大堆同父异母的儿女在争斗,鬼也不会相信这个家就像是表面那样和和睦睦,兄友弟恭"。作者通过这样艰难窒息的环境加剧矛盾冲突,凸显人物形象,当然,这种还原与代入,也不可避免地让读者为当时女性可悲处境掬一把同情泪。

文学是现实的反映,即便是再天马行空的网络小说,也有一定的真实可寻,尤其在细节描写方面。罗十一娘所身处的家庭环境着实凶险,每日被嫡母压得喘不过气来,家里每道看过来的眼光都让她觉得寒冷。她的嫡母大太太并非说几句好话就能糊弄的内宅妇人,反而是高门仕女,精明能干,"她出身钱塘望族,父亲累官至礼部侍郎,从小跟着父亲在任上,跑遍了半个大周,读书写字如男儿般养大。十三岁嫁到罗家,十五岁掌家,大老爷身边抬了姨娘的就有六个……其他的孩子,要么夭折了,要么是女儿……每次看到大太太那像菩萨般静谧的脸,十一娘都有些如坐针毡的忐忑不安"。这样的嫡母已经让人胆寒,偏偏十一娘身边的姐妹也不省心:五娘自作聪明,捧高踩低;十娘自私霸道,偏执狂乱;十二娘心思深沉,隐忍内敛。姐妹们争着在大太太面前献殷勤,实则个个心怀鬼胎,而大太太更是将她们作为玩物一般,开心时逗弄一下,不如意就随手处置,除了亲生儿女,她对着这些庶女实在提不起一点慈母心肠。这个嫡母的形象与传统小说中的正妻有异曲同工之妙,带着固有的伦理威势。《金瓶梅》中的吴月娘就是这样在丈夫心目中没有成色,但占据正妻之位的形象,也在西门庆死后迅速处置了众多小妾,显示了正妻的权力。《野叟曝言》中的水氏则表现得更为正面,言传身教,治家有方，将个人的修养与家族的繁荣联系在一起。《醒世姻缘传》中虐打丈夫的妒妇薛素姐则是正妻到妒妇的一个极端形象。

总的来看，嫡母大太太并没有极端地发展成不顾一切的妒妇，但因为她的娘家地位高，所以在夫家拥有更多的发言权，而在内宅事务上则是说一不二的神一样的存在。她将所有庶女的一举一动牢牢地掌握在手心里，她让十一娘绣双面绣屏风送到大姐元娘的夫家永平侯府为大姐的婆婆祝寿，十一娘谨慎地与嫡母推拉，既要恭顺，又不能落下不是，还要防备着来自五娘的撒娇抢功，可谓事事小心，时时在意了。十一娘将绿筠楼当作自己的家，努力让手下的人与自己同心同德，可是这个小小的自由王国并不稳固，大太太将自己的丫鬟琥珀赏给十一娘，十一娘再为难也要受着，她"知道了自己全力搭建起的城堡在大太太面前，不，或者是说，在上位者手中是多么脆弱"。十一娘心中的无力可想而知，她不禁感叹"得想办法改变自己的处境……这种把命运交给别人来掌控的感觉太难受了"。连她手下的丫鬟都觉得压抑无奈，梦想着有想干什么就干什么那一天。

嫁入永宁侯府贵为侯夫人的姐姐元娘病入膏肓，大太太带着五娘、十一娘进京探望，实则想要在女儿死后找个姐妹作为替代品。所以五娘、十娘、十一娘这些庶女都闻风而动，互相倾轧，为了一个填房的位置使尽了手段。十一娘向往的是自主的生活，"她所求的，不过是能有一处让她自然呼吸的庇护之所罢了"，对她来说，出家甚至都是一个不错的选择。但现实生活给她的选择很有限，争取姐姐死后替代品的位置已经是她能够肖想的最好结果了。所以，虽然十一娘无意于侯夫人的富贵，更不愿意做与人分享丈夫的继室，但还是毫不意外地被裹挟进了这场女人的乱战。幸好她不缺心机，也不缺耐心，两世为人的经验使她比两个姐妹还有大多数竞争的女孩都更懂得审时度势。她明知嫡姐下套设计，还故意顺势入局，最终赢得了这场不见硝烟的战争。

她深深为自己与家中兄弟姐妹这样的竞争关系而悲伤，作为得利者，对两个被当作礼物一样发嫁的姐妹有着同情和怜悯。五娘、十娘，不管是什么样的性子，最后也逃脱不了嫡母的摆布，不过是可怜人罢了。十一娘两世为人，还是生出了些惺惺相惜的冲动。而且，亲情与家庭的存在又是那样微妙，虽然这一家人在一起的时候互相猜忌，各有各的脾气，并不相得，但又同气连枝，互相守望。五娘出嫁之时忽然分外依赖十一娘，甚至还想着与死敌十娘和解，十一娘出嫁时忽然意识到自己要离开了这个家了，感到轻松的同时竟然也生出了不舍。嫡母大太太对三个庶女一直不仁慈，最后的结果也不好，庶女们虽然齿冷其为人但也并没有落井下石。而支撑门庭的嫡兄对自己的庶兄弟姐妹一直都不错，罗家的兄弟姐妹一直保持着走动联系，婚丧嫁娶都互相帮助，不管是为了家族存续也好，为了个人利益也好，都默契地维持着一个家族的体面。

十一娘的不满和不舍并不能改变这个社会对女人的规定，相反，她丝毫不能放松，进入侯府后，十一娘对于自己的庶女很理解，但她也不敢教导庶女去亲近生母，最多告诉她见到姨娘要客客气气，尽到本分，在不逾矩的范围内多帮帮姨娘，如此就算是不忘生恩。十一娘自己也是这样对待自己的生母，最多她也只能尽力做个不那么糟糕的嫡母，不再继续伤害的循环而已。

无论温馨或者悲催，都是对亲情伦理关系的演绎，既符合先弱后强、欲扬先抑的爽文规律，且都具有某种内在真实性，能够引起读者共鸣。两部小说对家庭秩序的呈现，不仅是在揭露家庭内部问题，更是在探讨生存之道。而对于封建伦理的这种真实而压抑的反应，是根据作者设定的社会背景逻辑而进行的，关心则乱曾说："也有读者提出，我过分强调'守规矩'，贬低女性。我也想回应一下。任何事物的发展都有阶段，古代女性真的一点儿都没意识到自己在受压迫吗？无他，受到生产力发展的约束而已。所以，让我在一个设定背景为相对封闭严苛的环境下，描写所有普通女性都轰轰烈烈大杀四方，很难做到。一两个了不起女性人物，其实也并不能掩盖整个封建进程中女性权力的萎缩,但至少是一种希望。"① 而其实,正是透过这样严酷的桎梏,才更能放大人性的美丽与丑陋,看到其中亲情的微妙。

三、最终的归宿——温情与团圆

古言小说对女主出嫁后生活的呈现,则是对人生归宿的终极描绘,显而易见地带有理想化的成分和向大团圆用力的倾向。

十一娘嫁入的家庭,永宁侯府徐家,是个比十一娘自己的家族更要显赫复杂的大家庭,她也承担着巨大的压力。婆母与妯娌都出身高门,对于她这个原配硬塞进来的小小庶女充满威压。不过至少,在十一娘看来,生存环境已经发生了天翻地覆的改善,"以前的那些担心、害怕都如尘埃落地,以后,喜怒哀乐的不过是些无关生死的小事"。对于婚姻,其实十一娘是很模糊的,《琵琶记》赵五娘的结局,是她对婚姻的最初恍惚,女性吃糠咽菜、麻裙包土,得到的不过是个那样被奉为牌位的结局。而姐姐元娘的结局更令她齿冷,在婚姻家庭中事事筹谋、机关算尽,自以为事事在握,可真的撒手而去了,却也还是难逃时间对人心的消磨。

婆婆徐太夫人是个久经世事的精明而通达的人,她总是笑盈盈的,喜怒不形于色,对家中的几个媳妇却也并非一碗水端平:对能干而早寡的二儿媳妇,她怜惜体恤;对娇憨可爱又出身高贵的小儿媳妇,她纵容宠爱;对庶子三儿媳妇,则表面亲热实则处处提防;对家中最有出息的四儿子徐令宜的正妻罗元娘,她虽然不满隔膜,但也一直尊重容忍,甚至答应了续娶身份不高的罗家庶女的要求。这位婆婆是罗府实际的话事者,与传统文学中代替亡夫成为封建家长的寡母形象一脉相承。寡母的形象不是一成不变的威严顽固,也可以慈祥宽和,但无一例外都是封建大家庭秩序的维护者,比如《孔雀东南飞》中的焦母、《西厢记》中的崔老妇人、《红楼梦》中的贾母、《儒林外

---

① 《〈知否〉作者关心则乱访谈》,撰稿人基地,2019 年 1 月 29 日。

史》中王冕的母亲等。

对于十一娘，太夫人最初抱着审视和防备的心理，多番试探；二夫人高贵冷漠有分寸，也最懂趋利避害；三夫人贪财短视，气量狭窄；五夫人骄纵娇憨，又是个最好隔岸观火的性子。十一娘在这样的环境下，虽然每个人都似乎和颜悦色彬彬有礼，但却充满威压，风云莫测，她也没少看人脸色。

丈夫徐令宜极其大男子主义，是标准的上位者姿态，有三四房小妾，不少庶子女，对于十一娘并没有多少感情，但也给了正妻起码的尊重。这并不是个理想的丈夫，好在十一娘从开始的定位就不是一般的夫妻，而是拿出了伺候老板的小心翼翼。也正因为没有期待，所以日子反而还过得下去。二人的感情是日积月累地发展起来的，十一娘也是一点点接受徐令宜，并真正将他作为自己的一生伴侣来对待。至于手下三房小妾，文姨娘咋咋呼呼，反而最没心计，结局也不好不坏，平平淡淡；而乔姨娘寻死觅活，最终真的出家心如死灰；最阴险的秦姨娘想要谋害主母，最终被处死。十一娘不可能删除这几个人的存在，在对徐令宜产生感情后，也无法追究过往，但是确实无法忍受小妾的存在又难以明言，只能慢慢熬到几个小妾散去，才勉强过上了自己想要的夫妻生活。

可贵的是，家中的几个孩子，虽然母亲不同，却在十一娘的教导下，相亲相爱，让这个家有了兄友弟恭真正的样子。庶长子聪慧骄傲，是读书的料子，走了科举的路子，非常爱护十一娘生的弟弟；元娘生的嫡长子身体不好，自幼懦弱胆小，读书也不出色，倒是爱好手工，长大后立为世子，心地纯善，是个爱护家人兄弟的好孩子；十一娘生的小儿子天生战神，十几岁就上战场打仗，自己挣回一个爵位。还有一群同族兄弟，大家都成长起来，互相支撑，让我们看到了家族的意义。当然，有不少读者对这一段感受并不好，认为十一娘有捧杀养废嫡长子的嫌疑，而在小儿子出生后，一家人尤其徐令宜表现出的宠爱和对嫡子的忽视也很虚伪讽刺。这也许并非作者故意设定，从作者的行文来看，还是想展现一个纯粹的和乐融融各得其所的大家族图景的，但是人心那么复杂，前期对家族内部斗争的描写又复杂诡异，过于圆满反而显得虚假。

《新唐遗玉》则是将爱情至上和理想主义表现得更为彻底。从靠山村狼狈逃出，遗玉的人生就进入了一个新阶段，所交往的人、所见的世面都是以前不可想象的，而其中最重要、影响她一生的男人便是魏王李泰。在大哥假死、母亲被掳、二哥失踪的时候，这个人正式将她纳入保护的羽翼，成为除母亲兄弟以外另一个足以成为她亲人一样的存在，也正式将恋爱婚姻关系加入了亲情的讨论范围。

遗玉的烦恼是不得不面对三妻四妾的问题，"这个朝代的男人除了皇帝，最多可以娶七个老婆，一发妻还有四个偏妾，有些个喜欢拈花惹草的还在外面养着不给名分的，就像他爹，在外面养着的两个女人最后还是被领了回来，虽然只是妾室，但却比不受宠的大老婆活得要滋润得多了"，"说是妻妾等级分明，可是归根结底还要看男人的心在哪儿，虽然当朝对女子要求比起明清来说要宽松得很多，但女人始终都是男人的附庸，是随时可能被厌恶和失宠的"。问题是，遗玉难以忍受同其他女人分享一个丈夫。而小说在这个问题上的解决非常简单而烂俗，但是又是读者最愿意看到的调子。李泰贵为帝王，却对遗玉一往情深，弱水三千，只取一瓢，何其有幸，遗玉得了帝王长情，不必同其他女子争斗。在男子三妻四妾合法的时代，又是登峰造极的帝王家，这样独一无二的幸运就是一定要降临在穿越女主的身上，没有任何道理。当然，家人的牵绊，也是遗玉永远不忘的，隐没在暗处的大哥，越来越出息的二哥，还有与韩叔生活在一起的母亲，她都惦记着，照顾着，时时相见。仇怨过往都过去了，卢遗玉安心地待在李泰身边，生了三个孩子，得到了最圆满的幸福。

在网络文学中讲述伦理道理，怎样有趣又有益，是个需要分寸感的细致活。这得益于我们注重人际关系的务实的社会基础和文学基础给我们的启示。如朱光潜先生所说:"就民族性说,中国人颇类似古罗马人,处处都脚踏实地走,偏重实际而不务玄想,所以就哲学说,鲁尼的信条最发达,而有系统的玄学则寂然无闻;就文学说,关于人事及社会问题的作品最发达,而凭虚结构的作品则寥若晨星。中国民族性是最'实用的',最'人道的'。它的长处在此,它的短处也在此。它的长处在此,因为人为本位说,人与人的关系最重要,中国儒家思想偏重人事,涣散的社会居然能享二千余年的稳定,未始不是它的功劳。它的短处在此,因为它过重人本主义和现世主义,不能向较高的地方发空想,所以不能向高远处有所企求。"朱先生如是说,是含有批评中国民族性的意味,但是也道出了真实的部分。网络古言小说在谈亲情方面,也确实并没有向高远处企求,无论我们把这点看作缺憾也好,看作特色也好,都不可否认,它们非常生动而接地气地展现了社会心理,从古代小说中对合理合法性的追求,一直延续至今,并没有更高级,甚至对礼教世俗的束缚表现出了更驯顺的态度。而对亲情的理解,也还是重视孝道,尊重秩序,讲究家人之间互相珍惜,守望相助,反对自私自利,尤其展现了较为强烈的家族意识,希望在美满的亲情关系中每个人都活出最好的样子,这些也都是从古至今中国人对亲情和家庭问题潜移默化的共识。

第四节 复仇:以《琅琊榜》为例

复仇,不仅仅是文学现象,更是一种文化现象,有着广泛的历史、社会、生理和心理原因,中国古代复仇主题的文学作品是与神话历史记录融为一体的。比如,《山海经》中刑天舞干戚式的英雄的反抗、精卫填海的愤怒怨怼,就已经带有复仇的色彩。我们也看到中国传统的史传文学中记录了大量以复仇为主题的故事，而且类型逐渐丰富，比如《墨子》《左传》中有为血亲复仇的故事，《史记》《战国策》开始有无关血缘的侠义报仇，如荆轲、聂政的故事，以及更复杂的杂糅了多种性质的复仇故事，如伍子胥的故事、越王勾践的故事等，由此也丰富了中国文学中的相关素材和种类。放眼中国传统文学作品，其中的复仇主题丰富而独具中国特色，有涉及血亲或情感纠葛的个人化的报私仇，比如男女情爱的爱恨纠葛，更有酬知己与江湖道义结合的侠义复仇；比如《水浒传》《禅真逸史》等，"杀人红尘里，报答在斯须"；再如《聊斋志异》中鬼灵复仇，依靠超自然力量，是人类自身能力局限的表现。

正是在悠久而充满独特理念的复仇文学传统的框架之内，网络文学的复仇主题也得到了彰显。几乎所有的穿越重生中，复仇都是小说主角人生使命中的重要一项，大多是像《庶女有毒》《九重紫》那一类，通过再来一次的金手指，为前世的自己报仇雪恨，爽感十足，但纠葛于私人仇怨，也寄托于个人情感的圆满，格局狭窄。还有众多新式武侠文、仙侠文甚至公案文，消解宿怨、世仇，是不变的命题，主打的还是侠义精神、自我救赎，满篇快意恩仇，率性而为，比如《簪中录》《张公案》等。在一众与复仇相关的网文中，较为成功的作品则一定要提到《琅琊榜》。《琅琊榜》是架空历史类小说的优秀之作，改编的同名电视剧也成为一时佳作。这部作品在一众网文中之所以显得与众不同，主要在于复仇主题的几个要素在其中杂糅，既是个人复仇，又展现了群体性复仇色彩；既是血亲复仇，又包含着忠义侠义精神，又是申冤雪恨；既追求报复，又意在仁恕。

一、牺牲自我的复仇

"中国人有着深深的憎恶感与复仇心。复仇的方法极奇特，常常为达到目的牺牲自己的生命。"[①] 复仇者的殒身以报，为复仇故事增添了悲剧色彩和牺牲

---

① 沙莲香《中国民族性》，中国人民大学出版社1989年版，第391页。

精神。不管是荆轲、聂政这样的刺客酬知己，还是《杜十娘怒沉百宝箱》[①]为爱自戕，抑或《聊斋志异》中各种借助神异灵怪的《商三官》《侠女》《庚娘》《向杲》《田七郎》等，复仇者并不在意个人得失，而是追求正义的伸张，往往作好了牺牲自身的准备。

梅长苏的复仇无疑是充满中国式的坚韧与牺牲的。首先，他为了复仇需要付出健康与生命的代价。梅长苏身中奇毒，为了解毒，为了复仇，他必须恢复常人样貌，必须承受削骨蜕皮之痛，而即使恢复了样貌，却也是面目全非，不复当年模样，亲朋故旧无人能识，从此世间再无"金陵城内最明亮的那个少年"，却多了个"低眉浅笑，语声淡淡"的阴诡谋士。更可悲的是，经受解毒过程的身体已经突破了极限，不仅武功全失身体衰弱，且必将年寿不永，甚至难以活过40岁。在这样的情形之下，13年的蛰伏准备，对于梅长苏的心智考验极大，复仇的迫切愿望以及殚精竭虑的筹谋思虑更是让他病弱的身体如风中残烛，衰败不堪。这样的付出，对于任何一个人都不容易，即使是梅长苏，也时时陷入对过往美好阳光与今昔虚弱阴暗的对比中，无法自处。"我这双手，以前也是挽过大弓、降过烈马的，可是现在只能在这阴鬼地狱里，搅弄风云了。""无论曾经是怎样一个天真无邪的朋友，从地狱归来的人都会变成恶鬼，不仅他认不出来，连我自己，都已经认不出我自己了。"不过，他也很清楚，自己的选择不会改变，即使残酷也已成定局，"已经动过的心和已经错过的岁月，都像逝去的河水，永远无法倒流"。他多次提到自己时间不多，也多次提到希望自己时间再多一些，正是这种必死之境下的矛盾展现。在儿女私情上，梅长苏不敢有一丝心软，不管是自幼有婚约的霓凰，还是芳心暗许的宫羽，他都未敢有任何承诺，并非心硬如铁，相反，正是他最深的温柔。"我的存在，以前没有为她带来过幸福，起码以后也不要成为她的

[①] 刘卫英《弱者反抗的最后一着——古代文学复仇主题中的女性》，《文史杂志》1999年第6期。

不幸。能做到这一点，我很高兴……"

从另一方面来看，梅长苏的牺牲不仅在身体与生命，更是精神上。骄傲如他，要承受身体的虚弱，要承受昨日不再的悲伤，更要背负洗刷林家门楣、慰藉七万忠魂的重担。"他就像一团熊熊烈火被扑灭余下的那一抹灰烬，虽然会让人联想到曾经存在过的那团火焰，却再也没有火焰的灼灼热量和舞动的姿态。"更艰难的是，要完成自己的使命，他就要违背本性做尽生平最恨的阴谋险恶之事。而这一切，无处诉说，不能告诉自己曾经的挚友亲朋，尤其是那个自己寄予希望的主君——昔日好友靖王萧景琰。他明知靖王对自己心存误会，却还是一再告诫所有人不可告诉靖王自己的身份，不愿好友如自己一样背负太多，无法回头。"永远不要告诉景琰。那个和他一起长大，活泼可爱的伙伴，和他身边这个阴险毒辣、做起事不择手段的谋士，永远都不是同一个人。""这些痛苦和罪孽，靖王承受不了，就让我来背负，那些阴暗，沾满鲜血的事，就让我来做。"

虽然口口声声自己能够背负，虽然明白"想要把恶贯满盈之人推倒，难免会伤及无辜"，他会说"即使让我去朝无辜者的心上扎刀也没有关系，虽然我也会难过，但当一个人的痛苦曾经超越过极限的时候，这种程度的难过就是可以忍耐的了"。可是真正下手的时候还是摧伤心肝，揭露谢玉面目的惊魂一夜，他毁了萧景睿两个"其乐融融"的家庭，也让无辜的谢绮因难产而亡。那一刻，梅长苏眼前涌起一片黑雾，再睁开眼一切情绪又都隐去了，可是他对飞流说"一个人的心是可以变硬的"。梅长苏何尝不知道如何快乐，何尝不知道如何舒心畅快。他知道撒步抽身便是海阔天空，"想要不伤心，其实是多么容易的事。只需寻一山水乐处，隐居休养，再得二三好友，时常盘桓，既无钩心斗角，也无阴谋背叛，缠绵旧疾能够痊愈，受人好意也不需辜负，于身于心何乐而不为？只可惜，那终究只能是个奢望，已背负上身的东西，无论怎样沉重怎样痛苦，都必须咬牙背负到底"。所以，虽然尸山血海中助他逃出生天的赤焰军同袍不曾要求他如何，可他却在强求自己，"逝者不强求，生者却不能遗忘"，"林殊虽死，属于林殊的责任不能死。但有一丝林氏风骨存世，便不容大梁北境有失，不容江山残破，百姓流离"。

因此，所有人都希望林殊活下来，可他偏偏不能自由自在地活，他为了七万亡魂而活，他为了洗刷忠义之名而活，他为了林殊的责任而活，心愿达成之际，卸下责任的他能够从容直入必死之境，"我所能做的，就是尽量让它有好的结局，即使在这个结局里，不会有我的存在……"也许让梅长苏继续做梅长苏徜徉于江湖，或者梅长苏重归林殊的身份成就一番事业，都会让读者心中没那么悲伤，但那样就失去了这个人物的底色。梅长苏是典型的自我牺牲型复仇者，带着浓厚的悲剧色彩和信念支撑，通过自身的牺牲让复仇的行为得到升华。

二、复仇与宽恕并重

复仇行为往往是非理性的，与冲动激情相联系，但是在中国社会长期的发展中，却与理性思考进行了结合，并在碰撞中产生独特的期待心理。首先，在儒家思想的熏陶下，提倡忠恕观念，讲究推己及人，善于反省自己。因此，不提倡结怨，有"冤冤相报何时了"之说。冯梦龙在《三言二拍》中明言："劝君莫结冤，冤深难解结。一日结成冤，千日解不彻。若将恩报冤，如汤去泼雪。若将冤报冤，如狼重见蝎。我见结冤人，尽被冤磨折。"[①]再者，佛教在中国的传播又形成因果报应思想，认为善恶到头终有报，也在一定程度上遏制了以牙还牙式的简单复仇。佛经故事中有很多阴司报应的故事，更是补偿性地回答着世人对社会不公的抱怨无助。比如，小说《西游记》中对各种妖怪都采取收服为主、灭绝为辅的惩罚策略，尤其唐僧对孙悟空止杀的劝诫，令人印象深刻。另外，中国一直是个讲究群体精神的社会。中国式的复仇也

---

① 冯梦龙《警世恒言》卷二十二，上海古籍出版社1992年版，第305页。

有公私之分，而且显然更推崇有利于群体秩序的教化行为。"元末《三国志通俗演义》为'公义'暂搁置私仇，征场上可解救己方仇人。如甘宁曾杀凌统父，有旧仇，但凌统坐骑中箭落马，甘宁出手援救，称：'主公令我仇将恩报……'"①个人恩怨在其中反而微不足道，强调了复仇的社会效果，而非个人得失，并更近一步将仇怨化解与忠义思想相结合，塑造更高的道德伦理目标。如《禅真逸史》中薛举与杀父仇人樊武瑞尽释前仇，因双方本非私仇，不当循环相报，再如《说岳全传》《说唐演义后传》都有大义释仇情节。

首先，梅长苏一直明确，他的复仇并非为了报个人之仇，而是要重塑朝堂正气。梅长苏是要让皇帝承认错误，承认当年对林燮的背叛，对祁王的背叛，对赤焰军的背叛，承认他为友为父为君的不忠不义不仁之举。"人只会被朋友背叛，敌人是永远不会有背叛和出卖的机会的。哪怕是恩同骨肉，哪怕是亲如兄弟，也无法把握那薄薄一层皮囊之下，藏的是怎样的一个心肠。""现在的每一分时光，都是从过去延续而来的，不查清楚过去，又怎么知道现在应该做什么，不应做什么？无论是再久远的过去，种下什么因，终有什么果。"虽然林燮是林殊的父亲，但他更是七万赤焰军的统帅。当年，林燮是皇帝的伴读，曾多次救皇帝于危难之中，甚至皇帝的上位也是通过林燮、夏江、言侯等人以叛乱的形式扶植而上的，这些人都曾是朋友，曾经一同经历艰险一起倾覆天下也曾经序齿论亲，可是皇帝上位之后心胸难测，最终君臣父子走上决裂之路。七万赤焰军没有在与敌国的死战中倒下，却在自己君主、朋友的无耻阴谋下酿成覆灭悲剧，一代贤王还被扣上叛国的可耻污名。正因为这过往种种，君主罔顾人伦，背信弃义，才有背叛的伤痛，才谈得上复仇雪耻。

而这样的复仇，并非杀一人那么简单，也不能凭一人一时之愤。梅长苏

---

① 王立《中古汉译佛经反复仇思想与明清小说》，《河南大学学报（社会科学版）》2020年第6期。

要扳倒的是整个国家最尊贵的人，他很清楚，"陛下在位一日，便不会自承错失"，他也很清楚，朝廷风气污浊，令清正之士难有容身之地，而这一切的根源正在君王。"能都怪朝臣么？君者，源也，源清则流清，源浊则流浊，如今在朝中为官，坦诚待人被讥为天真，不谋机心被视为幼稚，风气若此，何人之过？"在这样的朝堂上，能臣贤王被构陷殒命，如祁王林帅；忠臣良将被压制冷落，如霓凰靖王；弄权者却如鱼得水，如太子誉王两党；不依附者只能收敛锋芒求得平安，比如纪王言侯。这样的梁朝，虽然梁帝才智过人，文武大臣精明伶俐，却一步步走向衰落。所以，为赤焰军翻案是一个契机，当年梅岭的一片血，是君王失德的开始，是天下失色的开端，"埋葬了一代贤王，一代名帅和七万忠魂，埋葬了当年帝都最耀眼、最明亮的少年，也埋葬了无数人心中对于理想和清明的希望"。而要拯救天下人心，要挽救摇摇欲坠的王朝，也要从这桩牵累广泛的旧案开始。这一切，成就梅长苏复仇的大格局。

其次，梅长苏的复仇以"诛心"为上，"原情定过，赦事诛意"。《吕氏春秋·首时》写伍子胥未得重用而退耕，"非忘其父之仇也，待时也"，而最终伍子胥的复仇让楚王付出了灭国鞭尸的高昂代价。《水浒传》之中类似李逵、武松的滥杀的暴力美学并不是复仇的主流，众多报私仇的故事反而让人觉得付出与得到不成比例，因为中国人追求的高级复仇，最终不是敌人身体的死灭，而是精神的溃退和忏悔。

梅长苏对谢玉、对夏江以及对皇帝的做法，都不是杀之而后快。虽然敌人强大，但梅长苏运用缜密的计谋编织重重罗网，终究让敌人俯首。对于擅长弄权的谢玉，梅长苏揭开了他和睦家庭表象下的惊天丑闻，逼得谢玉毫无退路，还留下了认罪手书，为最终的旧案重审留下了证言。夏江比谢玉更深沉可怕，梅长苏在与他的算计争斗中危机连连，而最终是联合了他的徒弟夏冬，又利用皇帝多疑猜忌的性格将夏江逼入绝境。皇帝猜忌深心，讲究帝王制衡之术，有太子必然扶植誉王，废太子就再提起靖王，就连赐给各个达官贵人府中的年菜，也是揣测圣心的游戏，在冒死为自己带回救驾军队的儿子面前还不忘以兵符相试探。这么多年乾纲独断、一言九鼎的皇帝，在最后的朝堂辩论中，面对众口一词的坚定请求，面对开诚布公的批评劝谏，面对浴火重生的林殊，面对呼之欲出的真相与谎言，老皇帝脆弱得近乎风中之烛，他暴怒詈骂自辩最终哀求"朕抱过你，带你骑过马，陪你放过风筝，你记得吗？"这样子与当初那个自信地说着"朕的江山不是谁想拿就能拿走"的帝王完全两副面孔。他的心理防线崩溃了，所以，虽然太子萧景琰不会篡位，不会弑君，皇帝依然是皇帝，但是在同意重审的那一刻，他的心已经被凌迟了。"人的感情就是那么复杂，并非简简单单的黑白是非，可以一刀切成两半。"多年来轻视百姓民生，纵容臣子离心，党争祸乱，致使忠义含冤，吏治败坏，皇帝环顾四周，终于深刻明白了失道寡助的道理，为自己猜忌刚愎的一生写下遗憾的句号。"天下乃天下人的天下，若无百姓何来天子，若无社稷何来主君。"

萨特说"他人即地狱"，人与人的冲突往往不可调和，从这个角度说，生活在对他人的猜忌揣度中，又编织着对他人的地狱，最终将会共同被吞噬。梁帝以及谢玉、夏江以最大的恶意揣度人心，用杀戮为自己筑起向上的台阶，妄图只手遮天，最终，却还是逃不过因果循环，公道人心。而最终的复仇，就在诛心一刻。

三、快意恩仇，出江湖入庙堂

梅长苏最初出现，是以神秘的江湖人姿态，"遥映人间冰雪样，暗香幽浮曲临江，遍识天下英雄路，俯首江左有梅郎"。而作为拥有最强实力的江湖帮派江左盟的盟主，梅长苏这个人物又具有极大的反差或者意外特质，即他身在江湖并不染江湖气，号令江湖却无半点武功，反而一身病弱。他结交萧景睿分明别有用心，却让人如沐春风妥帖得体；他处置江湖恩怨分明心狠手辣，却又赏罚分明令人俯首。这样的江湖人士，与以往史传中那些少年任侠逞凶报仇的侠客们截然不同，与文学作品中出身草莽的平民英雄不同，与借助神怪力量的市井百姓更是不同。不同于聂政那样为报朋友之义白虹贯日悍然行刺，也不同于《水浒传》中林冲、鲁智深报仇雪恨伏身草莽，更不像《聊斋》中《席方平》《窦氏》《博兴女》《三生》中的弱小者为报仇化身厉鬼猛兽。

但在种种表象的不同中，我们看到了相同的对于正义的坚持追求。梅岭血战之后的林殊，被琅琊阁的老阁主所救，忍受常人难忍的削骨蜕皮之痛，卧薪尝胆，远在江湖，编织了江左盟的江湖势力。梅长苏虽然身体病弱，态度隐忍，却不掩本性的潇洒。他充满着复仇的坚韧意志，充满着复仇的主动性，"有许多事情，不去做怎么会知道结果，让我来试试又有何妨，只要想做办法总是会有的"。今日病弱的梅长苏与昨日勇武的林殊互为表里，冰雪样的梅长苏与屠狗辈的草莽英雄们互为表里。

江湖行事往往背离朝堂法度，自有一套江湖规矩，所以江湖与朝堂历来是泾渭分明的两边。但在《琅琊榜》中，江湖和朝堂却又密不可分，琅琊榜得天下消息，太子和誉王都动问琅琊阁。因一条"琅琊榜首，江左梅郎，麒麟之才，得之可得天下"的消息，梅长苏出现在琅琊榜首，由江湖而入庙堂，搅动风云。而我们随着故事的演进也得知，江左盟本就是梅长苏搜罗赤焰军余部而成的组织，盟中众人都或多或少与赤焰军和当年旧事有着千丝万缕的联系，在复仇中承担着自己的角色。甄平是赤焰百夫长，药王谷主是赤羽营副将卫峥的义父，宫羽是谢玉当年手下杀手的遗孤。由此我们看到了一张绵密编织的网络，是梅长苏苦心经营的结果，也模糊了江湖与朝堂的界限。

而在价值观上，无论江湖庙堂，作者所推崇的是情义为上，既有江湖之义气，又有伦理之信义。因为情义，梅长苏在自己算尽的机关中，也会自露破绽直入险境。言侯私运黑火药欲炸祭坛一事，梅长苏本可以作壁上观，看着言侯与皇帝鱼死网破,却在关键时刻,劝止了言侯,他所念的,是情义二字。"侯爷不忘宸妃,是为有情,不忘林帅,是为有义,这世上还在心中留有情义的人实在太少了,能救一个是一个吧。"而言侯投桃报李,在梅长苏决议搭救卫峥时慨然相助,所想的还是情义,"明知是陷阱,是虎狼之穴,可是仍然要去,利弊得失如此明显,却仍然要去抢,如此愚蠢,却又如此有胆魄的人,已经很久没见到了"。言侯又警告夏江:"对错只在自己心中,你认为我错了,我又何尝不是认为你错。但是我想告诉你,你可以不相信情义,但最好不要藐视情义,否则,你终将被情义所败。"没有利益可求,甚至得不偿失的愚蠢,却还是会一往无前去做,往往只是心中一点执念,一份正义。"这世间纵有风雪,亦有人万死不离。"锄奸扶弱的侠义精神,是胸中坚定不移的精神。

虽然充满心机权谋,而最终还是相信有真正的情义在,"只要你可以保住本心,看得出对错,辨得出真假,又有什么难关是熬不过去的。就像雪越下越大,越下越猛,可终究是会停的"。在这部小说里,保住本心,保住"赤子之心",是作为独立的人最重要的根本。梅长苏去给萧景睿送行,叮嘱他:"虽然这世间少有公平,但是我希望你永远保有这份赤子之心。"他也特别看重萧景琰的那份赤诚,不愿让任何阴谋去抹黑,"如果要坠入地狱,成为心中充满毒汁的魔鬼,那么我一个人就可以了,景琰的那份赤子之心一定要保住"。而梅长苏自己,虽然经历了百计营谋,最后的愿望,也还是要回到纵横驰骋的疆场,做回肆意来去的赤焰少帅林殊,做回最初简单的自己。"到来时素颜白衣,机诡满腹,离去时遥望狼烟,跃马扬鞭。两年的翻云覆雨,似已换了江山,唯一不变的是一颗赤子之心,永生不死。""我已经当了整整十三年的梅长苏了,如果到最后我可以回到林殊的结局,回到北境回到战场,那对我来说是一件幸事。梅长苏的使命完成了,可是林殊还有他的职责,我要回去,回到赤焰军当年的战场。"金庸先生创造了经典的武侠江湖,他说"为国为民,侠之大者",侠义精神不死,赤子之心长存。

四、忠义千秋，家国情怀

梅长苏的复仇并不是孤军奋战，虽然他一心一意要独自承担复仇的重担，不愿任何旧时的朋友师长卷入危险的旋涡，但是这些人又如何能够摆脱旧日苦痛的纠缠，有太多人活在当日的梦魇中无法醒来。这些人都有着孤臣的忠义倔强，也承受了孤臣的悲壮孤独。

靖王萧景琰自幼受祁王教导，与林殊是莫逆好友，惨剧发生时他奉旨在外，亲人朋友成了乱臣贼子，他竟然什么都无法为他们做，多年骨鲠在喉，孤愤难平。"萧景琰十二年的坚持和隐忍，无论面对再多的不公与薄待，他也不愿软下背脊……远离皇权中心，甘于不被朝野重视，只为了心中一点孤愤，恨恨难平。"云南木府郡主霓凰因为与林殊的婚约受到猜忌，17岁告别了娇憨柔软的少女时代，入沙场，镇守南境，铁血十年，威名赫赫功高摄主。悬镜司夏冬因为夫婿赤焰前锋大将聂风殒身一事对赤焰军心存误会，12年未亡人的生活，红颜枯槁两鬓成霜。太皇太后伤心欲绝，跣足披发哭求皇上将林殊从逆犯名单中删去，在糊涂的神智中还是惦念着她的"小殊"。宫墙内外，朝堂上下，有太多忠直之士收敛锋芒，如静妃在深宫中的默默沉寂，如言侯的醉心修道、纪王的沉湎诗酒。

这些梅长苏背后的力量共同铸造了坚实的情感营垒，互相保护，共同进退，让梅长苏的复仇不那么绝望那么孤独。其中深厚的兄弟之情、袍泽之义令人动容。梅长苏一直保持着算无遗策的谋士风范，即使霓凰郡主在宫中遇险，他也能不动如山，化险为夷。可是，他的谋算人心令靖王反感，更在卫峥被夏江擒获，并以此为诱饵引导靖王营救时，双方的矛盾集中爆发了。所有人都看出其中阴谋，只要什么都不做就不会有危险，可是靖王执意营救卫峥。在权谋中只有值不值得，可是在靖王心中，卫峥却是必须要营救的。在这件事上，靖王的重情守义与鲁莽冲动都表现得一览无余，夏江对靖王的拿捏可谓正中要害，无怪乎梅长苏忍无可忍，"萧景琰，你有情有义，可你为什么就没脑子，十三年前梅岭的火烧得还不旺吗？祁王府的血流得还不够多吗？你到底还想把多少人命搭进去？"也正是这样的靖王，才让梅长苏誓死与共，靖王会对梅长苏说："天下人如果误解你，那是天下人的愚钝，你又何必介意？"梅长苏虽然与霓凰曾有婚约，但是小说中并没有让二人纠缠在私人情爱，实际上霓凰真正有情的另有其人，二人之间旧日的婚约更像是命运的牵绊，让他们各自的命运都偏离了既定的轨道，虽然并没有随着时日演进为男女之爱，但二人之间的兄妹之情却依旧深厚，即使海阔天空，亦祝福对方。就如霓凰认真的表白："抛开彼此的身份，抛开那桩由大人们订下的婚约，林殊哥哥还是林殊哥哥，不管过去多少年，不管世事如何变迁，纵然有一天各寻各的爱情，各结各的佳侣，纵然将来儿女成行，鬓白齿松，林殊哥哥也依然是她的林殊哥哥。"也如梅长苏认真的承诺，希望让一切重见天日，让霓凰能够和心上人堂堂正正地站在迎凤楼接受天下的祝福。

我们看到了忠义之士，蒙挚只在赤焰军中一年时间，但是他一直相信林帅与赤焰军的清白，义无反顾地襄助梅长苏，成为最初知道梅长苏秘密且保护他一路走来的坚实战友。看到了父子之情，言侯和言豫津，言侯曾经醉心修道不问家国事，言豫津貌似跳脱顽皮万事不关心，其实父子双方都深明大义，在危机面前，言侯大义从容，言豫津誓死相随，"孩儿是言家子孙，明白什么是忠什么是孝。对于如今的朝局，孩儿的看法其实与爹相同……"我们也看到了长情的等待，夏冬为了夫婿聂锋惨死，十二年耿耿于怀，"犹记得初嫁时的她，青春美丽，生气勃勃……再相见她已是十二年的未亡人"。夏冬每年都按时为亡夫祭扫，也一直暗中追查当年真相，而值得庆幸的是，聂锋九死一生逃出一命，夫妻二人终于能够厮守。而在冷血无情的天家，也并非没有情义，纪王虽然一直明哲保身，夹缝求生，甚至多次为梅长苏利用陷入权谋之中却也能片叶不沾身，这样的一个人，却冒险保下了祁王的遗孤，心中一点善念令人动容。在私炮房案件的审理中，看到了官员的良心，吏治改善的希望，"所谓人命关天，那才是底线"。在猎宫保卫战中，众志成城，看到了臣子的尊严和操守。"攻破了宫门还有这道殿门，攻破了殿门还有我们自己的身体。只要一息尚存就不算失守。"更可欣慰的是，在少年子弟中看到了未来的希望。萧景睿在天翻地覆的家庭变故面前，不怨不争，勇敢承担，"凡是人总有取舍，你取了你认为重要的东西，舍弃了我，这只是你的选择而已，若是我因为没有被选择，就心生怨恨，那这世界岂不是有太多不可原谅之处，毕竟谁也没有责任要以我为先，以我为重，无论我如何希望也不能强求。我之所以这么待你，是因为我愿意，若能以此换回同样的诚心，固然可嘉，若是没有，我也没有什么可后悔的"。"不用顾念我，成也好、败也罢，只要你我母子生死共担，又有何惧？"言豫津通透潇洒，"我们大家未来的命运如何，将会遭遇到什么，现在谁也难以预料，所能把握的，唯此心而已"。

小说最后的结局，终结在梅长苏的战死沙场，他坦然接受了必死的命运，又自主选择了回归林殊身份的骄傲，在自己亲手迎来的清明时代，放心而肆意地离去，于家于国都可称圆满。"放眼十万男儿，奔腾如虎，环顾爱将挚友，倾心相待。当年梅岭寒雪中所失去的那个世界，似乎又隐隐回到面前。烟尘滚滚中，梅长苏的唇边露出了一抹飞扬明亮的笑容，不再回眸帝京，而是拨转马头，催动已是四蹄如飞的坐骑，毅然决然地奔向了他所选择的未来，也是他所选择的结局。"

中国式的复仇不同于《基督山伯爵》或《肖申克的救赎》，不在于实现个人的救赎或解脱，而在于理念上的匡正。梅长苏虽然被称为"中国的基督山伯爵"，却并非注重个人存在的复仇者，其实与基督山伯爵的个人主义内核相去甚远。梅长苏也没有各种神异现象的帮助，也不借助不切实际的力量和遭际的辅助，靠现世的努力和牺牲实现复仇计划，最终的救赎是胸怀家国的问心无愧。

附：石以砥焉，化钝为利

——评《冰刃之上》

在脑洞大开的网络文学界，多的是幻想类题材的作品，虽然天马行空的想象最终也都隐喻着现实的际遇思考，但现实向的网文还是相对少数，而以体育竞技为题材的更是稀有品种，正因为如此，《冰刃之上》才显得很特殊。说起我国的优势冰雪项目，人们首先想到的肯定是曾经为国家赢得过奥运金牌的花样滑冰和短道速滑。这篇小说就是关于双人花样滑冰，作者何堪在访谈中说，她是看了编辑推荐的综艺节目对花滑产生了兴趣，后来看到姚滨教练的一段采访，感触很深，因此动笔。

一、乐观、成长与伤痛

小说中关于花样滑冰的描写既激动人心又具有专业性，而在一系列鲁卜跳、菲利甫跳、阿克谢尔跳、捻转、抛跳、落冰、长节目、短节目等与花样滑冰相关的专业术语和技术解读背后，这篇小说其实是一个关于成长的故事，有着青春小说必然围绕的伤痛与成长的主题。

倔强的简冰与温暖的陈辞是小说的主人公，故事就在他们的纠葛间展开。陈辞曾经是一位双人滑天才选手，他的搭档就是简冰的姐姐——舒雪，本来极有希望的一对选手却因为一次四周抛跳意外，造成了舒雪脑部受伤成为植物人。陈辞也因此沉寂很久，再也找不到合适的女伴，幸好最后改项男单，凭着优越的个人能力再次大放光芒。简冰，一个在哥哥姐姐呵护下快乐成长的小胖妞，在11岁那年，姐姐发生意外，父母因此分居，母亲疯狂抱怨，放弃一切执着于唤醒姐姐，父亲一蹶不振甚至想卖掉自家的小冰场，曾经亲密如家人的陈辞哥哥从此再不现身。"人在被宠爱的时候，总是忍不住会有些有恃无恐，乃至肆意妄为。只有在遭逢突变，见识过命运的无常和残酷之后，才懂得珍惜和争取。"面对成为植物人的姐姐、分崩离析的父母，简冰一夜长大，她选择了姐姐不能再继续的花样滑冰，想从摔倒的地方重新爬起来。两条因为变故而变成平行线的人生，因着七年后简冰北上求学再次有了交集。两个有着伤痕的年轻人，怀着对花样滑冰的共同热爱，在经历了由怨恨到理解再到释然的过程后，携手双人花样滑冰，一路披荆斩棘，奔向理想的方向而去，同时也收获了甜美的爱情、欢乐的友情和师长亲人的祝福。

虽然有着冰上事故这样沉重的前情设计，但《冰刃之上》在风格走向上刻意打造积极阳光的氛围，幽默轻松的日常、清新欢快的情感表达与励志的故事相得益彰，并没有过分渲染伤痛而走向无谓的感伤呻吟，这一点反而让小说富于质感。

在这个故事中，没有那么多钩心斗角尔虞我诈，即使涉及体育竞技，也是光明正大，良性竞争。简冰、陈辞的竞争对手单言、容诗卉、北极星三队的流氓、等温线的美女等等，这些人都没有真正的恶意，大家因为对花样滑冰的热爱成为对手也成为朋友，即便有义气之争也带着年轻人特有的鲁莽与轻松，甚至有些中二风。简冰的父母虽然分居，爸爸和教练都很支持她；陈辞的教练文非凡虽然霸道，父母虽然古板，但都有着对孩子最基本的尊重和关爱，也让前进道路上的阻碍显得没有那么难以逾越。简冰最初对陈辞满满的抵触排斥，乍看起来颇有隐秘复仇者的姿态，但随着剧情演进，我们发现她无非也是一个希望通过滑冰维系家庭完整进而逐渐热爱滑冰的少女。她最大的恶意不过是照相时会把陈辞最上镜的照片删掉，更遑论陈辞陪伴了她的整个童年阶段，每每闪回的童年回忆充满温馨俏皮的调子，让读者对于她内心的情绪一目了然。

这样的世界有着理想化的纯粹，有作者主观创造的成分在，不过程度把握还算合适，并不让读者出戏，反而颇有治愈的力量。

二、热爱、梦想与信念

从简冰单打独斗式的"保八争十"的 ISU 考级，到与陈辞亦敌亦友地组合训练参赛，从霸道的文非凡到老谋深算的霍斌、坚定的云珊，从商业运作下各有特色的俱乐部"凛风""等温线""北极星"还有"泰加林"，我们可以看到一代代花滑人薪火相传的力量，可以看到他们对这项运动真诚的赞美与热爱。虽然挑战"更高、更快、更强"是竞技体育的题中应有之义，但能让一代代花滑人投入热血甚至生命去追逐的意义远不只如此。花样滑冰的意义正像书中好几位花滑人所说的那样，这项运动为他们插上了翅膀，实现了在冰上自由飞翔的梦想，"归根结底，这项运动最初的模样，应该就是类似古籍中描述的'流行冰上，如星驰电掣'的生活与嬉戏吧"。

在遇到简冰后，有着大好前程的男单陈辞固执地要求改项双人，即使腹背受敌、教练阻拦、父母不理解，甚至简冰也一再拒绝，但他依然执着坚持。究其原因，不是因为对舒雪、简冰姐妹的愧疚，不是因为伤病的拖累，更不是为了谈恋爱，唯一的原因只在于他的初心，最初对双人滑的喜欢，"喜欢和同伴一起上冰比赛的感觉"，如此而已。云珊教练因为训练刻苦常年伤病缠身，退役后只能靠轮椅拐杖代步，但她从不悔，如果再来一次还是同样的选择。舒雪因为意外而躺在病床七年，在小说的番外中，她苏醒后又回到冰场，成为一位眼神热切充满野心的教练。因为热爱，所有的付出和磨砺都是值得的，只为了成就冰上最美的样子。

简冰最初对滑冰也许并没有明确的想法，但在日复一日的练习中真切地体会到乐趣并喜爱上这项运动。考过八级正式步入成年运动员行列后，她才发现所有人的付出和努力，远远超出她的想象。女运动员为了减重减脂，可以只闻味道不吃饭，还要承受高强度的训练，优雅飘逸的动作背后都是头破血流和身体损伤的代价。第一次正式上冰比赛，简冰的脚不慎扭伤，带伤上阵的结果就是一路摔倒，一段短节目有一半的时间在摔，最后冰上甚至留下了她的血迹。这时候，不放弃是坚毅是热爱，也是每个运动员都会经历的事情。这个行业，从来都没有表面看来那样风光潇洒，背后的血泪都要自己默默吞下，而每个坚持下来的人，必然心中有着深沉的热爱和坚定的信念。

还是那句老话，唯有热爱可抵岁月漫长。花样滑冰这项优美而艰辛的冰雪运动与热爱这项运动的少男少女的故事融合在一起，有笑有泪，有成功有挫败，体育项目特有的挑战考验与成长故事积极向上的基调非常契合，正应了小说中那句话"合抱之木，生于毫末。石以砥焉，化钝为利"。推而广之，人生中做任何事情都需要这样的精神，也许我们并不追求在冰上飞翔的高难度技能，但在我们彷徨、犹豫、享受安逸，缩在舒适圈的时候，确实需要这样的故事来提振士气。做自己喜欢的事情，保有心中执着的信念，无畏地追逐梦想，在风摧雨折中前进，这是珍贵美好的事情，也是体育竞技文的价值所在。

三、细节、类型与逻辑

因为笼罩在现实感较强的题材之下，作者非常注意日常生活的细腻描写，简冰、陈辞日常训练和比赛是小说的主体部分，那些关于陪伴、关于默契、关于信任的一件件小事，让读者深深动容于双人滑选手的艰辛。无论是跳跃、同步还是捻转、抛跳，都需要两个人互相支撑，心意相通。"对于女伴来说，要交给搭档的不只有后背那么简单。一旦失误，是极有可能赔上人命。"简冰与陈辞组合之初，因为改项的不适应，因为姐姐的事故，久久无法放下心防。为了克服将自己完全交付给搭档的未知恐惧，简冰甚至一遍遍蹦极直到全身颤抖，通过如此极端的方式努力调适心理。在一次次的失败和成功中，两个人更深刻地体会到双人滑的意义，小说最后，他们在比赛中成功完成了四周抛跳，击碎了横亘在心中最大的障碍，也是在日复一日的训练磨合中，简冰逐渐看清了当年的意外，竞技体育本身就存在风险，而姐姐当年又身处发育关导致竞技水平下降，当局者的苦楚不足为外人道，只有亲身经历了才能够体会和理解。人物微妙的心理变化通过细腻的处理，润物无声地展现出来，显得自然合理。

而在长辈与晚辈的冲突上，小说表现得也颇为平和自然。老教练霍斌本来不支持陈辞与简冰组合，但是他老谋深算，认为堵不如疏，一直持观望态度，容忍两个孩子组对，希望让他们在失败中知难而退。直到听到两个孩子选取的参赛动漫音乐，霍斌敞开心扉去接受他们的独特表达，并为之深深感动，态度逐渐转变。简冰与父母之间的分歧，尤其是简冰与妈妈简欣之间的隔阂，戏剧冲突感更强烈一些。妈妈发现简冰偷练滑冰甚至与陈辞配对后愤怒疯狂，这时候，作为年轻一代的女儿，简冰反而是退让宽容的一边，她回到故乡，隐忍陪伴了母亲和姐姐两个月，用默默的行动换来了妈妈的动摇。正如那部连接了两代人心意的动漫《钢之炼金术师》所表达的那样："人生如行路，到处都是相逢，也随时要准备离别。但不走到尽头，永远也不知道路将延伸到哪里。虽然坎坷，也总有风景相伴。"长辈的开明与年轻人的迅速成长，在这些小小的事情中一点点表现，更接近于生活本来的样子，并不狗血。

当然，我们还注意到《冰刃之上》也有不少网络小说一般化的类型化操作和逻辑上的瑕疵。我们看到简冰的大学同学，有着青春小说中类型化的面孔，热情的"干哥哥"杨帆、寝室三姐妹，都是推动情节或调节气氛的万用灵药。他们的语言轻松欢脱，带有新媒体时代的特点，时时用短信语言和格式代替对话和心理描写。另外，这篇小说也因袭了网络言情专属的模式。俊男美女是不可缺少的必备条件，小说中的少男少女无一例外都形象赏心悦目。但不得不说小说的爱情线有些突兀，有种为发展而发展的目的性。比如简冰为了单言的挑衅，一直练习单人滑的她竟然提出要比试双人项目，从而引出了男女主的首次交集。简冰、陈辞两个人的定情也仓促含糊，单言备胎男二、容诗卉备胎女二的设计更是简单刻板，与小说在运动员训练日常上的细腻笔触形成了反差。

再有，简冰、陈辞在训练中不断遇到问题解决问题，在比赛中一路过关斩将，这样的模式与一般爽文的升级模式是相通的，也极为契合网文读者的阅读习惯。在满满青春荷尔蒙的竞争拼搏中，在一次次超越自我追逐梦想的胜利中，读者体会到了燃爆的爽感。不过，简冰、陈辞组合后期比赛描写笔墨过于俭省，结尾收束也比较突然，颇令人意犹未尽，当然，在这些问题上似乎也难以苛求，毕竟作为一部只有二十几万字容量的作品，不可能全面用力，面面俱到。

《冰刃之上》在竞技体育框架之内加入青春励志，在乐观明朗的氛围内，带给我们一个关于双人花样滑冰的拼搏进取的故事。透过简冰陈辞们，每个普通的我们在各自的道路上看到希望，怀揣理想，背负责任，肩挑信念，这是这篇小说给我们最好的礼物。"忍受那不能忍受的苦难，跋涉那不能跋涉的泥泞，负担那负担不了的重担，探索那探索不及的星空"，这不就是人生吗？愿每个人的人生都能看到如此风景。

第二章 人 物 谈

第一节 从"白莲花"到大女主:不断演进的类型

"类型"并不是网络文学独有的概念,但毫无疑问,网络文学是一种类型化写作。其类型化突出在各种类型文上,"每一种'文'、每一种'流'都'戳中'不同粉丝群独特的'萌点',那些生命里强大、可以衍生无数变体的类型文,大都既根源于人类古老的欲望又传达着一个时代的核心焦虑,携带着极其丰富的时代信息,并且形成了一套独特的快感机制和审美方式"①。但同时,也具体反映在人物的类型化方面。网络小说叙事的视角、时间、悬念套路都围绕着人物这个中心展开。虽然网络小说的人物性格往往扁平而缺少变化,但并不意味着人物的个性不鲜明,形象不典型。"实际上许多扁平人物,如狄更斯笔下的那些人物,不但使人感到非常有'生命力',而且也给人颇有深度的印象。"②我们发现,读者喜欢一部网络小说,很多时候是因为喜欢里面的人物,记忆点最深的也是人物,比如《琅琊榜》中的梅长苏、《步步惊心》中的若曦、《知否》中的顾明兰,等等。而且,网络小说有很多以人物姓名命名的,也侧面说明了人物对于网络小说的重要性。作家水千澈在访谈中也说:"一本书除了大背景框架设定之外,很关键的就是人物的塑造。如果你把人物

---

① 邵燕君《网络文学经典解读》,北京大学出版社2016年版,第11页。
② 里蒙-凯南《叙事虚构作品》,厦门大学出版社1991年版,第73页。

塑造好了，哪怕情节没那么好，读者也会被这个人物苏到，会继续往后看。"所以，我们有必要深入考察网络古言小说人物虽然类型化但是依然能够直击人心、吸引读者的秘密。

关于小说人物本身，福斯特将其划分为"扁形"和"圆形"两种。所谓"扁形人物"就是"按照一个简单的意念或者特性而被创造出来的"，"可以用一个句子表达"的"类型人物或漫画人物"[①]。而"圆形人物"则是"不能用一句话加以概括的"，"像真人一样复杂多面的人物"。这个分类有一定问题，主要是适用范围不能够覆盖不断更新的小说类型，米克·巴尔认为"圆形"与"扁形"的人物分类，只适合于有限的资料体，像"童话、侦探小说、通俗小说"等，而不适用于"现代主义小说""后现代主义小说"[②]。从这个角度说，网络小说在文学样式上应该属于通俗小说的行列，网络小说中的人物趋向于扁形人物。

在网络古言领域，从题材上可分种田、宅斗、宫斗等，从时间线上则有穿越、重生和纯古言等，而且各种类型和元素互相叠加，呈现出了纷繁复杂的面貌。而在人物的性格方面，也呈现出了鲜明的类型化特色，女主类型最初更多见完美无缺的"圣母白莲花"，但逐渐转变为独立自强大女主，此外的配置还有腹黑高冷男主、"绿茶"女二、"白月光"男二，以及各种从旁推动故事发展的聪敏丫鬟、慈祥祖母或恶毒后母、失职生父等，当然也会有各种颠覆、叠加而使类型更加细化丰富。在笔者看来，网络小说中的人物与传统小说相呼应，呈现出以下几个突出的特点：

一、醒目直接的人物设定

在阅读网络小说时，文案起着非常重要的作用，以阅读量论成败的网络

[①] 申丹、韩加明、王丽亚《英美小说叙事理论研究》，北京大学出版社2005年版，第167页。
[②] 米克·巴尔《叙述学：叙事理论导论》，社会科学出版社2003年版，第137页。

文学界一个成功的文案是吸引读者阅读的利器，而文案中最醒目的一块往往是对男女主搭配的有趣阐述，一般会非常明确地表明两位主人公的性格特点或者出身地位，以尽可能多的形容词修饰语在短短一个对比中释放尽量多的信息量，让读者一目了然地抓住主CP人物的核心性格，以求击中读者的萌点。比如："勤劳可爱呆萌小甜妹VS冷酷铁血爱妻真爷们儿""阴鸷狠戾占有欲强到爆棚男主X小傻子长得跟天仙似的女主""科举男主＆食铺厨娘""汉家公主X西域高僧"。而读者就透过这样的信息选择自己喜欢的类型。

其实，这种正文未开人设先行的方式在中国传统小说中也并不新鲜。"三言"是冯梦龙搜集各类话本集结而成，但已经加入了文人的思想指导，出场立人设是其常见套路。

如《穷马周遭际卖䭔媪》中马周的出场：

就中单表一人，姓马名周，表字宾王，博州茌平人氏。父母双亡，一贫如洗，年过三旬，尚未娶妻，单单只剩一身。自幼精通书史，广有学问，志气谋略，件件过人。只为孤贫无援，没有人荐拔他……[①]

而在小说的章回回目设定中，有时也会突出人物的性格特点。在宋元话本中，人物未必是其中心，但是在冯梦龙编辑和改编这些故事的时候，则有意将人物提高到中心的位置，强调人物以及围绕人物展开的故事对人物性格的彰显。首先我们看到，人物的姓名往往被提到故事章节标目中，这是一个信号。还有通过某一字眼就能够接收到人物性格特征，而且这个性格特征一以贯之，是最为主要的性格因素或者是作者最需要强调的性格因素。比如贞女形象，突出人物的贞洁品行，《喻世明言》有"李秀卿义结黄贞女"。

[①] 冯梦龙编、许政扬校注《喻世明言》，人民文学出版社1958年版，第94页。

其实，开场即表明人物设定的模式，更多见于戏曲，比如《牡丹亭》杜宝上场就自道身家："自家南安太守杜宝，表字子充，乃唐朝杜子美之后。流落巴蜀，年过五旬，想廿岁登科，三年出守，清名惠政，播在人间。内有夫人甄氏，乃魏朝甄皇后嫡派。……夫人单生小女，才貌端妍，唤名丽娘，未议婚配。看起自来淑女，无不知书。"① 这样的方式也延续到话剧剧本中，比如《雷雨》第一幕每个人物初次登场都有详细的性格、外貌、情态、身份等介绍。

如果说戏曲的人物设定先行更多来自舞台表演形式的影响，话本小说人物性格的单一受制于篇幅短小，那么传统长篇小说的人物性格则逐步走向丰满复杂，但是依然没有完全脱离类型化的格局，而在很长一段时期的明清长篇小说尤其是才子佳人小说中，主要人物的性格往往缺少变化。当然发展到《金瓶梅》《红楼梦》等经典作品，人物性格趋于复杂多面，则另当别论。但在回目中还是可以看到一些有人设特色的蛛丝马迹，如"俏潘娘帘下勾情 老王婆茶坊说技""贤袭人娇嗔箴宝玉 俏平儿软语救贾琏"等。

回到网络古言小说，因为篇幅较长，我们发现，除了小说文案的人设限定，在小说开头一般也都会对人物进行集中的介绍，最主要的就是人物的身份性格，而这个性格走向基本上是不会有太大的变化的，后面的故事所展现的基本都是一个调性。比如《金陵春》中的周少瑾从一登场就是温顺乖巧的温室花朵，动不动就吓得要死，在继外祖母家一住就是八年，"循规蹈矩，温驯娴静""随和少语，喜静不喜动"，即使重生归来，她依然是这样柔弱乖巧的性子。

当然，网络小说率先设立鲜明人设也有着非常实际的作用，其中重要的一个作用就是快速锁定目标读者。"速食"时代，为了更快速地帮助读者分辨出喜爱的阅读类型，对于古言小说来说，最主要的就是确立男女主的人物设定，

---

① 汤显祖《牡丹亭》，人民文学出版社1963年版，第7页。

突出性格特征,将这一点介绍清楚,喜欢的人就试读甚至订阅,不喜欢的就转身离开,效率很高。这样的方式实实在在地在网文实际阅读中起到了指导作用,比如病娇、腹黑与美强惨这样独特的人设,因为成功的演绎而受到追捧,有着不少拥趸。《九重紫》中的宋墨就是典型的美强惨,收获了书里书外的粉丝心疼。再有,《魔道祖师》这部作品成功的很大原因就是主角人设好,让读者上头,除了魏无羡的美强惨一贯招人疼爱,蓝忘机的深情人设更是发挥到极致,谁又抵挡得住"问灵十三载,等一不归人"的痴情守候呢?唯其如此,在某部大爆的作品之后,必然会有大量模仿之作跟风,其中最重要的一点就是人设的模仿,往往会吸引大量爱好相似的读者,增加作品点击量、订阅量,实现利益最大化。至于人设先行对不对,可不可行,则是另一个问题。事实上,人物设定不是绝对的,很多作家都有过在创作中修正和丰富自己笔下人物的经验,甚至跟随着人物的性格逻辑前进,仿佛人物可以自作主张一样。闲听落花在她的访谈中说起她的创作方法:"我有表格式人物关系图,先定人物,再定大纲。人物图上,有性格、命运走向的设定,文一开始,人物一出来,就是他在走了,有时候只能跟着人物走,因为她是那么样的人,必会做出那样的事。"囧囧有妖也说过:"有时候我想设计剧情,但人设出来后会发现,剧情是跟着人设走的,而不是我设计的,好像人物真的有生命一般。"[1]蒋胜男也说:"在我的小说中,人物塑造始终是第一位的。因为只要人物够立体,剧情的发展就会根据他们的个性而推动。语言、细节描写不必过于刻意,也能跟着丰满的人物形象随之而来。故事的结局与发展不是由作者定的,而是由人物自身去推动的,他们的性格推动他们的人生结局,这才是小说该有的样子。"[2]所以,看似单一的人设,其实也内蕴着变化的潜力。

---

[1]《囧囧有妖:写完一个故事,就像过完了一生》,澎湃新闻 2018 年 8 月 1 日。
[2]《蒋胜男:以女性视角走入大历史的一次书写》,《文汇报》2020 年 10 月 13 日。

二、鲜明的价值输出

"诗言志"与"文以载道"都是中国传统的文学观念,虽然众说纷纭、评价不一,但影响深远。而且"言志"与"载道"并非绝对的对立并峙,如钱锺书先生所言:"在传统的文学批评上,原是并行不悖的,无所谓两'派'。所以许多讲'载道'的文人,做起诗来,往往'抒写性灵',与他们平时的'文境'绝然不同。"无论如何,传统的小说戏曲虽被视为小道末流,但不失文学本色,一般在人物的性格行为中寓含明显的倾向和劝惩意味,并且有鲜明的理想化色彩。"古代的文人'居庙堂之高而忧其民,处江湖之远而忧其君',当他们与主流社会意识同构时,他们是时代精神的传声筒;而当他们与主流意识形态相忤时,他们要么退回内心,戚戚玩味;要么以社会良知的民众代言人自居而成为'愤怒的抗议者'。这样的主体意识一方面使文学背负载道经国、有益天下的重任,形成文学主体性的审美承担;另一方面又使得创作主体以'众人皆醉我独醒'的姿态扮演精神的训导者的角色,以真理的发现者来垄断文学话语权。"[①]

当然,这还是有两个方向的,一方面是与社会配合的伦理教化之论,如《型世言》中《烈妇忍死殉夫 贤媪割爱成女》,陈雉儿自小受《列女传》熏陶,丈夫早逝,她便一心殉夫。《醒世恒言》中"二孝廉让产立高名",许武兄弟三人一门孝悌,人物形象完全是兄友弟恭模式的生活化演绎。"两县令竞义婚孤女"则是传统的善有善报,因果报应,其中的女孩隐忍求生,接济她的商人和成全她婚姻的县令都得到了报偿。《醒世姻缘传》更是传递了浓厚的因果报应的思想。丘濬的《五伦全备记》是一个极端的例子,通过虚构的情节来宣传伦理纲常,让人物为伦常代言,"虽是一场假托之言,实万世纲常之理",但也被认为过于迂腐,"《伍伦全备》是文庄元老大儒之作,不免腐

[①] 欧阳友权《网络文学论纲》,人民文学出版社2003年版,第157页。

烂""大老巨笔,稍近腐"。

另一方面则更倾向于表达作者个人情志理想。《牡丹亭》中汤显祖在题词中明确说"情不知所起,一往而深。生者可以死,死可以生",以此为《牡丹亭》的思想核心。冯梦龙的"借男女之真情,发名教之伪药"①,显然都受到了王阳明心学的影响,表现对有情之天下、对情的看重。比如"金明池吴清逢爱爱",写了吴清与酒家女儿卢爱爱的人鬼相交的神奇故事,卢氏爱爱为情而死,神魂缠绵不尽,与吴小员外私会了结宿分。而缘尽之时,亦有情有义,为吴清与早前一见钟情的女孩牵起红线,巧的是,这个女孩也名爱爱。一场阴差阳错的相遇,两段萍水相逢的遇合,将红尘儿女的爱情在充满生命感发的感慨中,让读者对于情对于生命的价值有了新解。"蔡瑞虹忍辱报仇"这个故事中,蔡瑞虹辗转红尘,几度失身,但终于报仇,获得幸福;"黄秀才徼灵玉马坠"写了黄损与玉娥经历波折,始终坚持对爱情的忠诚,最终收获幸福;"王娇鸾百年长恨""杨思温燕山逢故人"都描写了惩罚负心汉,告诫"古今负义人"。在这些故事中,对忠贞的要求,不再是对女性的单方面的要求,而是双向的约束。

在以娱乐性为主的网络古言小说中,如何讲述人生大道理而又不沦为说教,必须拿捏好分寸。何况,现在的网络作家并不将言志载道作为自己创作的意义追求,"那些完全扎根网文的大神们则致力于将网络小说本身打造得好看、好卖,为当下青年造梦而引得共鸣。尽管拥有大量拥趸,他们并不抱有马修·阿诺德那种'文化救世'理想,既不为谁负责或代言,也不主动承担'兴观群怨'任务,坦承自己与'最优秀的思想和知识'相去甚远"②。同时,古言小说的多元化和包容性,放弃了对同一性和确定性的追求。古言小说建构了古代氛围的社会,又消解了神圣,去除了束缚,将人物还原为日常生活

---

① 汤显祖《牡丹亭》,人民文学出版社1963年版,第1页。
② 许苗苗《分化与趋同的网络文学》,《社会科学》2019年第1期。

中的凡夫俗子，通过这种主体体验去对人的世界做出自己的凡俗叙事。从作者的写作心态来讲，也有一种游戏心理在其中，并不将作品置于道德高点，在戏仿和复制经典作品的框架中，更多地娱乐自己和读者。而离开了"文以载道"，人物形象是否还具有意义，又具有什么样的意义呢？

首先，网络古言小说的人物形象，尤其是女性形象脱离了边缘化、小众化，实现了理想化、大众化。如同男频文中主人公诉说着男性的人生巅峰的梦想，古言小说中的女主也是当代女性尤其是年轻女性心中梦想的代言人，代表着大众趋势。

《平凡的清穿日子》中的主人公淑宁穿越过去后很轻易就认定了自己的"理想"："剽窃'后人'诗词，或是用未来的科技为自己谋利，顺便推动社会的发展，或是利用对历史知识的了解影响政局，所有这些都与自己的性格南辕北辙。为什么一定要按照穿越套路来改变自己呢？她不想成为才女，不想成为发明家，不想赚一大堆钱然后为了保住它们而绞尽脑汁，更不想卷进政治斗争的旋涡中。她想要的，大概是衣食无缺，有空闲时间学点琴棋书画陶冶情操，做点感兴趣的小手工，看看书，吃吃美食，闲了出门看看风景，有三两手帕至交，偶尔可以一起喝喝茶聊聊天八八卦……天啊，这样的生活实在太完美了！！！"这种躺赢的白日梦，相信不少女性都曾经做过，在网文的世界再次看到，也充满舒适和理解。当然女性的梦想和成功不只有着一个向度，所以女主的类型也不止一种，有傻白甜，有腹黑，有大气，有喜欢平淡自在的，也有钟情折腾创业的，总有一款适合你。

再有，古言小说的审美形象和价值判断具有简明性，善恶正反分明，这种简单本身就传递着价值观。如前文所说，网络古言小说是以娱乐消遣为先，这一点从作者到读者都目的明确，所以有时是非曲直、善恶忠奸在其中会被简单化，有时真的是好人单纯就是好，坏人单纯就是坏。不过，我们也看到无论如何简单，端正的价值判断并未缺席，做减法的工作，反而让很多生活中纠缠不清的矛盾显得明晰干脆起来。所以,有些职场白领通过宫斗、宅斗小说学习职场生存之道也并不是完全的玩笑之谈。古言小说通过简单鲜明的人物分工,表现了很多人际关系的实用道理,而且最终善恶有报的 Happy Ending 确实让人感到有希望。

最后,古言小说的人物设定重复率很高,这与网文写作的趋利性有很大的关系,但是我们也应该看到这种重复的积极一面。重复、标签化也有利于集中笔力,通过重复强化了某种特定的审美感受,从而成为大众普遍接受的审美定式。并且我们看到,这些经典的人物设定虽然有将人物扁平化、简单化的弊病,但这些是经过读者选择的结果,读者的智慧并不可小觑。目前看来,人物三观正是读者对网文的最基本要求,而且在读者的选择中,类型化中有着出精品和出新意的极大潜力。

三、程式化的人物设置

明清时期,对于成功的作品是有仿效的风气的,"在中国古代社会中,模仿成为作家的审美定式,因袭成为文学的传统思路,规范成为文化的传统势力,这是人们的从众心理的必然结果"①。千篇一律的才子佳人小说就被《红楼梦》作者批为"千部一腔,千人一面"。人物形象设定雷同,才子形象无不才华出众,金榜题名,风流倜傥,追逐美人,为了美人卖身为仆,拒绝皇帝赐婚,又往往淡泊名利,清高耿介。如《玉娇梨》中的苏友白"俗则不能高,无才安敢傲"。天花藏主人评道:"凡真正有才之人,往往自信、自喜,……虽或有时而狂,然狂从才出,必有一段高傲之气,蚁视小人。"才子大多出生于江南地区,江南风物柔美,文明昌盛,才子大多是官宦人家或书香门第,而且是独子,有着显耀的门楣、尊崇的地位,尽显眼界能力和教养。才子们大多离家或失亲,可以脱离伦理家庭的桎梏,选择相对自由的道路,又因孤

---

① 郭英德《论元明清小说戏曲中的雷同人物形象》,《明清小说研究》1997 年第 4 期。

儿的身份，而相对独立成长。小姐更简单一些，无一例外花容月貌，腹有诗书，"可笑近之小说中，有一百个女子，皆是如花似玉，一副脸面"，"可笑近之野史中，满纸羞花闭月，莺啼燕语……"，"开口'文君'，满篇'子建'，""'之乎者也'，非理即文"。而故事模式不过是"假拟出男女二人名姓，又必旁出一小人其间拨乱，亦如剧中之小丑然"。《红楼梦》中贾母对于故事的套路和人物的程式化批评可谓鞭辟入里：

这些书都是一个套子，左不过是些才子佳人，最没趣儿。把人家女儿说的那样坏，还说是佳人，编的连影儿也没有了。开口都是书香门第，父亲不是尚书就是宰相，生一个小姐必是爱如珍宝。这小姐必是通文知礼，无所不晓，竟是个绝代佳人。只一见了一个清俊的男人，不管是亲是友，便想起终身大事来，父母也忘了，书礼也忘了，鬼不成鬼，贼不成贼，那一点儿是佳人？

符号性形象是作家根据时代、根据读者需求，也根据自身表达要求创作出来的，它的定型化把时代中共性的东西固定了下来。继而也为后来者的创作起到了示范作用，推动了大量雷同人物的复制，当然其中的弊病也为批评树立了靶子。

网络古言小说中也有标准配置，也就是所谓的套路，女主人公一般会有穿越重生的神奇经历，由此自带"金手指"，笼罩在主角光环中，成为人生赢家；女主又一般都会面临原生家庭的悲剧，比如父亲的缺位或失职，母亲的早丧或地位低下。男主无论身份性格如何，必定对女主一往情深且腹黑强大，能够成为女主逆袭之路上的强大助力。男二一般具有备胎属性，或青梅竹马或一见钟情，对女主情深不移且无私奉献，女二则一般是"白莲花"或者"绿茶"，在作死的道路上一往无前，最终的命运则是"炮灰"无疑。一般都会有祖辈形象，代表了封建家长的传统势力，不是主人公强大的助力就是主要的反派形象，另外女主人公身边的丫鬟、闺蜜等都有一定套路，在情节穿插中起到标准的工具人的推波助澜的作用。

文学创作本身也有传承因袭的内容在，促进审美的固定进而成为流行趋势。"类型化有助于网络作者集中力量、专注于特定题材，并在读者心目中留下深刻印象，但简单粗疏的类型，相似题材的重复也正是网络小说发展道路上的障碍。通过对网络小说创作现状的分析，可将其当前存在的问题归结为原创性的欠缺，想象力的枯竭，作者独立性的丧失以及突破的尴尬。"[1] 因此，一味程式化、套路化肯定是不好的，这需要有一个度的把控和衡量。一味依赖人物类型进行模板化的重复创作，必然导致作家创新意识不强，原创性欠缺，读者缺乏新鲜感，失去阅读兴趣。

四、不断演进的类型

明清言情小说的人物设置虽然备受诟病，但是如果从一个较长的历史阶段去观照，我们会发现，实际上人物的调性也在不断发生变化，随着读者口味的改变而层层出新。比如：女主身份由大家闺秀转向市井少女，性格由软弱渐趋泼辣。虽然只有20年的历史，但我们仍能看出网络古言女主角人物类型其实也在发生着转向，并在不断演进中有着各种明显的创新和突破。

"'女性向'古代言情网络小说诞生后，在女主人公塑造方面延续了以白吟霜为代表的女主人公性情、价值观等方面的很多特征。随着古代言情网络小说的大量创作，这些作品中的女主人公便呈现出高度模式化的特征：她们有娇弱柔媚的外表，一颗善良、脆弱的玻璃心，像圣母一样的博爱情怀，是那种受了委屈都会打碎牙齿和血吞的一类无害的人，总是泪水盈盈，就算别人插她一刀，只要别人忏悔说声对不起，立刻同情心大发，皆大欢喜地原谅别人。这便是'白莲花'女主人公。在早期的网络言情小说中，这些集真善

---

[1] 许苗苗《网络小说：类型化现状及成因》，《文艺评论》2009年第5期。

美于一身的充满理想主义色彩的形象几乎一度占领了所有女主人公的席位。"

但是随着这种女主形象新鲜感的消失，读者厌倦了完美无缺的女主，出现了很多具有反差性的女主人公类别，比如美貌可爱但是头脑简单的傻白甜类型，比如身娇体软好推倒却总是躺赢的白富美，比如励志吃苦、外貌出身都不出众的平平无奇的灰姑娘类型，再比如后来崛起的复仇类爽文中腹黑独立的大女主，以及与腹黑强大的事业型女主完全相反的智慧淡定享受人生的种田女。女性角色的独立倾向还体现在女扮男装或者女性角色男性化这样的趋势上，《将军在上》描写了一个强悍如男子的女将军，身手矫健又爽又飒，反而是男主人公负责貌美如花宜室宜家。《太子妃升职记》写了一个玩世不恭的花花公子穿越成了古代太子妃，置身美女如云的后宫，努力追逐皇后甚至太后的位置，习惯性用男性思维看待身边的一切，算是女性角色男性化的较早作品了。而哭哭啼啼的"白莲花"就被斥为"绿茶"，退居了"女二"的位置，处于被鞭笞做"炮灰"的地位，以前不会出现在女主位置上的各种有缺点或具有独特性格的女性形象越来越受欢迎，并且渐趋多元化，没有了明确能够占据主导的类型。

现在，说起网络古言小说，虽然人物还是具有同质化、类型化的特点，但人物的类型尤其是女主的类型已经难以一下子被定性，因为类型已经是多元而包容的类型，经过不断的排列组合有着无限的可能和潜力。

紧跟时代，制造反差，寻找不同，成为网文作家们在程式化流水线产出人物、吸引读者的不二法门，也在一定程度上酝酿了渐变中的质变。作家水千澈在访谈中说道："你写多了看多了，心里大概会有数，知道这个人物的哪一点会戳中人心，就某一句话、某一个行为，从细节上去突出这个人物。写一个人肯定不能脸谱化，写着写着自然越来越丰满。比如说这个人冷酷，他既然是冷酷的，你肯定是要写这方面的来突出，但怎么去突出这一点，就是关键了。可以弄反差萌，利用这种萌点的新鲜感，留意这个时代的变化。"形式上的类型化,趣味上的反类型化,形成了网络小说人物"类型化"的张力,网络古言小说就是如此,比如甄嬛,比如庶女明兰,比如梅长苏,可以说都是在大浪淘沙的过程中涌现出的经典人物形象,相信以后还会有更多精彩纷呈的人物形象诞生在网络古言小说领域。

第二节 成为最好的自己:层层深入的代入感

所谓网络文学的代入感,主要还是对应人物而生,大多是主人公给读者带来的感受,也是一种共情效应。共情能力,是人类在社会生存中的重要能力,也是结成群体将"我"变成"我们"的重要能力。共情有各种不同的媒介,日常的表情达意固然可以形成共情,"情绪可以通过面部表情和肢体语言来传递,这对我们的影响非常大,以至于每日进行这种交流的人的长相会日渐相仿"[①]。而文学作品中的人物,也是实现共情的媒介,一方面我们与小说中的人物共情,与之同呼吸共命运;另一方面,共同欣赏一种或一类作品的人也可能结成群体,作为社交圈的一种而存在。

一、代入的现实方向

由小说代入感产生的共情效应,自古有之,比如,有读《牡丹亭》《红楼梦》成痴竟为之身死的读者。据邹弢《三借庐笔谈》记载:"余弱冠时,读书杭州,闻有某贾人女,明慧工诗,以酷嗜《红楼梦》致成瘵疾。当绵惙时,父母以是书贻祸,狠而投之火,女在床乃大哭曰:'奈何烧杀我宝玉!'遂气噎而死。"因为喜欢《儒林外史》,在上海和南汇,以张文虎为核心周围形成了文学沙龙,大家就《儒林外史》进行评点交游,互相切磋。而吴吴山三妇

[①] 弗朗斯·德瓦尔《共情时代——一种机制让"我"成为"我们"》,湖南科学技术出版社2014年版,第10页。

合评本《牡丹亭》更是一个有趣的例子，三妇实际是吴吴山的三任妻子——陈同、谈则、钱宜。陈同爱好《牡丹亭》，尝作批语，未及成婚即感伤而亡。吴山娶谈则，见陈同所评《牡丹亭》，感慨万分，续评其上，后也感伤而亡。吴山续娶钱宜，继续完成评点，三妇隔着生死时空因为《牡丹亭》互相对话，成为一段佳话。因此，能够代入更多是因为理解的同情，因为牵动了我们的切身感受。网络古言小说的时空，在架空的遥远的社会，在陌生的庭院，那个主人公经历着与平凡的你我不太一样的人生，但奇妙的是，其中的幸福与烦恼、成功与失败，却都能找到我们自己的影子。这些古言小说"呈现现实生活中的矛盾，却采用非自然、非现实的手段来化解，以童话和魔法应对现实生活问题。这种以眼花缭乱的精彩招式应付问题，在热血沸腾的表面下编织白日梦的倾向，与碎片化的阅读方式合拍，因而越来越盛行"①。让我们来看一看，在网络古言小说中，主人公尤其是女主人公波折精彩的人生，怎样代入了我们平凡而琐细的现实之思。

（一）爱情压抑

现实处境中，女性爱情的不如意并不是在古言小说中正面呈现的，相反古言小说中的爱情是理想化的呈现，是一种类似白日梦般的无逻辑的弥补和满足。无论古言女主如何强大独立、聪慧通透，在爱情上，都有着不切实际的梦幻追求——一生一世一双人。纳兰性德的词"一生一代一双人"，因为在古言中一遍遍地重复，成为固定的爱情信条，完全超出了这首词最初创作的设想。在古言的世界，爱情对女性真的很重要，是生活底气的根基所在，甚至是存在的根本价值所在，当然，在逐渐演进的过程中，这种重要程度也在弱化，不再以夸张的方式呈现，不过爱情始终是古言必不可少的重要部分。而女主爱恋的对象，必定是"陌上人如玉，公子世无双"的优秀男子。这样

---

① 许苗苗《网络文学 20 年发展及其社会文化价值》，《中州学刊》2018 年第 7 期。

的男主必定爱且只爱女主一个人，对爱情的忠诚是男主必须具备的品质。在此基础上，男主尊重女主，又无比强大，随时可供依靠，具备了完美爱人的样子。比如《三生三世，十里桃花》中的夜华，贵为天界太子，只爱人间平凡的素素，守着素素抛下的孩子，辛苦抚养孩子长大，坚持等待，不受任何诱惑的影响。当知道上神白浅就是自己心心念念的爱人后，主动示好，倾心守护，爱得深沉，为守护甚至可以拼上自己的性命。在《香蜜沉沉烬如霜》中，一样身份贵重的旭凤为了花界的小仙女锦觅，甚至放弃高高在上的天界尊位，堕入魔道，又为了追寻爱人虐身虐心，这样的爱情只应存在于神仙身上，确实更像是一段神话故事。我们看到，爱情故事的细节可能有些小错落，但基本都是如出一辙的情深不移、白首同心。我们还看到，几乎所有古言小说都会有女主风光大嫁的场景描写，极尽铺排浪漫。在这样美满的爱情想象中，女性找到了自己理想的爱情的样子，得到了弥补性的满足。

而读者将自己一次次代入主人公，体验绝美爱情，无非是这样纯粹而忠诚的爱情关系在现实中难以寻觅。或许平凡的自己难以如小说中一样获得优秀男子的青睐，或许现实中的爱情并非总能称心如意，或许太多的世俗纷扰掺杂在其中，我们实在很难全身心投入到一场感情中去爱个痛快。总之，因为有太多顾忌、太多限制、太多不如意，女性关于爱情的美好幻想总是无法在现实中完美达成，只有在小说中去弥补这样的遗憾，这也是古言小说常写常有市场的一个原因，美好的爱情小甜饼总是有女性读者需要的。

（二）父辈缺失

除了爱情，这个古言小说不可回避的重要情感代入点，其实还有很多内容，是可以引起读者深刻共鸣的。其中，在探讨家庭伦理关系方面尤为突出的一点就是父辈的缺失。我们可以看到，古言小说中虽然父亲是重要的家长角色，但是往往处于被谴责的位置，不负责任的父亲是很多古言女主悲剧的根源。《世婚》中林谨荣的父亲宠妾灭妻；《九重紫》中窦昭的父亲优柔寡断，妻子小三两边都要，导致了发妻的自尽；《金陵春》中周少瑾的父亲虽然相比之下不算糟糕，但把两个女儿放在岳母家长大，自己娶妻另过，也并不称职。基本上，古言小说中的父亲往往都是一个典型的封建大男人，在他们看来，妻妾子女问题都属于内宅琐事，不值得留心在意，"做妻子的不被丈夫所喜爱，那就怎么都是错。在这些男人的心目中，自家的妻不但应该替他打理家事，生儿育女，伺候好他，还该替他把宠妾娇儿给照顾好了才是正理，要不然就是恶妇毒妇不贤惠"。

基本上，古言小说中的父亲或父辈都会有这样渣男式的标杆人物，与言情小说标榜的理想男性背道而驰。而他们的存在，并不仅仅是用来作为痴情完美男主的对照组，更反映着现实存在的社会问题，也才能给读者带来深刻的代入感。就在不久前新冠肺炎疫情期间，一对年轻父母的流调行程引起过大众的热议，26岁的妈妈14天行程遍布文具店、生鲜超市、水果店、街边食品店、母婴用品店，还两次带儿子去看病，而她的丈夫，行程只有两项——上网和吃饭。"丧偶式"婚姻、"留守儿童"都是现实的热议话题，父辈缺位造成的情感缺憾已经是一个时代的问题。作为古言小说阅读主体的年轻女性正是这些现象的亲历者或者关注者，透过古代更为严苛的家族伦理和一夫多妻环境，将这样的社会矛盾变形地反映出来，自然能够得到发自内心的感同身受。

（三）同辈压力

在古言小说中，因为小说所描写的环境大多为大家族，所以主人公会有不少的兄弟姐妹，无论是亲兄妹还是旁系兄妹，但都因为一定的血缘关系而有了交集，从而生出故事枝节，这也让独生子女居多的新一代通过小说文本体会到了陌生又熟悉的同辈间相处的问题。温馨的亲情时刻固然令人向往，但更让读者深刻代入的却是兄弟姐妹之间的隔膜和竞争。《知否》中女主与三个姐姐一同接受教育一起成长，其中的竞争与钩心斗角在所难免。为了能够在宫中放出的孔嬷嬷跟前多学些规矩，姐妹互相攀比，恶性循环，最后竟然撕破面皮大吵，最后虽然都被教训"一家子的兄弟姐妹，同气连枝，共荣共损"，但姐妹几个的竞争从未停歇。《庶女攻略》描写的庶女竞争更加可怜可悲可恨，为了能够摆脱嫡母的辖制，摆脱庶女任人摆布的命运，庶女们又都竭尽所能地讨好嫡母，互相拉踩，甚至为了一个续弦的位置无所不用其极。而《庶女有毒》则更是将姐妹竞争引向了更加险恶的方向，姐妹之间的争夺达到了你死我活、不死不休的极端程度，也是颇为狗血夸张。

这就自然而然让我们从兄弟姐妹的关系推广到我们日常所面临的同辈压力（peer pressure），是指同辈之间的竞争压力，尤其是优秀同辈取得成就所带给自己的心理压力。而当下，"内卷"是当下年轻人更加愿意使用的一个词，指过度竞争，是一种没有发展的增长。大学生之间的"内卷"是一个普遍现象，比如说，任课老师对论文作业的字数要求是5000字左右即可，但是不少人为了获得更好的成绩，都选择写到8000到10000字，甚至更多。到最后，几乎每个人的作业都大大超出了老师的要求，而能够获得满分的学生比例是固定不变的[①]。虽然清楚竞争的消耗，但是置身局内，在压力之下不得不做的无奈是真实的，而且焦虑也是无可避免的。这在古言小说中得到了精准的折射，并通过戏剧的手段进一步夸张而丰富地展现出来。

（四）职场艰辛

古言小说，大多还是将社会氛围设定在封建伦理制度之下，对女子的控制非常严苛，行动没有自由，基本无法正常地实现职业女性的书写，但并不妨碍其通过别样的方式展现求生的艰辛。

困守在内宅的女性并非无所事事，出嫁的妇女执掌中馈，每天议事决断，赏罚分明，保证着一个家庭上下的正常运转，而男人在外的迎来送往、上下打点也全靠女主人在内妥善安排。未出阁的女孩每天要晨昏定省，女工针织，

[①]《大学生的"内卷"：竞争还是内耗》，新华网2020年11月9日。

琴棋书画，进学抄经，样样不能少。这一点倒是与《红楼梦》中薛宝钗的每日忙碌如出一辙，宝钗每日要到贾母王夫人等长辈处承欢陪坐，再然后到各个姐妹以及宝玉房中闲话一番，各处都应侯完毕了才是自己的时间，还要做女红直至深夜。这样枯燥辛苦，强度不亚于朝九晚五的上班族。再者，各种是非恩怨也在耗费着她们的心思，婆婆儿媳、正妻小妾、嫡女庶女、丫鬟仆妇各个方面都在钩心斗角，互相攻略。所以，古言小说中的女性生活一点儿都不轻松，而要在这样的群体中脱颖而出，更不是一件轻松的事情，俨然是一个变形的职场，其中的钩心斗角鸡飞狗跳，并不比真正的职场经验简单，更何况还有宅斗的升级版——宫斗，则更是一个修罗场。读者在这里体验与学习，提高情商，学习为人处世之道，同时也从人物的教训中受到警示，保持本心与初心。

二、自我塑造

网络文学中的人物有着传统文学并不普遍具备的特质，就是人物的成长和成功带给读者的成就感，也就是"爽感"。主角围绕着光环，虽然都是开始时处于劣势，但总会逐渐成长最终走向胜利，也就是古言小说一贯强调的Happy Ending。正是这样充满希望、治愈又安全的历险，给了读者在其中完成自我塑造的兴趣。"由于金手指的存在，主角人生的反转是必然会发生的，是未来生活中已然注定的现实。主角就类似于一位无敌平台上的玩家，他的强大之路尽管艰险曲折，但前途一定光明。显然，在深层次上，这种总是保证自我'优势'地位的快感，折射的正是现实安全感的缺乏，是对人生挫败的想象性解决。……在本质上，它企望的改变命运的金手指，与危难时刻突然而至的救世主或青天大老爷的安慰机制是相同的，是传统社会精神慰藉基因在数字时代的轮回。"[1]

---

[1] 黎杨全《网络小说的快感产生："爽点""代入感"与文学的新变》，《海南大学学报（人文社会科学版）》2016年第3期。

网络古言小说中，很重要的一点就是能够让读者将自己代入主人公，大部分是女主人公，然后以看待自我的眼光跟着人物一同经历成长，而网络文学中的"我"，就是挣脱现实投入白日梦的一员。在这样自我塑造的过程中，包含着人物与读者相似的部分，能够引起共鸣的部分，比如性格遭遇、情感经历等，早期的古言穿越小说中的女主人公，最常见的身份就是年轻的女大学生或者初入社会的职场新人，涉世未深充满幻想又人微言轻四处碰壁，这与小说的目标读者的人生阅历高度一致，很容易达成共情和浸入。读者尤其享受与人物一起由弱变强、一起成长学习的过程，并在其中体验现实中无法实现的成就，或者弥补现实中挫折造成的伤害，这都是爽点所在。

当然，自我塑造的更重要一部分其实是与现实中的"我"有差异性的部分，这就是古言小说带领读者去经历去实现的充满浪漫与奇遇的部分。这其中的心理诉求最重要的就是拒绝平庸，放弃妥协，成为心中最好的自己，成为现实中不可能企及的自己。"读者'我'需要移情到主角身上，摆脱各种现实义理的限制而随心所欲，即不是根据'现实原则'而是'本能原则'来'想象性地生活'，这也就是网友们常说的'YY'（意淫）。"[1] 其实，在创作过程中，作家本人也实践着自我塑造，带有自况意味去创作去体验，将自己在现实中不会做不能做的事情让笔下的人物去完成，也是一场自说自话的"白日梦"。囧囧有妖在访谈中就说："我会在小说里写女追男的剧情，但我自己从未追过任何人。实际上，我通常会将自己所不具备的特质赋予笔下的人物，让他们去做我自己在现实中不会做的事情。"[2]

不过，不是任何人物形象都具有代入感，今何在访谈中说："其实一部优秀作品中的人物形象并不一定有代入感，比如《巴黎圣母院》，比如《堂吉诃

---

[1] 黎杨全《网络小说的快感产生："爽点""代入感"与文学的新变》，《海南大学学报（人文社会科学版）》2016年第3期。

[2]《囧囧有妖：写完一个故事，就像过完了一生》，澎湃新闻2018年8月1日。

德》……很多名著都是悲剧故事，人们不愿意将自己代入悲剧中。人们更愿意将自己幻想成一个英雄、一个冒险的勇士、一位大侠，这类人物更能给人代入感。"[1]所以传统文学中的不少作品是难以产生代入感的，也并不依靠代入感为流传于世的必要条件。当然明清小说尤其是才子佳人小说也具有代入感，主要根源来自对爱情的渴望，来自作者、读者在角色身上发掘的自况意味。那么，从这个角度讲，网络小说的代入感也来自读者在小说人物身上找到了自我，并且触角已经伸展得愈加细密，年轻一代通过在古言小说中的层层代入，在自我言说，在互相取暖，在虚拟现实中描绘和成长为一个最好的自己。

三、满足期待

阅读的过程，也是作品满足读者期待并被接受和解释的过程。首先，古言小说有其预设的读者群，它所要满足的就是这部分预设读者的期待。"接受是作品自身的构成方面，每部文学作品的构成都出于对其潜在作者的意识，都包含着它的写作对象的形象……。作品的每一种姿态里都暗含着他预期的那种接受者。"[2]而且，在商业利益的驱动之下，潜在读者的前见和偏好对于古言小说的创作影响很深。在网文文案中，往往会有个"排雷"预告，告知读者这篇网文可能会有不可接受的设定，比如男女主的性格、两人恋爱的关系模式、结局是悲还是喜，甚至还有作者自己的文笔能力和逻辑关系等，拉拉杂杂，小心翼翼，希望读者不要在种种问题上发表过于负面的评论。这种事先评论，让读者的期待值降低，也说明了读者的评论和期待对于作者具有足够强大的影响力，以至于作者在开文之前要先与读者进行约定。这是对作者绝对权威的消解，也是读者介入的一个明显例子。前面，我们也谈到了古言

---

[1]《今何在：成为"畅销书作家"后很难找回当年心态》，《北京青年报》2016年9月8日。
[2] 特雷·伊格尔顿《现象学，阐释学，接受理论——当代西方文艺理论》，凤凰出版传媒集团2006年版，第81页。

小说中男性形象的必然特质，优秀而有担当，最重要的是对爱情对女主人公忠贞不移，这显然与读者尤其是女性读者的期待视野有很大关系。

再者，读者阅读的过程中也是对作品进行解释和影响的过程。"接受理论认为，阅读过程永远是一个能动的过程，是一个复杂的运动，并且随着时间而展开。……读者会赋予作品某些'预先的理解'，一种信念和期待的模糊的背景，在这种背景之内作品的各种特征将得到评价。不过，随着阅读过程的展开，这些期望本身将会因我们了解的东西而发生变化，并且阐释地循环。"[1] 由此，在对古言作品的解读和选择中，读者的观念在转变，也带来了作品的属性变化，尤其是人物属性的变化。"现实也让囧囧有妖看到，女性经济能力在增强，女性在网络文学中的影响力也在不断扩大。现在许多女性注重自我价值的实现，包括我自己在小说当中，有些现实会投射在一些文学作品当中的。"囧囧有妖指出，文学作品的女主人设流行趋势悄无声息地在改变，注重自我奋斗的大女主文取代了"灰姑娘嫁入豪门"的题材。"有意思的是，过去大多数女性幻想霸道总裁爱上我，现在的女性幻想却是老娘要建功立业改变世界，过去的男性幻想修仙纳妃平天下，而现在的男性幻想——如何做个极品上门女婿。"[2] 所以，在男性向开始流行"赘婿"文的时候，古言中的女性追求也在不断发生转变，甚至开始出现无 CP 文，将以往最受女性读者重视的爱情成分彻底消解了，两者形成了有趣的呼应。

自古以来，女性的压抑与反抗一直是文学所表达的重要主题，中国传统小说戏曲中也多有具体体现，《牡丹亭》中杜丽娘的自我觉醒自我发现，尤其是在她对镜自怜时的自我发现，"翠生生出落的裙衫儿茜，艳晶晶花簪八

---

[1] 特雷·伊格尔顿《现象学，阐释学，接受理论——当代西方文艺理论》，凤凰出版传媒集团 2006 年版，第 75 页。

[2] 《中华田园赘婿文学研究：论软饭的优雅吃法》，浪潮工作室 2020 年 11 月 24 日。

宝填,可知我常一生儿爱好是天然"①,体现了生命的觉发。《女仙外史》也算是那个时代的"大女主"小说了,更不用说《红楼梦》这样的为"闺阁昭传"的作品了。当然,这些小说还是以男性作者的创作为主,所以即便带有突破时代的为女性号呼的先进性,也终究还是男性视角下的书写。而到了网络古言小说的时代,大多数时候是女性作者写给女性读者看,从而更加具有女性主体意识。"当'网络一代'的女性作者成长到足以发现琼瑶式'传统言情'(一般称'台湾言情')编织的爱情神话的欺骗性之后,她们在吸取前辈经验的基础上,进行了诸多大胆的甚至有些离经叛道的尝试……网络平台的低门槛设置,使千千万万的女性作者终于得到了群体性话语表达的机会,乍看起来泥沙俱下、鱼龙混杂、破开纷乱的表象,内里却潜藏着对'女性解放'和'男女平等'一轮又一轮的重新诠释。"②

有一种论调认为网文女主失去爱情逻辑的支撑后,就成了闭塞生活中无欲无求的小女人,"在网络文学中,女主人公在舍弃了爱情至上的逻辑的同时,也越来越走入封闭的生活场景,不再向往政治权力和干预外部世界的能力,不再奢望以国家和天下作为自己实现人生价值的舞台。她们不求兼济天下,只求独善其身,没有伟大的理想和信仰,努力追求的不过是活下去,以及如果可能的话,更好地活下去。她们是一群不再相信爱情,只想过好'小日子'的'小女人'"③。笔者不认同这种观点,大女主一直是古言小说的主力军,虽然从最初的千金小姐进化为各种不同阶层身份地位的女性,女主站位已经发生了很多变化,但是追求平等独立一直是多样表达的不变内核,即使这种平等独立有着作家和读者不同偏好的影响,从而未必合理甚至走向自己的反面,但这种倾向一直是明确的。女性可以独立生存得很好,爱情并非一切,有越来越多的作品在

---

① 汤显祖《牡丹亭》,人民文学出版社1963年版,第43页。
② 邵燕君主编《网络文学经典解读》,北京大学出版社2016年版,第281页。
③ 邵燕君主编《网络文学经典解读》,北京大学出版社2016年版,第206页。

努力展现女性这样的一面。《锦衣香闺》中描写的苏锦是个命运多舛、性格泼辣又不失美貌温婉的女子，或许很多女人身上都或多或少有她的影子，被生活磨砺得圆滑世故，有些小心机和小手段，不失善良，教导孩子格外讲究方法，敢弃渣男，敢爱丑男，更敢寡妇再嫁，追求新的幸福。她活得格外真实、格外洒脱、格外勇敢，爱着谁就一心一意对那个人，不因外貌能力境遇而有所更改。《木香记》的女主在婚姻中自信全无，反而在走出婚姻后天高地阔，有了自己的天地。《嫁纨绔》中的顾九思婚姻不如意，靠自己的能力改造夫婿，携手打造自己的人生，也算是被逼入局，时势造英雄了。

当然，"最能打动人的文学作品，是那种迫使读者以一种新的批评态度来认识自己的习惯准则和期望的作品。这种作品质询并改变我们介入其中的并未言明的信念，'不承认'我们日常的观念习惯，并因此迫使我们首先承认它们本来的面目"。而在这点上，网络古言小说显然并不能承担如此重任。对于这点，无论是作家还是读者，都有着比较清晰的认识，如匪我思存访谈中所说："言情小说就是冰激凌文学，如果读者把它视为一个调剂生活的甜点，那它其实只会帮助身心得到愉快的享受。"所以，大多数网络古言小说所能满足的期待，也还是局限在读者身心的愉悦这样浅表的层面，通过描写女性的成长逆袭带给读者爽感，至于开掘更深层次女性话题显然并不是古言小说的重点所在，这也对应了其所面对的读者群体的普遍需要。

第三节　典型宅斗大女主：以《九重紫》中的窦昭为例

《九重紫》是起点白金大神吱吱目前最满意的作品，"《九重紫》是她第一次从'下意识按照喜好写'变成'写作式写故事'"。"以前我不管技巧、布局，只要自己喜欢就可以了。但后来我会想，我能不能完整讲好一个故事，除了我喜欢，它还能有写作的技巧和立意在里面。以前哪个角色领盒饭，我就看自己心情，但是现在我会想，是不是要把男主角放在那里出场？女主角小时候的经历对人物塑造有没有帮助？我以前所有故事都不写大纲的，但是《九重紫》是唯一有的。"① 所以虽然这部小说依然篇幅长得考验读者耐心，但其开篇和故事整体构思都很精彩，人物塑造细腻大气，尤其主人公窦昭的塑造，不愧为宅斗文大女主的一面旗帜。

一、重生改变不了一切

重生文最重要的就在于弥补，窦昭重生前的日子过得不好，她一个人支撑着没落的济宁侯府，丈夫软弱无能不成器，婆婆整日不理家事，亲生儿子离心离德。窦昭在这样的环境中苦苦挣扎，心却越来越凉，年纪轻轻就到了油尽灯枯的地步。而她最大的心结是她幼年时母亲的自尽，自那之后，她的人生就黯淡了，父亲与她隔阂日深，继母继妹压制她，整个窦氏家族背弃了她，导致她每一步都走得艰难。

所以，窦昭这一生都纠结在母亲弃她而去的心结中，"她那么小，母亲怎么就舍得丢下她一个人走了？若是生母在世，教导她怎样为人妻、怎样为人母，她是不是就不用吃那么多的苦，走那么多的弯路，孩子们也不会和她离心离德了呢？这是个无解的答案"。而重生回来的第一步，窦昭就是要解开这个无解的问题。很幸运，这时的母亲还健康地陪在她身边。

窦昭重生在两岁，虽然年幼无力，还是尽力地干预着自己母亲的悲剧，但她阻止不了父亲的变心，阻止不了王映雪的出现，也阻止不了人心的异动。不过，也不能说一点变化没有，上辈子，母亲赵谷秋未同意王映雪入门就自缢了，结果她只是成为一个三缄其口的过往，被冠上"善妒"的恶名，她死后，窦世英连孝也未守，迅速娶了王英为继室，生儿育女。至于其中发生过

---

① 《作家吱吱：目前最满意的作品是〈九重紫〉》，澎湃新闻 2018 年 9 月 27 日。

什么，再也不得而知了，这也直接导致了窦昭一生的憋屈不明。而这辈子，窦昭重生回来，阻拦了母亲的第一次自尽，却拦不住第二次，不过这次赵谷秋的自缢终于换来了窦世英真正的悔恨，窦世英得到了负心的惩罚。可是，那又如何？早已命中注定，于事无补。再来多少次，他仍会负她，只是这次终于付出代价而已。

而窦昭母亲的为爱而亡，虽然在她自己是性格使然纯粹决绝，但对于身边人尤其是对于她的亲人子女，无疑是残酷的。就如同六伯母纪氏的分析："她并不是因为脸面上过不去才自缢的。""她是把七叔看得太重了。就算不是王姨娘，换了别的女子，哪怕是个低贱的娼妓，只能得七叔的欢心，于她都是天崩地裂般的事，宁愿死也不愿意看到。却不曾想她这一走，孩子怎么办？抚养她长大的娘家兄弟怎么办？她这样，简直就是亲者痛仇者快，我都不知道该说什么好！如果她有个母亲帮她拿主意或是有个闺中密友说说话，事情也许不会走到这一步。'丧妇长女不娶'不是没有道理的。"

作者从一开始就明确了这样一个重生的环境，重生是重来一次的机会，但能不能把握机会，是重新来过还是再陷泥淖，全靠窦昭自己的点滴努力，"虽然重生，窦昭能影响的，也不过是身边的一些人和事，该来的还是会来"。所以，无论窦昭怎样痛彻心扉，怎样费尽心力，母亲赵谷秋还是自尽而亡，父亲窦世英也还是那个优柔寡断、缺少担当的父亲。王映雪虽然在窦昭的设计下没有作为继室过门，而是成了小妾，但是终究还是拦不住王家家势重振后，在家族势力的裹挟下，王映雪顺利扶正，终究成为窦昭的继母。祖母是窦昭曾经想挽留在身边的唯一温暖，可是强留了几年还是要面对生死离别。曾经像沙一样从指缝溜走的一切，这一次还在一点点看似无可挽回地再次溜走，这是怎样的一条重生之路啊！

重生的机遇，并不是上天赠予的捷径，而是崭新的磨炼。面对与前世区别不大的人生开局和走势，这时的窦昭显示出了大女主的气势，她要走出一条破局之路。东窦本来与窦昭所在的西窦面和心不和，一向不插手西窦内务，甚至还有意无意为了与王映雪的父亲王行宜交换利益而打压窦昭。这一世，窦昭利用对前世政治风云的预见，利用东窦五伯父与王行宜的矛盾纠葛，成功换取了西窦一半的家财傍身，还让东窦将自己作为制衡王映雪乃至王行宜的一枚棋子，得到了东窦的庇护，从而在窦家站稳了脚跟。反而是王映雪母女一直被压得抬不起头来，处处为她所制。而东窦的六伯母前世只是疏离和气的亲戚，这一世，因为窦昭的有心接触，成为替代窦昭母亲一般的存在。也在群狼环伺的家族中，为她提供了一块温馨喘息之地，并在后来的诸多关键时刻真心为她考虑，坚定地站在她一边。窦昭结识交好了一批窦氏子侄和亲眷，比如窦启俊、邬善、纪咏，还得到了一批追随身边的伙伴手下，比如陈曲水、崔十三、赵良璧、素心素兰姐妹，这一切都是她前世想做而没能做的，这一世通过更有利的条件、更成熟的头脑一一努力做了起来，正如她自己所下的决心那样，"她要选择生活，再也不要被生活选择"。

作者吱吱遵循着性格决定命运的原则在创作，所以小说中每个人的命运虽然因为窦昭的重生而有所变化，但是又都不尽然是窦昭的作用，而是自身性格将他们推向了那里，而窦昭有时只是推波助澜而已。善良宽厚的祖母，上一世在农庄劳作，自足安乐，受人爱戴，这辈子在窦昭的爱护下得以多享受几年人间烟火，依然是不变的耿直恬淡。王映雪和窦明，前一世跋扈愚蠢，借外家势力欺压窦昭，最终也并不幸福，这一世依然是窦昭的手下败将，只不过因为窦昭占了一世先机，处处先发制人，王映雪母女早早就退出了争斗的主战场，而最终她们的不幸还是自作自受。所以，重生并不能改变一切，选择人生的是自己，被窦昭重生影响的一众人物的命运也诉说着同样的道理。

二、不是圣母也不是怨妇

窦昭前世就是能独立支撑侯府的女人，重生之后更是心思细密、成熟机变。这两世她的能力心智是一以贯之的，但她并没有将自己前世的怨怼失意带到这一世，反而在岁月的沉淀中积攒了更多的通透智慧。

由于窦昭这一世重生在两岁稚龄，稚嫩的表象下是熟透的芯子，往往能在别人不设防的状态下见到更多真实的状态。窦昭目睹了父亲的变化，丰神俊朗的父亲终究消磨成了那个"微微蹙眉，纵然大笑，眉宇间也带着几分无法消融的郁色"的中年人。母亲过世后，父亲似乎无情地继续着自己的生活，但无人之际父亲却会对着年幼的窦昭述说心事，如此寂寞，如此伤情。窦昭突然有些明白，为什么前世今生，她从来都不曾恨过父亲。父亲有父亲的问题，他会因为窦明代替窦昭出嫁而气晕头，也还是会可怜窦明偷偷给她塞银子，父亲就是无法舍弃不能忘情才一碗水总是端不平，但窦昭理解了他的艰难。"父亲不喜欢与人争执，总觉得自己忍让一些，就能避免起冲突，却不知道越是这样，事情却如一团乱麻，大家都觉得受了委屈，怨气更重，彼此之间的关系越紧张，时间长了，还会爆发出来。"这样的父亲，最终和王映雪相敬如"冰"，两个女儿都不贴心，能陪他说上几句知心话的竟然只有家中老仆，也是凄凉。因此这一世，窦昭虽然谈不上与父亲和解，却也放下了前世的隔阂埋怨，尽力与父亲相处得与天下正常的父女一样，虽然心中都藏着不能碰触的伤痕和过往，但是也珍视无法割舍的骨肉亲情。

对于王映雪和窦明，窦昭则更是显示出重生女主中少见的气度。继母王映雪在前世曾经是压在窦昭头上的大山，但靠着窦昭的智技，一样让王映雪灰头土脸，不过窦昭也付出了惨痛代价，"从诚惶诚恐到开怀大笑，她如赤脚在炼狱里走了一遭。谁又怜惜过自己的伤疼与哀鸣"。这一世，窦昭拦住了王映雪的上升之路，让王映雪止步于一个被架空的继室，除了一个名分什么都没有。而窦昭反而不在乎这个名分，她不再执着于与王映雪争夺父亲，反而催父亲带着王映雪、窦明去了京城，就为了接上一世照抚她的祖母回真定家里，承欢膝下。后来，王映雪因为算计窦昭，搞出了姐妹易嫁的丑事而被窦世英撑回真定老家思过。窦昭听到这个消息的时候，反而松了一口气，她已经走出来了，以后王映雪如何不再与她相干，她要继续向前过自己的生活了。

前世，窦明有个处处维护她的母亲，只要她想，不管付出怎样的代价和作出怎样的牺牲，王映雪都会为她争取，却养成了窦明飞扬跋扈的性格，失去了王映雪的庇护，她除了大嚷大叫，乱发脾气，什么也不会，好好的一桩姻缘，被她弄得乱七八糟、惨不忍睹，她却不知道问题出在哪里，只知道一味地指责别人。因此，窦昭早已不再艳羡窦明的运气，反而庆幸自己虽然没有了母亲，却有个疼爱她的祖母，用最朴实的方法言传身教地影响着她的人生，让她能在逆境中不绝望，在顺境中不骄傲，学会了怎样保护自己，怎样争取幸福。

对于这一世的窦明，窦昭也从没有一棍子打死的狠心，窦明的问题与她身处的环境有莫大的关系。她甚至觉得窦明的运气不太好，"先是碰到了王映雪，拿着她来对付父亲，多了些许功利，少了母亲的慈爱；后来碰到了王许氏，一个把她当成个宠物似的养着，只知道溺爱，不知道对她未来负责的人。现在跟着自己——自己并不是个擅长教育人的，前世自己的三个子女就是佐证……"

窦昭太清楚怎么让继母继妹痛苦，劝父亲纳妾，自己教养庶长子，找人引诱窦明，一套组合拳轻易就能毁掉这母女俩。但是她不这样做，因为她有道德底线，不会以报仇为理由让自己成为最丑恶的面目。王映雪，她做错了事，就得受到惩罚。王家不管，窦昭会管的。窦明，前世对不起她，这世却没有做错什么，窦昭不能因为她没做过的事而去报复她，这是她做人的原则。

正是在这样不抱怨不后悔的心态下，窦昭才能洒脱地放眼前路，为自己的未来杀伐决断。在充满龌龊糟污的大家族中，有为自己派系一心算计的二太夫人和祖父那样的大家长，也有朴实无华的祖母，精明而善良的六伯母，一起长大鸡吵鹅斗但又意外团结一致的各支兄弟。所以，这里和天下任何一个地方一样有不好的，也有好的。窦昭都客观理智地接受，她认为这些都是自己的血亲，你敬我一尺，我还你一丈，被算计吃亏了，是识人不清，但日子总还是可以继续过下去的，毕竟这里是她的容身之地，上一世的失意也不能否定窦氏一族对自己的意义。

为了能够在复杂的环境安然度日，这一世，窦昭拾起了多年做侯夫人的智慧，收拾起不忠心的奴婢，如玉簪、大庆媳妇、俞嬷嬷之流，毫不手软。她煞费苦心打造自己的团队，前世自己得用的手下都逐渐归拢，也施恩招纳了陈曲水、段公义等三教九流，想要保住自己的所有，想要不被出卖不被摆布，就要主动出击，居家宅而窥朝堂。而且有趣的是，窦昭极其强调秩序，她可以整治窦明，但是府中捧高踩低的下人想践踏窦明，她却一定会制止。她甚至与陈曲水兴致勃勃地讨论，将治国之道与管理内宅进行类比，"万事只要遵循惯例，就不会出什么大错，可偏偏有人仗着小聪明想自行其是，坏了规矩，结果上行下效，整个府里的风气都坏了"。这也是她无论治家还是参与政局谋划的基础，心胸见识要高于不少须眉男子。

窦昭从来没打算扮演"小白兔"或者"白莲花"那样的角色，从一开始，就拿了狠人的剧本。在突遇劫匪时，她瞬间权衡利弊，处置得当，有限的人手都用在刀刃上，既寻找到援手，又拖延了时间，关键时刻，亲身与劫匪周旋，冷静果敢，洞察人心。最后甚至起了杀心，要将罪魁祸首庞昆白直接打杀，果决大胆连行走江湖的段公义等人都大为惊叹。窦昭初见宋墨，一点儿都不浪漫，甚至凶险至极。宋墨因为行踪泄露，下了杀人灭口的决心，窦昭婉转求和却根本不被理睬，最后靠着机智决断为自己谋得一条生路。而正是与宋墨的机缘巧合，让二人结识，也改变了宋墨的命运，给了宋墨一线生机。说到底，宋墨命运的改变也是给了窦昭美好的前景，毕竟两个人之后的未来是联系在一起的。不过，作者在人物塑造上也犯了很多大女主文同样的毛病，窦昭的智慧也有些太过神乎其神，虽然作者不时用前世经历作为解释，还是让人觉得不真实，算无遗策的人设，也让人觉得多少有些无趣而失实。

后文，作者花费了不少笔墨去交代那些配角的不如意，包括魏廷瑜与窦明的婚后生活，包括王家的一再坎坷受挫，更像是在给读者一个交代。而大女主窦昭，早已又爽又飒地放下了。所以重生，虽然有些事情改变不了，但是，让自己过得更好一些，窦昭还是做到了。

三、爱情，也是必须拥有的

窦昭是个英气美好的女子，"她个子高挑，曲线玲珑，鹅蛋脸，长眉入鬓，红唇丰盈，皮肤雪白，看人的眼睛略微犀利些，就有股英气咄咄逼人，和父亲如同一个模子里印出来的"。但是这样的窦昭却没有了青春的锐气、少女的羞涩和对爱情的憧憬。前世几十年的生活给了她历练，给了她圆融，却也抹杀了一切与青春有关的样子。

对于爱情，对于夫妻，上一世与魏廷瑜的种种，永宁侯府的生活，已经让她心如死灰。她的心已千疮百孔，这样轻柔如粉色的情意她欣赏，却没办法冲动。表哥邬善青葱岁月的喜欢，她婉言拒绝；庞氏兄弟别有用心的靠近，她四两拨千斤；金尊玉贵的何煜贸然求娶，她从容应对；纪咏自以为是的爱慕，她无情斩断；宋墨难以自禁的注目，她再三逃避。归根结底，她累了，没有力气也没有勇气再陷入一场旷日持久的纠葛之中。"我实在是不想再陪着一个男孩子成长了，而且还不知道长大之后他会变成什么样子……""重新开始，不管看上去多么花团锦簇的婚姻，都会有这样那样的不如意，自己再嫁一个人，未必就一定会比和魏廷瑜在一起更好。"她是多么不需要一个未来不确定的丈夫插入她的生活，那种为别人付出的所谓完整生活不是她这一世想要的。这一世，她更在乎自己，在乎自己能够掌控在手中确实的东西，依靠谁都不如依靠自己。

窦昭借着两世的智慧，把自己过成了人生赢家。一个丧母孤女，独占西窦一半家财招人觊觎，身处大家族群狼环伺之中竟然全身而退。窦昭真实地演绎了最好的自卫就是最大限度地打击敌人，她主动出击，开笔墨铺子，将触角伸向全国各地，深达上层机要，豢养陈曲水等大量谋士高手，成为进士如云、功名满堂的窦氏家族意外崛起的黑马力量。无论东窦西窦都只能捧着她，成为她的坚强后盾。就连宋墨遭难，她也能出手营救，可见实力强大。这样的女孩武装到了牙齿，铠甲坚硬厚实，很难让人窥见柔软，更别说让人长驱直入住进她的心里。

所以，从小说开始，窦昭就是谁也不想嫁，这个想法在当时社会实在惊世骇俗，窦昭并不愿意过分明显地表露，但是她的一步步筹谋都是向着这个方向努力。在宋墨的追问下，她也再三明确表示，不是不想嫁给宋墨，是谁也不想嫁，"这一世，她有舅舅依仗，有银子傍身，有窦家的矛盾可以利用，为什么一定要嫁人呢？就这样自由自在、无牵无挂地过着自己的小日子，偶尔深处玩味一下前世遗留下来的憾事不好吗？"窦明代嫁，窦昭虽然心知肚明，甚至是她乐于见到的结果，但是被自己的至亲窦氏一族合伙算计，窦昭心中还是酸楚的，她既不想嫁入魏家，也不想嫁入纪家，她只想留在窦家，做个自由自在的姑奶奶。可这个事情想来容易，做起来却是千难万险。这时，她会想起上一世嫁入魏家的心境，想起自己心底都不敢相信的执念，其实她也想身边有人陪伴，再如何说不想出嫁，其实心中还是渴望。"我小时候，总觉得自己无父无母，又无手足兄弟，孤单寂寞。长大之后，就特别希望有个人做伴，特别希望那个人能在所有的人都遗弃了我之后，还一如既往地待我好。因而我明明知道他有这样那样的毛病，可我还是愿意和他过下去。何况我也不是没有毛病的人，我在忍别人，说不定别人也在忍我呢？但是有个人在身边，总好过自己一个人孤孤单单吧？"

作者对窦昭很好，给她安排的两个主要追求者——纪咏和宋墨，都是惊才绝艳的人物，但是，我们在这两个人身上又看到了窦昭抉择的重点，就是对窦昭的尊重和信任。纪咏霸道总裁式的爱，不能令窦昭感到被尊重。他最后擅作主张摆布窦昭的婚姻，彻底越过了窦昭的底线，直接导致二人的决裂。

窦昭明确说出了自己的强烈反感:"你觉得魏廷瑜配不上我,就引他夜宿南风馆,坏他的名声;你想让我厌恶魏廷瑜,就让窦明邀他同游大相国寺;你想娶我,就让我们姐妹易嫁……从头到尾,你可曾想我的心情?你可曾问我的意愿?这就是你待我的好?如果这就是你待我的好,我宁愿不要!"

宋墨有些不同,他强悍狠辣,却在碰到窦昭后惊叹佩服于这个闺阁女子的见识手段,有了伤心失意,甚至也愿意和窦昭聊一聊。表妹自尽、三舅病逝,他都凑巧地说给窦昭听,不求开解,只是找一个同样聪明通透的人倾诉一二。二人之间的这份理解,更近于知己之情。"她不仅冰雪聪慧,值得信赖,而且有颗包容、坚韧的心。不管他的行为有多离经叛道,不管他的话有多骇人听闻,她都不会被他左右,更不会被他吓倒。而是会用自己的方式去理解,去处置。"而窦昭也对宋墨有着深切的同情,因为二人命运的相似,因为同样的孤独,"不管是前世还是今生,不管是歌舞升平还是繁华落尽,他自始至终都是一个人"。上一世宋墨杀父弑弟给窦昭留下了深刻恐怖的印象,这一世,揭开层层谜团的窦昭更是对宋墨充满了同情,也因为两世的了解对于宋墨的能力有着绝对的信任甚至崇拜。

如果我们仔细阅读,窦昭对待纪咏和宋墨,从来都是双重标准的。对纪咏,窦昭一直认为他过于刻毒,做事不留余地,心中没有是非道德观念。但是宋墨,一样是狠毒的、随时杀人灭口的人物,窦昭却能体谅他的处境。说到底,还是内心的情感作祟。窦昭是偏爱宋墨的,而纪咏再好,因为男二的"炮灰"属性也只能留给读者去心疼了。这也是好多读者同情纪咏,甚至不少读者站了窦昭和纪咏CP的原因。

窦昭对男女情爱避如蛇蝎,前半部的情感戏其实都在围绕着窦昭怎样躲避各种联姻而打转,尤其是与永宁侯府的姻缘,更是窦昭处心积虑利用又狠狠抛弃的重点。甚至窦昭与宋墨的婚姻也并不会以两情相悦为前提。宋墨对窦昭的最终说服,不是从爱情入手,反而是劝窦昭搭伙过日子,一起抵挡风雨。"还有什么反击，比得上嫁给一个处处都远胜前任未婚夫的丈夫！这门亲事，足以堵住那些对窦昭不怀好意的冷嘲热讽和流言蜚语！""你能不能像以前那样，再相信我一次，你不如嫁给我！我就是再不济，也能护了你的周全！""与其让我父亲左右我的婚姻，不如娶了你，至少我们之间还有话可说，不如做个伴好了。"窦昭终于想明白，与其这样在窦家苦苦挣扎，不知道什么时候才能出头，还不如嫁到英国公府去。宋墨承诺她的自由与做伴，太有诱惑力了。

婚后温水煮青蛙的生活，让窦昭深陷而不自知。宋墨有大把的时间让窦昭爱上自己，而最终，窦昭也觉得这样一直过下去好像并没有什么不好。势均力敌、强强联合的爱情终于真香了。

这部小说老一辈的爱情都是不完美甚至是悲剧一般的存在，无论是生死两隔终成怨偶的窦昭父母，还是暗藏玄机不死不休的宋墨父母，都让人对所谓爱情，尤其是婚姻中的爱情产生了质疑，所以窦昭与宋墨的爱情更像是这个复杂世界中的童话一般，美好而不真实。后期的婚后生活更是过于美好，让人有些难以从前期布局的诡谲复杂中转变过来，这是网络言情一贯的问题。窦昭面对爱情的态度也非常具有典型性，再次回到了当代女性对爱情的既缺乏安全感又向往这样矛盾的集体情绪上。毕竟，古言小说也还是要侧重给读者希望的美好爱情，作为大女主，在怼天怼地的奋斗之后，还是要做回甜甜的小女人，无论如何叱咤风云，美好的爱情还是要安排上。

附：煮一壶生死悲欢祭少年郎

——由《魔道祖师》到《陈情令》

2019年夏天，电视剧《陈情令》大火，笔者始料未及地加入了追剧大军，看得不亦乐乎，顺势回过头去看了原著《魔道祖师》。从这个角度说，笔者并不算忠实的粉丝，以前也对这种题材的网文接触不多，但这次的体验似乎为自己打开了一扇窗，有些感想不吐不快，算是纪念这份夏日限定的陪伴。

一、儒道文化与侠义江湖

《魔道祖师》这部小说建制起来的社会体系与规则是完整自足的。也许有人会说修仙修道、行侠仗义只是这部小说的外壳，但即使如此，这层外壳也是极为成功的，因其并非无本之木，是由中国文化的沃土上开出的花。

这里无关朝堂，是一个修仙世家掌握权力承担重任的社会，五大世家，以岐山温氏为首，家主被尊为仙督，其下又有兰陵金氏、姑苏蓝氏、清河聂氏、云梦江氏，以及各小宗小派仙门百家。这一社会特点让人轻而易举就联想到世族门阀强盛的魏晋时代。当时，世族势力蒸蒸日上，甚至掌控着国家支柱，比如朱、张、顾、陆四个家族轮流出将入相，长期操纵东吴政治，还形成了每一门的独特门风，获得了所谓"张文朱武陆忠顾厚"的称号[1]。高门大族一般惯以郡望加姓氏自称，如琅琊王氏就是晋代顶级门阀，类似的还有弘农杨氏、陈郡谢氏、清河崔氏等，这些大家族绵延日久，在国家社会政治文化生活中地位举足轻重、根深蒂固，而寒门庶族想要升为上品则非常之难。这样的社会格局，都与《魔道祖师》中给我们描绘的社会氛围很契合，所以庶子金光瑶和外姓弟子苏涉想要出人头地都要做出非常之举，而即使不世奇才魏无羡也摆脱不了家仆之子的标签，如果不是后来的奇遇巨变，他的归宿也只能是做江氏家臣而已。

小说中各大世家的清谈会、夜猎等社会活动同样颇具魏晋风度，这些集会既是各大世家集会商讨重大问题的场合，也是世家子弟们逞才扬善、出人头地的机会，金光瑶作为仙督热衷于召集清谈会，魏无羡在百凤山围猎大出风头，晓星尘亦是夜猎中一战成名。而魏晋是中国谈玄论道最为盛行的时代，

---

[1] 翦伯赞《中国史纲要》，人民出版社1965版，第22页。

尤其清谈，是魏晋士大夫生活中不可或缺的一部分。清谈最初是士大夫们就各种思潮进行谈说论辩，其中也会评论时政、推举人才，后来清谈脱离政治逐渐走向谈论玄远的义理，更多地集中在对老庄思想的阐发，士人行为也日益疏放肆意。在这样的风气下，诞生了不少放浪形骸的风流名士，如正始名士、竹林七贤等，这些名士基本都出自各大世家，领一代之风流。人物品藻作为谈论的一种也成为一时风气，在当时能够得到一句评语，就是最好的晋身之阶，所以曹操为了求得许劭的一句点评而用尽手段，终得一句"子清平之奸贼，乱世之英雄"①。而在人物品藻中，当时的人不仅在意被评价者的品性才学，也非常注重外表，可以说是以貌取人的。名士风貌往往以俊秀清雅为高，嵇康"萧萧肃肃，爽朗清举"，裴楷"如玉山上行，光映照人"，夏侯玄"朗朗如日月入怀"，而美貌如"珠玉在侧"的卫玠竟生生被"看杀"②。《魔道祖师》在审美上与传统的名士风采一脉相承，小说中还有世家公子品貌排行榜，世家公子都要接受评价，以上榜为荣。在这个排行榜上，蓝忘机因不苟言笑居于蓝曦臣之下，位列第二，对他的评语"有匪君子，照世如珠，景行含光，逢乱必出"就颇具魏晋人物品藻的口吻。

姑苏蓝氏与云梦江氏是两位主人公出身的世家，所以小说对这两个家族文化的描写较为详细。姑苏蓝氏先祖为僧人，治家强调"雅正"，三千条家规使云深不知处始终笼罩着禁欲系的清修色彩，不过蓝氏家规的具体内容又处处彰显着儒家文化色彩，尤其礼教森严的一面。比如，蓝氏抹额寓意归束自我，与程朱礼学的"克己服礼"一脉相承。比如，电视剧展现出来的蓝氏听学入学拜礼一场戏，就深得儒家尊师重教的精髓。与之相对照的，魏无羡出身的江氏只有一条家训，"明知不可而为之"，但这也是对儒家名言"知其不可而为之"③

---

① 范晔《后汉书》，中华书局1965年版，第2234页。
② 刘义庆《世说新语》，华夏出版社2000年版，第327～339页。
③《四书五经》，中国书店1985年版，第63页。

的直接借鉴，魏无羡一生作为都在执行江氏家训的教导。不过江氏先祖是游侠出身，崇尚疏朗磊落、坦荡潇洒，家主一直教导子弟"随心自在"，这更近似于道家"道法天然"的宗旨，也充分释放了魏无羡自由热血的天性。至于小说中涉及的修真法门和技能，如内丹、御剑、符箓等，则与道教文化和道家修炼法门密切相关。总的来看，儒道杂糅是这部小说的思想基础。

在儒道文化浸润的背后，《魔道祖师》虽然是修仙小说，却深具武侠精神内核，充满正义感，昂扬向上。姑苏求学的各世家子弟聚在山顶放孔明灯时，望着徐徐升起的灯盏，魏无羡许下的心愿是"愿我一生锄奸扶弱，无愧于心"。说着誓言的少年光芒四射，令清冷高傲的含光君都不禁注目。"锄奸扶弱，无愧于心"也正是两人相知相交的根本，成为贯穿两人一生的行事准则。这个场景是电视剧改编加入的情节，加得很精彩，毫无违和感，成为电视剧独有的名场面。正因此，后续情节穷奇道雨夜，魏无羡带温氏族人叛逃，蓝忘机去劝阻时，魏无羡提到了当年二人一起许下的诺言，蓝忘机自动退让了，因为在内心深处他认为魏无羡是正义的。同样，蓝氏家规三千条，最重要的一条却无关礼仪言行，而在于侠义正道，首页开宗明义三行大字："诛奸邪，立正法，大道永存"，这条家规在电视剧中多次复现，也成为蓝忘机在魏无羡身死后的精神支柱。电视剧最后的开放式大结局虽然让无数人诟病，但二人坚守"锄奸扶弱，无愧于心"的定位却是相当准确点题的一笔。

从专诸、要离、聂政、荆轲，到李白笔下"十步杀一人"的侠客，从风尘三侠的霁月光风，到郭靖的"侠之大者，为国为民"，胸怀天下、济世救民一直是侠义精神不变的核心。侠义之士真正仰仗的不是手中刀剑，而是铁肩担道义的古道热肠。魏无羡无疑是小说中最具侠义精神的代表，他"修非常道，行正义事"，有着"熙熙攘攘阳关道，我偏要一条独木桥走到黑"的担当，亦有着"是非在己，毁誉由人，得失不论"的洒脱，他极具正义感与责任感又拥有真性情，担道义与爱自由两种看似矛盾的属性在他身上奇妙地融合在一起。虽然从少年英豪沦为百家公敌，但魏无羡依然无悔，他从来都爱管闲事，绝不袖手旁观，当江澄质问他为何要管温家的闲事时，他的回答掷地有声：第一，这事一点都不闲，第二，这事总得有人管。"儒以文乱法，侠以武犯禁"①，侠义精神虽然是自成一派的行为准则，但是与儒道文化的渊源极深，它们盘根错节，互相支持，魏无羡的侠义或者说《魔道祖师》中的侠义精神，说到底就是"知其不可而为之"的儒家入世精神与"道法自然"的道家出世追求的碰撞混合体。

二、群像丰满与"共情"效应

《魔道祖师》这部小说的人物设计是较为精致的，就连各位人物的姓名和佩剑都格外用心、别有意味。魏婴字无羡，佩剑名随便，后期用鬼笛名陈情；蓝湛字忘机，佩剑为避尘，古琴名忘机；江澄的佩剑为三毒；金子轩的佩剑名岁华；聂明玦的刀叫作霸下；金光瑶的剑为恨生；晓星尘的剑名霜华；薛洋的剑名降灾。真正做到了人如其名，剑如其主。而小说人物塑造最突出的一点就是大部分人物都性格丰满，有血有肉，无绝对坏人，也无绝对完人，都是有故事的人。

比如，在义城篇虐得哀鸿遍野的薛洋，就是一个坏事做尽却让人恨不起来的人物。薛洋曾经只是个爱吃糖的天真孩子，他的样子讨喜，一笑露出一对虎牙，怎么也和十恶不赦联系不起来。可他偏偏是个随心所欲、手段残忍之人，年少时因为受常慈安哄骗，失了左手小指，长大后，他便要灭了常氏满门作为报复。他的恶行被晓星尘抓住，也从此开始了对晓星尘的残忍报复，晓星尘为此付出了双眼的代价，还与好友宋岚失和。薛晓二人在义城重逢，重伤的薛洋瞒住晓星尘与之度过了一段平静和谐的日子，还骗晓星尘去屠杀村民误杀宋岚，最终逼得晓星尘绝望自杀。直到此时，薛洋似乎才意识到失

---

① 《韩非子》，中华书局1998年版，第451页。

去了什么，他疯狂地收取晓星尘的残魂，复制阴虎符，胁迫魏无羡，只为复活晓星尘。

"敛芳尊"金光瑶是另一个复杂的坏人。他与薛洋是恶友，却坏得另具特色，如小说中所说"以柔滑多变、宁弯不折著称"。金光瑶是金氏家主金光善见不得光的庶子，且是娼妓之子。他也曾想通过自己的努力与聪明得到父亲的认可，但始终因出身低下而被弃置。娼妓之子，是他一生逆鳞，不可触碰。他是坚忍的，从金麟台被踹下去，头破血流却一刻也没多停留就爬起来，正衣冠，面色如常，被聂明玦痛斥，不管笑得多难看也还是笑；他是聪明的，能投靠到聂氏门下得到聂明玦的赏识，也能潜伏在温若寒身边成为其心腹，还能过目不忘无师自通；他是敏感的，旁人的鄙视嘲讽能够洞察，也能够接收到蓝曦臣那独一份的尊重和欣赏；他也是有仇必报的，造成他一生悲剧的父亲被他亲手用最龌龊的方式了结，与他矛盾重重的聂明玦也被他设计害死。

薛洋与金光瑶就像是魏无羡的两个不同种类的黑化副本，三个人都遭遇了命运的恶意拨弄，薛洋对恶意报之以更大的恶意，金光瑶用伪善与权谋来对抗恶意最终自己也沦丧为俘虏，只有魏无羡历尽毁谤两世归来，依然一片赤子之心，依然有直面人生的勇气，依然洒脱乐观，心怀善念，真正是千帆过还天真。所以，没必要抱怨境遇沉浮，不同的命运终点还是在于自己的选择。

回到主角魏无羡身上，"出走半生，归来仍是少年"，这样的情怀虽然并不新鲜，却在精彩的故事演进中每每感人至深。而魏无羡也并非完美，他曾经答应江澄辅佐在侧，但最终却选择了护持温氏族人，与江氏分道扬镳，无论初衷如何，他食言了。魏无羡也确实犯了自信过度的错误，虽然蓝忘机一再提醒他修诡道损心性，他却自信地认为"我心我主"，而最终他的情绪却在与仙门百家的对抗中滑向危险的深渊。穷奇道、不夜天两场血战，魏无羡的失控是毫无疑问的，这两次灾难不能完全归责于他，但他也难辞其咎。电视剧在这两处的改编颇具主角光环，改成两次事件都是金光瑶用《乱魄抄》改变了陈情的指令，造成温宁和傀儡的失控。其实，还是原著的设计更令我信服一些。没有十全十美，也没有那么多阴谋论，世事与命运是复杂的，有时偶然与必然只在一线之间，就像小说里苏涉给金子勋下千疮百孔咒只是因为金子勋目中无人，金光瑶引金子轩去穷奇道也并没料到金子轩会被杀死，他们行动的最初也并没想到会牵累魏无羡承担如此惨烈的后果。

同理，小说也展示出了人性的复杂，金光瑶杀父杀妻杀子坏事做尽，独独没有想要害蓝曦晨，哪怕最后时刻也还是推开了蓝曦臣独自赴死。薛洋被砍下的左手还紧紧攥着晓星尘送给他的糖果，清风明月的生活他也喜欢，可惜不配拥有了。再有一个值得一说的是，从小作为魏无羡对照组长大的江澄，这也是个一直处于痛苦纠结中的人物，他后期对魏无羡的刻薄令人愤怒，可从另一个角度想，他也有他的苦衷。有网友的评论非常细腻动人："世人只知魏无羡舍金丹是为江晚吟，却不知江晚吟失金丹是因魏无羡。明明魏婴没错，江澄也没错，最终却再没了云梦双杰。""父母故去，姐姐离世，那个如兄弟一样的大师兄，选择了一条截然不同的道路。最小的那个孩子独自咬牙撑住一切。"这样的江澄何尝不令人心疼。命运无常，被操弄其中的各色人物，往往身不由己，过往种种，只能说一句对不起，都过去了。

《魔道祖师》的世界是充满意味的，没有什么完美纯粹，非黑即白，每个人的行为都有自己的前因后果，没有那么多刻意却依然走向悲剧，这样的格局更具力量。小说和电视剧中，都在强调这种人性与世事的复杂性。电视剧中，魏无羡在射日之争胜利后，望着齐聚不夜天的名门正派们去赶尽杀绝温氏族人，追问蓝忘机："眼下这些人，孰正孰邪，孰黑孰白？"蓝忘机因救魏无羡挨戒鞭时，也抗声顶撞叔父，"孰正孰邪，孰黑孰白"。正是因为这样的复杂性，才更能引起读者和观众的共鸣，从中看到生活本来的样子。

比如，金光瑶在观音庙对魏无羡与江澄分析二人当年的失误，他指出了魏无羡的天真莽撞：无冤无仇就能够相安无事？这世上所有人原本都是无冤无仇的，总会有个人先开头捅出第一刀。魏无羡这样的人，到处得罪人，除非得罪过的人一辈子都平平安安，否则只要他们出了什么差池，第一个怀疑的对象就是你。你能保证一辈子都不失控吗？他也明晰江澄的缺乏大局观：魏公子落得那样的下场，你也有责任的，而且是很大的责任。为什么他被一面倒地人人喊打，有一部分原因在于你。但凡你从前对你师兄的态度表现得好一点，显得你们之间的联盟坚不可摧，或事发后多一丝宽容，事情也不会变成后来的样子。

而魏无羡成为众矢之的后，也有了痛彻心扉的领悟：反正在世人心里夷陵老祖的那些坏事做也做了，就算跑出去喊一百个冤枉，恐怕也没人相信，其实有的时候，世人只不过需要一个借口而已，或者说一个靶子。有了我，他们就能同仇敌忾，就可以自命不凡。

这些都是对人情世故透辟的分析，正点中了很多人的痛处，也让人感慨，旁观者清，当局者迷，有些道理明白与执行是两回事，当我们身在局中时，其实还是未必能看得透做得好。人性就是如此，追捧你时从不吝啬溢美之词，唾弃你时也绝不吝啬踏上几脚。有的人被扣上邪恶的帽子，却从未做过一件真正的坏事；有的人，冠冕堂皇一副正派模样，却双手染满鲜血。这个世界的法则确实有如此冷漠而功利的一面，我们或多或少都有过经历和感受，比如被安上莫须有的罪名而孤立排斥，比如从众地去打击漠视旁人，我们都在不经意间成为过生活的受害者或加害者。究竟怎样对待复杂的人间事，蓝忘机曾经问："世上之事，是否都有定规定法？"蓝曦臣的回答是："事无定法，是非曲直原也不是黑白分明的，而是在于心之所向。"这是小说给我们的充满抚慰性的答案。鲁迅先生曾经说过："中国之君子，明于礼义而陋于知人心。"[1]可见"知人心"是太难做到的事情。

---

[1] 鲁迅《魏晋风度及其他》，上海古籍出版社2000年版，第195页。

唯其如此,《魔道祖师》虽然是玄幻题材,却在现实中实现了"共情"。小说中,就连时不时蹦出来振臂高呼的姚宗主、唯唯诺诺的欧阳宗主也让我们看到了身边总存在的那些马屁精老油条的样子。很多人物都令人感慨,留给我们不小的解读空间,每个人都能从自己的角度、自己的生活经验出发,将其中故事照进自己的现实。蓝曦臣像出身优越不谙世事的优秀傻白甜,聂明玦如同身边严苛又不善表达的师长,聂怀桑是深藏不露最后逆袭的高手,金光瑶是出身草根努力向上爬的小白,温宁是单纯善良却总成为霸凌对象的软包子,江澄就像身边一起走过年少无知却在成长中渐行渐远的青梅竹马,蓝忘机是那个高冷不可及的学霸,而魏无羡则是那个年少时永远一往无前的自己,他的存在,让在生活中屡屡碰壁的人们心中又有了"做自己"的祈愿。

三、友情与爱情

无论是小说还是电视剧,让我们深深陷入的还有两位主角的成长和情感纠葛。双男主在精神上默契,性格上互补。一个是随性不羁、明媚跳脱的顽皮少年,一个是被三千条家规束缚长成的小古板;一个是热衷打鸟摸鱼的天才,一个是行为雅正端方的楷模。两个如此不同的人在云深不知处不打不相识,随后除水祟、寻阴铁,一同冒险,两个人的价值观表现得出奇的一致,都是果决之人,都存着锄奸扶弱的初心。火烧云深不知处,血洗莲花坞,无忧的少年时光结束,他们一夜长大。魏无羡为师弟江澄剖丹,自毁前程,被丢入乱葬岗,三个月后持陈情归来,御尸召鬼,在射日之征大展威风。只有蓝忘机察觉了修诡道的危害,也担忧魏无羡未来的命运,但命运的巨轮毫不留情地碾过,魏无羡还是为救"温氏余孽"叛离了正道,被驱逐于乱葬岗。他只不过看穿了朝代更迭的丑恶,只不过说出了"温家覆灭难道金家就理所当然地取而代之"这样的实话,他只不过掌握了威力无边的阴虎符,终究是怀璧其罪。最终,在所谓名门正派的陷害攻讦之下,魏无羡在不夜天以一人之力对抗三千人,蓝忘机拼死护持依然没能护他周全,最后魏无羡落得个乱葬岗身死魂灭的悲剧，蓝忘机也被罚伤重闭关。16年后，因着一次被献舍，魏无羡重归于世，这一次蓝忘机依然坚定地站在他身边，二人一起寻找当年真相，一起实现救赎，携手云游江湖。

对于小说中忘羡的感情，我更愿意相信他们只是恰好爱上对方，而无关乎性别。《弁而钗》之《情贞记》曾借人物之口说过一段话："论情则男可女，女亦可男，可以由生而之死，亦可以自死而之生，局于女男生死之说者，皆非情之至也。"这段话也非常适应《魔道祖师》的情况。其实，古代尤其明末以来，在男风习俗的影响下也诞生过不少同性恋小说，有趣的是当时的同性恋小说作者都是男性，受众也是男性，而当下围观耽美的可能应该是女性居多。明清的同性恋小说最初并无双方平等的情感可言，往往是强势与弱势双方的各取所需，而后逐渐演进为"始于色而终于情"的书写模式，像《品花宝鉴》就是其中翘楚[①]。而在注重双方感情的同性恋小说中，双主人公的感情往往是从友情开始，并贯穿始终，并非庸俗的皮肤滥淫之交，比如《情贞记》中的主角凤翔与赵王孙结交后，主动帮助他学业，通过科举考试，互相扶持。及至《红楼梦》中，贾宝玉与秦钟之间的情感则更是介乎友情与同性爱之间，界限模糊但感情却真挚动人。

回到忘羡二人的感情，也是从友谊起步，少年时的牵绊，从互相欣赏共同成长到历经风雨淬炼。其中，蓝忘机的隐忍深情更令人心痛，"喝你喝过的酒，受你受过的伤"是他极致思念哀悼的方式，他的感情之纯粹让人折服。出身高贵的蓝忘机对于情感异常坚定，他仅有的犹疑彷徨来自三千条家规的教训，但面对生死时，这些都被毅然放下了。血洗不夜天后，他对叔父的责难明白表示"没什么好解释的，就是这样"。不管魏无羡对错，他愿意一起承担所有后果。蓝忘机寡言少语，面凝霜雪，所以他的表达才那么可贵而有力量，"我想带一人回云深不知处，带回去，藏起来"才成为最戳人心的话语。

---

① 施晔《明清同性恋小说的男风特质及文化蕴涵》，《文学评论》2008年第2期。

其实，魏无羡完全配得上蓝忘机的珍重相待，初初相见，自由的灵魂已经让蓝忘机羡慕，一次次的热情闯入、生死与共让他成为蓝忘机心里特别之人，唯一能撩动蓝忘机悲喜之人。可是，遭逢巨变后，魏无羡虽然表面强作风光恣意，却陷入了深深的自伤自卑，他怕修诡道术法的他无法在阳光下与昔日的兄弟走在一起，怕双手不干净玷污了皎皎无尘的含光君，哪怕再世归来依然不敢有所妄想，直到蓝曦臣揭开了蓝忘机深潜多年的苦苦守候，才让魏无羡鼓起勇气说出了那句"你特别好，我喜欢你"。从此，他是别人眼中的含光君蓝忘机，他是世人口中的夷陵老祖魏无羡，却只是彼此的魏婴蓝湛，比肩而立，共享悲欢，共担责任，真正的至情至信。

改编成电视剧，在感情的处理上肯定要有所改变，因此二人的感情被提纯成了"毕生知己"式的友情，其实还是能够言之成理的，如前文所述，原本忘羡二人的感情也并不是单纯地为爱而爱，而是互相陪伴共同成长。电视剧中，蓝忘机最悔不夜天一战没能与魏无羡站在一起，而魏无羡从未怪他。献舍归来，他们不再单枪匹马对抗全世界，至少身后有彼此，一句"我信你"胜过一切，这样不染纤尘的情谊，弥足珍贵。还有个有趣的地方，是关于蓝忘机醉酒的表达和改编，小说里主要描写了三次醉酒，是两人感情的三次递进式的试探，而电视剧改编成两次，一次是在云深不知处求学期间，一次是在二人重逢后。第一次醉酒是魏无羡与蓝忘机首次深入交流，失去亲人的无依感让魏无羡对蓝忘机生出了同病相怜的感情。第二次，蓝忘机酒后失态，偷鸡涂鸦做着魏无羡跟他说过的少年荒唐事，魏无羡诧异之余，在"蓝忘机到此一游"旁边添上了"魏无羡也到此一游"，莫名地让人心中一暖。这两次醉酒也完成了感情的升华，其中所表达的情感精髓和人物调性与原著是一脉相承的。不追究这两人到底是友情还是爱情，不追究曲终人散还是不散，两人之间的挚诚已经足够大家唏嘘感动。"士为知己者死"的仗义，高山流水式的知音古已有之，在我看来，这样的情感处理甚至比单纯的爱恋更高标开阔，也更契合二人胸怀苍生的思想境界，少了一己的执着，多了大我的洒脱。

总之，笔者个人认为电视剧改编的整体格局是可以让人接受的，豆瓣评分罕见地低开高走，甚至超越《琅琊榜》成为豆瓣评分人数最多的电视剧，也让我们不得不佩服其国民接受度。制作团队在由小说到电视剧的改编过程中，找到了不错的平衡点。改编做了很多适合影视剧和视觉艺术的处理，比如将小说不断穿插回忆的叙事模式改回倒叙加正叙的简单模式，让时间顺序和事件不再凌乱，由夷陵老祖重回于世与蓝忘机重逢，闪回16年前的姑苏求学，然后顺序记录16年的前尘往事。再比如，将小说的侠义情结有效放大，升华主角的感情线索，增加伏线矛盾冲突。同时，改编又极为尊重原著，复原了大多数名场面，从第二集忘羡相认的高光时刻开始，初遇、藏书阁罚抄、屠戮玄武洞底、火烧云深不知处、血洗莲花坞、穷奇道截杀、种思追等等各种书迷熟悉的情节都得到了令人满意的视觉呈现，更多感人至深的经典台词和细节也都令人惊喜地一一展现，比如蓝湛背上的累累戒鞭痕、薛洋的糖果、思追的玩具等。比如，魏无羡与蓝忘机的初遇在小说中是通过魏无羡的叙述侧面交代的，电视剧就改换了方式，正面拍摄了两人初遇打斗的场景，人物飘逸场景优美，是极为精彩的视觉化再创作。可以说，电视剧既完美展现了小说的大部分精华，又适应了电视艺术的要求，无论书迷还是初次观看的观众都能得到较为满意的观看体验。

《魔道祖师》承载着太多书迷的热爱，《陈情令》作为改编作品，从最初播出的不被看好、各种差评到逐渐被认可甚至可称为成功，有一个过程，也有无数原因，笔者只是从小说文本和电视剧情节改编方面说了一些简单的感想。总之，好的小说、好的改编、好的团队，让小说和电视剧互相成就。我早已不再年轻，今年夏天却沉浸在这个少年成长奋进的热血江湖，为之感动鼓舞，生活平淡太久，在精神的江湖肆意拼杀一番，随着人物经历悲喜笑看风云，寻找再出发的力量，祝每个一起做梦的"少年郎"在未来的日子能够得偿所愿。

第三章 叙 事 面

第一节 网络古言小说的章回体建构

网络小说尤其古言小说还是以章回体为主,每回设置特定的回目标题,这一点并没有超出传统章回体小说的形式。传统小说的回目都是对仗设置,信息含量大,是自然而巧妙的结构搭建方式。浦安迪在《中国叙事学》中从章回的角度谈结构,以《金瓶梅》《水浒传》《三国演义》《红楼梦》四大奇书为代表,这四本书具有经典意义,是传统小说结构的高峰,超出一般小说的水平,其后的传统白话小说大多仰其泽被,具有启发性和代表性。而浦安迪所做的研究,其实在中国古代的小说评点家中已有所见,毛氏父子在《读三国志法》中曾写道:"《三国》一书,总起总结之中,又有六起六结。其叙献帝……其叙西蜀……其叙刘、关、张三人……其叙诸葛亮……其叙魏国……其叙东吴……凡此数段文字,联络交互于其间,或此方起而彼已结,或此未结而彼又起,读之不见其断续之迹,而按之则自有章法之可知也。"① 比如王希廉在《红楼梦总评》中曾将《红楼梦》按照回数分出段落,细数其中起承转合、间架结构,他说:"《红楼梦》一百二十回,分作二十一段看,方知结构层次。……至于各大段中,尚有小段落,或夹叙别事,或补叙旧事,或埋伏后文,或照应前文,祸福倚伏,吉凶互兆,错综变化,如线穿珠,如珠走盘,

---

① 《三国演义毛宗岗批评本》,岳麓书社2006年版,第4页。

不板不乱……"① 可见，从章回入手通观小说结构规律是具有传统并且经历时间检验的研究方法，因此，我们不妨也效法前人，从网络小说的章回入手，对网络小说，尤其古言小说的结构进行规律性的梳理。

一、回目考察

网络古言小说基本都分开了章回，但有一部分只有回数，并不设置回目，当然还是有不少是有回目的，有少量仿古做对仗回目，但大部分都是简单的词语，既体现了作者创作的现代性演变，也具有传统的功用和致敬。回目设置体现和提示的基本内容有：

（一）情节线索

古代章回小说标目都具有概括本回情节的功能，而大部分的网络古言小说的回目虽然已经简化为一个词或者一句话，也都能提纲挈领统领本回，概括情节，这也是回目的基本功能。网络小说的回目在语言设计上没有传统小说那么讲究，非常随意，并没有一定之规，语言设计粗糙。比如有些回目是动词或词组"病发""寻凶""惩戒"，有些回目是"噩耗""祭奠""旧怨"等名词性的词组，有的小说回目有一定格式设计，字数统一，多为两字或三字，有的则非常自由，长短不一，参差不齐，甚至还有不少小说回目前后模式不统一。可以看出，作者的语言操控能力和整体构思水平的参差，也凸显了网络小说边刊发边写作，以及更新压力下呈现的状态，这与整体修订完成才呈现在读者面前的传统小说还是有明显的差异。从表达的角度看，最常见的是以作者或者第三者的角度去介绍或评价，如"全军覆没""归来的小姐""她的死而复生"等，显示了表面的公允和情感的克制，但也有如《春日宴》的回目，以主人公口气或视角来拟定，有鲜明的感情色彩，而这些回目的拟定与小说文本的叙述视角和写作风格基本一致。

---

① 王希廉《红楼梦总评》，《重校八家评批红楼梦》，江西教育出版社2000年版，第1～2页。

虽然回目中展现的信息量与传统章回体不能相提并论，但在提示情节方面，还是具有自己的特色，形成了网文自有的风格。《知否》中每一回基本点出了这一回的基本内容和故事的走向，带着作者独有的幽默自嘲味道，比如"祖母，夫妻，孩子，这是吉祥的一家""一个业余偷听者的职业素养"，这样古今对照的风格，显然有着作者自己的独特匠心。比如《炊金馔玉不足贵》作为一部与美食相关的言情作品，很大一部分回目使用了美食名字，但也是推动情节发展的特定食物。《皇姑》《匣心记》以各种词牌名为回目，有些小说还会模仿传统小说或戏曲剧本的固定程式，在回目中标出楔子和煞尾，《儒林外史》卧评云："元人杂剧开卷率有楔子。楔子者，借他事以引起所记之事也。然与本事毫不相涉，则是庸手俗笔；随意填凑，何以见笔墨之妙乎？作者以史汉才作为稗官，观楔子一卷，全书之血脉经络无不贯穿玲珑，真是不肯浪费笔墨。"可见，网络小说在此其实只是简单借用其表示小说的开头和结尾，是一种戏仿，而在具体的内容形式上与小说楔子的精妙设计并没有真正的关系。

（二）时间线索

在所见的网络古言小说中，大多以故事内容为回目标题的重点，并没有全部以时间词为回目的，但基本都会在回目中出现一部分时间词或具有时间性的节点事件，体现出叙事的时间性。

明显具有时间性的岁时节令词出现在回目中或者直接作为回目，如以"除夕遐思""重阳宴"等这样的字眼作为回目。一般来说，中国传统的岁时节令都是家族聚会宴饮的时刻，尤其重要的有除夕、元宵、中秋等，这些时刻人物的聚集就会引发事件的发生，而特定节日又能产生特定的叙事氛围，如元宵之喜庆、中秋之团圆、清明之萧索等。简言之，就是在写人记事方面都是重要的时间节点。这一点在明清小说中已经体现得非常明确，比如《金瓶梅》中有两回"赏元宵楼上醉花灯""李瓶儿带病宴重阳"，前者记录西门家盛极不堪的热闹,后者则是侧重重病缠身李瓶儿在热闹的重阳宴会上绝望孤独;再如《红楼梦》中"宁国府除夕祭宗祠 荣国府元宵开夜宴",除夕夜祭祖表现了贾府森严整饬的家族秩序,元宵夜宴则展现了安富尊荣、热闹煊赫的一面。这一传统的留存也是古言小说从回目开始就或多或少会有关于岁时节令记录的重要原因。

而一旦将散见的岁时节令词串联起来,往往能形成一定的时间脉络,展示出一段完整的时间流程。比如在《花开春暖》中这种特色就较为明显,小说的第35章至第68章,按次序出现了"腊月""寒食节""又是一年春""乞巧会上""元宵"等回目,就是一段完整的时间顺序,展现了李小暖投奔了古老太太,跟随古家安顿下来,作为表小姐生活在上里镇的一段时光,是她与古家兄妹一段青梅竹马、平稳又平淡的时光,一个个时间点串起了这段故事中的记忆点。随后,古家大姐出嫁,古家举家进京,故事踏入了另一个阶段,就较少出现这些时间词回目了。

另外,有一些事件同时也具有时间性,比如"第一次相处""第一次家宴""我人生第一场绯闻""我人生最后的绯闻",这种往往提示着情节的小高潮。而具有重大意义的时间性事件则更为重要,一般在以女性为叙述重点的古言中,"及笄""备嫁""花嫁""回门""蜜月"这些都是重要的事件,也是重要的时间点。古代女子十五及笄,意味着女孩成人,将开始择婿,准备出嫁,开始人生新的旅程,这往往是言情小说中描写的一大重点,推动故事走向高潮,而风光大嫁一般都是高潮的至高点,大部分古言小说都有类似的回目设置,已成为一种约定俗成的套路。读者在阅读主人公经过千辛万苦的历程追求幸福爱情的过程中,最终形成的阅读期待,一般会落在女主寻觅得"一生一世一双人",收获现世的幸福安稳,尤其是在成年出嫁等节点上,也通过对女主幸福时刻的丰富渲染,得到心理的满足和补偿。

（三）人物线索

网络小说的回目还是以概括故事情节为最主要的目标，但也会兼顾人物，尤其是在人物众多头绪繁复的情况下。由于小说人物众多，为了方便读者进入阅读情境，一般在小说的开头，作者都会将主要人物以及人物关系进行简单介绍，为后面的故事铺开作准备。这一特点，在传统小说中也是非常鲜明的，比如，以前的绣像小说，会有专门的主要人物绣像若干幅，颇有"读图"的意味。小说的开头也一般都致力于将出场人物介绍清楚，而且一般是人物事件并举，比如《水浒传》《三国演义》等，"鲁提辖拳打镇关西""林教头风雪山神庙""宋江怒杀阎婆惜""张翼德怒鞭督邮点""曹操煮酒论英雄""诸葛亮舌战群儒"，这样点出人物名字，以人物带动事件的回目亦比比皆是。

根据网络小说的体量规模和人物设置情况，每部小说的处理方式也不尽相同。有的小说只是将主要人物提出，并不占据太多回，比如《媚公卿》有"有情无情王七郎""冉闵的情"，《星汉灿烂，幸甚至哉》有"程家兄弟"，《木香记》有"智勇双全白木香"。这几部都是只将主要人物或主人公提示出来。也有不少小说，人物关系更加复杂，就要分门别类多作些介绍，比如《庶女攻略》前面有网友做的小说人物简传，《金陵春》之前有人物关系表，《锦桐》在进入正文之前先有"目前出现的人物"。更有不少小说将以介绍人物为主的章回散在小说中，比如《长嫡》有"谢氏""明霞""姑母""齐氏""祖父"，《知否》有"大老婆和小老婆不得不说的故事""华兰，墨兰，如兰，明兰"，《明月千里》有"七公主""第一谋士""天竺高僧""两个哥哥"，《嫡谋》有"任家""祖父母""姐姐"，《国色芳华》有"主仆""婆媳"，《良陈美锦》有"锦朝""母亲""留香""锦荣""弟弟""姑母"，等等。当然，这种以人物为主的回目以不影响情节推进为前提，一般只集中在小说开始部分20回以前，20回以后就比较少见了，除非有新的重要人物出现。

（四）空间线索

小说中也会出现有一定标志意义的以地点命名的回目，体现了叙事的空间性。一般来说，古言小说所描写的古代社会，交通并不发达，地点的转换代表着一个环境的巨大改变，可以标志叙事层级的演进。有些小说会以地点变化区分不同的阶段，比如《明月千里》就以"离京""回京""到了西域"等章节回目提示故事环境等不断变化，再比如《重来也无用》干脆用"边关篇""京城篇"等分割了小说的大叙事段落。

当然，大部分小说并没有以地域改变为线索，回目中所提到的大多是事件发生的地点。而这种重要的人物活动的地点，一般的作品都会对其作系统的介绍和描写，这是中外传统小说中都常见的手法，如巴尔扎克惯于在小说开头，用一个动态的视角带读者浏览故事发生的背景，比如伏盖宿舍，就是从街面走进，审视花园正墙，再进入大门挨个走过房间。无独有偶，《红楼梦》的环境刻画也有这种借移动视点集中完成的方式，两个小说故事最重要的发生背景——荣国府和大观园，分别借助林黛玉进贾府和大观园试才题对额来完成。这样的方式在小说中和戏曲中都是比较常见的，一般出现在小说的开头部分，而在古言小说中，也有相似的设计，并会体现在回目上。比如《庶女攻略》中的"燕京""娇园""树林""西山"等。这些地点中最常见的就是主角的居所，是具有私密性的空间，如《花开春暖》的"松风院"、《知否》中的"暮苍斋"等，既带有人物性格特质的隐喻，也是故事发生的实在场所。

可见，网络小说的回目设置远不如传统章回小说那样精致讲究，大多是刻意模仿，最终呈现的面貌还有些不伦不类，这是现代作者对传统语言把握的力有不逮，是速食文化压力下的缺乏雕琢。不过，某些方面的刻意模仿也能在一定程度上体现古意，保留传统，有利于带领读者走入故事情境，提示线索，把握脉络，而更重要的意义还在于以一种传统的方式划分叙事段落，结构故事。

二、叙事段落与套路模式

网络古言小说的叙事段落，一般来讲可以按照章回的比例来划分，每一回结尾都会留下悬念，吸引读者继续阅读，这与传统小说回末"欲知后事如何，且听下回分解"的机制和目的是完全一致的。古言小说的篇幅一般不短，而且有越来越长的趋势。长篇体制与阅读网站的运营模式有关。为了尽可能多地得到点击率维持曝光率，小说需要不断更新，篇幅越长点击量越多，完结意味着不能获得更多新的点击量，也就会逐渐淡出大众读者视野。笼统来计算，网站发布一部小说要能够实现收支平衡，小说的体量要在100万字以上，如以每回5000字计算，则是200回的体量，而这仅是基本保底要求，如果希望实现更大的盈利，则还需要更长的篇幅。"类型小说有自身的创作规律，中国的类型小说创作手法单一，有些玄幻小说有500万字，可是如果去掉重复的情节，也许50万字就可结束故事。而放眼四望，网络文学总榜上的书没有低于300万字的，真正赚钱的网络作家也是依赖于此。这种模式短时期内无法改变。"① 所以，在这样的机制之下，引导了网络文学走向长篇的道路，也就造成了200万～300万字甚至更多字数的网络小说比比皆是，而这样的体量在纸媒时代并不常见。在打破纸媒限制的同时，也难以避免负面效应，最明显的一个负面效应就是催生了网络小说注水、拖沓等现象，注水内容基本都在小说铺叙展开过程中加入。

在叙事段落的安排上，网文是否有基本的套路或者说模式呢？笔者认为，其中还是有迹可循的。穿越重生和架空等时空设置是网络小说脑洞最丰富的部分，本书将专章讨论。而剥离了特殊的时空设定之后，网络小说的时间线基本都比较简单，都是按照时间顺序发展，其间一个一个矛盾出现又相继解决，按部就班地逐步推进。这也是为什么现在的影视剧在改编网络IP时，可以非常容易地将过于神异的穿越重生桥段去掉，而故事的逻辑性并不会受到

---

① 《网络小说为什么越来越长》，《中华读书报》微信号，2016年1月4日。

太大影响的原因。

(一) 开头

小说的开头部分，一般来讲是 20～40 回左右。这个部分要介绍主要人物、建立人设，确定基本矛盾、故事类型和情节走向，虽然只是开头，却不能慢热，要求故事精彩，人设亮眼，矛盾冲突激烈，能够迅速吸引读者眼球。为什么是 20～40 回左右呢，因为一般的文学网站，尤其是具有引领作用的如晋江文学城、起点中文网等网络文学大站，20～40 回左右之前一般是试读阶段。这段内容精彩与否直接决定了阅读点击量，能够吸引多少读者付钱订阅。因而在订阅之前在这个节点一般都会出现小说的第一次情节高潮，或者噱头、扣子，一般都是主角的危机、男女主的第一次见面或误会等等，吊足读者胃口，以提高订阅量。

(二) 展开

这一部分可长可短，但一般都在百回以上，随着现在网络小说体量大增，更是无限增长。有个别网文可以看出明显的结构划分，如《知否》分了五卷，从分卷安排就能看出整体的框架安排，《不良臣》也有类似的安排，以诗句为分卷标目，分割成几个部分，不过大部分小说不会在章节中体现明显的划分。这部分内容一般包括几个大的故事单元，每一个单元都有相对完整的故事线，分为情节铺叙、矛盾集中爆发和解决等阶段。

为了吸引读者和加长篇幅，各个故事单元可能会是类似事件的重复或复制，采取换地点、换人物的方式来制造新鲜感，但是叙事模式和事件类型往往雷同，比如探案类的小说就是一个案件接着一个案件破解，修仙文则会是一个层级一个层级突破，而宅斗文就是一个个阴谋或敌人的不断出现和解决。另外，网络文学普遍追求奇情化，致力于情节的曲折，脑洞大开。而追求离奇情节的倾向，也是一把双刃剑，如果作者能够圆融地解决问题，则是一段精彩故事，而有些作者没有办法解释，则会留下一个个逻辑不通或草率的漏洞大坑。因为网络小说一般都是先创作一部分，然后开始发表，前部分经过的润色修饰更充分，所以一般网络小说普遍前部分要优于后部分。后部分越写越长，结构意识和构思都不如前半部分精当，也会有注水、烂尾或留坑的问题存在。

（三）尾声

后20～50回左右，交代所有人物尤其主要人物归宿，一般追求大团圆结局。虽然盛衰往复是循环向前的，不少网络文学尤其是古言小说也在试图展现出这种沧海桑田的历史感。《知否》的结束语说："我们的怀念，起始于一个家族的即将兴盛，也结束于这个家族的花到荼蘼。花开花落，周而复始。我们的国家，我们的血脉，我们的文明，都是如此。"但是，《知否》所说的"花到荼蘼"也只在几篇伤感的番外中点到而已，小说正文则在男女主人公的幸福美满中戛然而止。大多数的网络小说叙述的盛衰循环都是不完整的，一般都详写上升阶段，极写盛世，而忽略或者简写衰败。这与网络文学所追求的圆满结局有关系，作为成人童话，网络文学的故事结束在公主和王子快乐地生活在一起，"歌舞盛世，光照人间"，"不许人间见白头"。

番外，是小说的余韵，是一种小说完结后的告别，就像演员表演完之后的返场谢幕。一般介绍男女主角婚后生活的轻松时光或配角人物的结局，内容一般都轻松愉快，有些甚至是男女主角纯粹的撒糖时间，让喜爱的读者享受足够分量的"狗粮"。番外，体现了网络文学独有的特色，有一些作者自抒胸臆的成分，又带着与读者或者粉丝分享回馈的意味。

三、个案分析：《云鬓凤钗》

网络古言小说的篇幅长短不一，笔者不能一刀切地以回目数量划分阶段，这里以清歌一片的网络小说《云鬓凤钗》为例，进行说明。之所以选择这篇网文，因为它是很具有典型性的重生类古言小说，具备了一般网文约定俗成的套路和模式，100多章的篇幅在同类作品中又算较为简短，便于分析，可作为具有代表性的例子来进行说明。

这部小说的内容简言之就是，江南巨富阮家小姐阮明瑜重生回10年前，抄家灭门的惨祸还未发生，她以自己对前世的了解，帮助家人躲避灾祸，弥补上一世的遗憾，同时也寻觅到了今生幸福。

第1～38章是开头部分，阮明瑜重生在10岁，首先介绍了阮家的基本家庭成员和性格特征，糊涂偏心的祖母、疼爱女儿的父亲、贤惠隐忍的母亲、疏离怯懦的庶妹、前世郁郁而终的姨娘，以及身边忠心耿耿的丫鬟等。开篇1～8章，阮明瑜阻止祖母大办逾制的寿宴。第8～10章阻止母亲给父亲纳妾，弟弟出生，接过管家权，阻止了贪婪的伯母。第15章左右，遇到了这一世的男主，前世早亡的谢醉桥。第16～22章，搭救前世不慎跌落山涧重伤致死的外公，与谢醉桥有了更深一步的交往。到这里阮明瑜穿越回来的第一个新年在风平浪静中到来。搭救外公以及与男主结缘，是这一部分的一个小高潮，也是入V前后的关键章节。接下来，第22～38章，正德皇帝南游，入住阮家意园，阮明瑜火烧望山楼，劝诫父亲收敛锋芒。谢醉桥对阮明瑜更上心几分。阮明瑜搭救被皇子掳走的婢女杜若秋，搅入朝局争斗，被烟火炸伤，再次被谢醉桥搭救。

故事展开部分，第39～92章，笔者将之分成两段，讲了婚前婚后两部分的故事。第一部分是第39～70章，几年的时间略写，几年后，阮明瑜14岁，谢醉桥从京中归来，二人再次相遇。阮明瑜设法警示父亲，提前准备，解决了家乡洪水绝口的灾祸。14岁生辰，谢醉桥吹埙为阮明瑜庆生，心意渐明。谢醉桥决定求娶，阮明瑜拒绝。阮明瑜在船上被悍匪劫持，被谢醉桥搭救，由此与三皇子结怨加深。谢醉桥上门求亲，婚事遇到三皇子的阻挠。二人定情。阮明瑜进京，谢醉桥求得赐婚。第二部分，第70～92章。阮明瑜南归，重生身份遭遇被识破的危机，与前世的丈夫了断过去。谢醉桥决心帮助铲除三皇子，扶保太子。二人突破重重阻碍成就姻缘，正式求亲，订婚。第79章出嫁，是故事后期的一个高潮。随后描写婚后生活，帮助谢醉桥躲过今生的死劫，揭穿三皇子阴谋，谢醉桥安然回来。

第 93 章进入收尾，至第 98 章完结。这部分写了阮明瑜怀孕、生子，二人急流勇退，离开京城前往河西。几位主要人物都各自有归宿，阮家人、谢南锦、松阳公主、裴泰之，甚至阮明瑜身边的仆从等，有些人完成自己的心愿，海阔天空，有些人继续着自己的使命，淡泊从容，一切都与上一世不同，阮明瑜的努力改变了自己和家人的人生，岁月安稳。番外 6 章，写了阮明瑜与谢醉桥在河西的幸福生活，穿插谢静竹的爱情片段。

总之，通过分析可见，网络小说的结构简单，时间线清晰，奇情化并且不断有高潮。结构的类型化和无变化，是网络小说的结构特点，很多文学网站都有自己的写作秘籍之类，将类型化小说的结构框架提炼出来，供作者进行填空式写作，而且如前文所说，网络小说大多边写边刊发，不可能有完整精致的结构设计，简单地以时间为序，一环套一环的情节是最便利合适的选择。虽然这种方式一直不为文评界接受，但是在大众中拥有市场。网络文学的通俗性、娱乐性和盈利模式，也使得文学网站和作者都驯服于大众读者的选择，并不在结构设计上与读者进行对抗。而怎样提振局面，则是大众的内在要求与精英要求的接洽，这是一个需要时间打磨和选择的过程。

第二节　主角光环下的时空

一、明清小说经典之作的兴衰循环

明清小说几部经典之作在时间布局上，对一年四季的节令变换处理极具匠心，超出了介绍年月顺序的范围。尤其是以《金瓶梅》为代表的季节性的某种隐喻，以及从四季节令的冷暖交替引申而出的冷热循环为代表。"'冷热'字样在明清小说戏曲中的意义，远远不止仅指天气的冷暖而已，而具有象征人生经验的起落的美学意义，才有所谓'热中冷''冷中热'的交错模式出现，泛指大千世界芸芸众生们生生不息的荣枯盛衰。"①

首先，季节在中国传统文化中的寓意由来已久，尤其是"伤春悲秋"的传统。所谓"春女思，秋士悲"。伤春悲秋，更多地抒发了与季节氛围相通的人生之叹，"及至此秋也，未尝不伤而悲之也，非悲秋也，悲人之生也"②。从宋玉的"悲哉！秋之为气也。萧瑟兮，草木摇落而变衰"开始，悲秋一直是诗词中的重要主题。在明清小说中这样的传统显然融入了时间性的叙事之中，在才子佳人小说中，伤春悲秋更是与男女之情有了紧密勾连，有"玩春光山塘遇美 寻秋色玄墓赠金"这样的春秋并举、寻情慕色，也有"春风吊柳七"这样的风流佳话。《西厢记》中崔莺莺的出场在春天："人值残春蒲郡东，门掩重关萧寺中；花落水流红，闲愁万种，无语怨东风。"③《牡丹亭》中杜丽娘的觉醒也是在春天："梦回莺转，乱煞年光遍。人立小庭深院。炷尽沉烟，抛残绣线，恁今春关情似去年？"④美好的春光与锁闭的青春让少女们更清楚地意识到生命的压抑，进而更加深了对自由爱情的渴望。所以《红楼梦》中的林黛玉才会在听到《牡丹亭》曲词，又联想到《西厢记》，进而感念身世，为之恸倒，之后又会有《葬花吟》《秋窗风雨夕》。

再有，重要的岁时节令，在时间线中起到了节点作用，串联起来成为时间链条不可缺少的一部分，展示着盛衰对比、世事变幻。《金瓶梅》中的元宵节就是非常经典的一例，一共出现了四次，分别是第十五回"佳人笑赏玩灯楼"，第二十四回"敬济元夜戏娇姿"，第四十二回"赏元宵楼上醉花灯"，第七十八回"吴月娘玩灯请黄氏"。第一次元宵节，西门庆与李瓶儿元夜偷期，而瓶儿的生日也恰好在元宵节。第二次，重头戏在宋惠莲身上，这个元宵节是她短暂浅薄一生的高光时刻，是她最美最得意的顶点，甚至得意忘形地与

---

① 浦安迪《中国叙事学》，北京大学出版社 1996 年版，第 81～82 页。
② 李昉等《太平广记》，上海古籍出版社 2005 年版，第 79 页。
③ 王实甫《西厢记》，岳麓书社 2002 年版，第 3 页。
④ 汤显祖《牡丹亭》，人民文学出版社 1963 年版，第 42 页。

潘金莲抢风头，打扮出色炫耀美貌。第三个元宵节，是所有元宵节中最热闹繁华的一次，因为这时也是西门庆一家最风光鼎盛的时刻，内容描写从第四十二回一直铺排到第四十六回才罢休，中间发生了多件围绕节日而生出的事件，比如夏花儿偷金镯子事件，比如众妻妾皆有貂鼠皮袄，独独潘金莲没有。而第七十八回，是最后一次元宵节的描写，随后西门庆在正月二十一去世，小说的气氛由热转冷，西门家开始走下坡路，虽然故事还在继续，但是元宵节这种热闹煊赫的节日却已经远离了西门家。

可见，明清小说的时间意识体现着一种循环前进的历史意识，四季节令，都是年复一年周而复始，而同时又在时间的流逝中年年不同，不断演进发展。这样的意识在历史演义小说中尤为明显，《三国演义》开篇即点出："天下大势，合久必分，分久必合。周末七国分争，并入于秦；及秦灭之后，楚汉分争，又并入于汉；汉朝自高祖斩白蛇而起义，一统天下，后来光武中兴，传至献帝，遂分为三国。"①《金瓶梅》中官哥是花子虚转世，孝哥是西门庆转世，最后一回众多冤孽亡魂四散投胎，因果报应色彩明显。张竹坡评道："一部炎凉奸淫文字，乃结以'结冤'一篇。"不过，我们也看到，只有少数经典作品才真正成就了厚重的历史感，体现了盛衰荣枯的沧桑巨变，而大多数明清小说普遍都拖着一条光明的尾巴，大团圆是主流趋势，并没有形成完整的循环，"始或乖违，终多如意，故当时或亦称'佳话'"②，由此看出了世俗观念的普遍选择。

二、网络古言小说中不完整的循环

网络古言小说，重生穿越本身就制造了循环，生命的循环，命运的循环，有这个循环又生出演进、扭转或颠覆，大多数古言小说所描写的循环一般也

---

① 《毛宗岗批评本三国演义》，岳麓书社 2006 年版，第 2 页。
② 鲁迅《中国小说史略》，上海古籍出版社 1998 年版，第 156 页。

是不完整的，Happy Ending 是大多数，Bad Ending 极为少见。情况与大多数明清小说的问题是一样的，这可能是通俗文学所面临的共同问题。

（一）写盛不写衰

《红楼梦》开始于贾家已经是"月满则亏""水满则溢"之际，家族子弟"一代不如一代"，"安富尊荣者尽多，运筹谋划者无一"，从一开始这个家族就已经走在了盛极而衰的下坡路，作者着意写一个家族的盛极而衰，并将最终结局引向"白茫茫一片真干净"的境地，这个选择是与众不同的。评点家黄小田曾经特别强调："盖此书由盛而衰，不比寻常小说由衰而盛，所以点醒世人。"我们从同类作品的互看更可见出这一点，比如《蜃楼志》这部小说，虽然有很深的模仿《金瓶梅》《红楼梦》的痕迹，小说内容也充分显示了作者的忧患意识和救亡探索，但是这本书在格调上还只能算是一本普通的通俗小说，从盛衰循环的角度看，这本小说虽然也写了主人公苏吉士的各种曲折坎坷，也展现了当时社会的动荡，但是结局是亮色调的，或者说回避了最后的追问，主人公苏吉士选择了急流勇退、闲居逍遥。

网络古言小说也多是在写盛衰荣枯、世事变幻，不管是个人还是家族甚至国家，无论定位"大时代"还是"小日子"，最终作者都是用力着笔在如何通过努力由弱变强，从小做大。这部分内容是励志向上、乐观积极的，即使有挫折也总是能看到光明看到希望。《世婚》的文案明确说："重生，并不只是为了报复。重生，并不只是给了她一人机会。重生，原是为了避免悲剧，让更多的人得到更多的幸福。"所以，女主怀着前世的误会伤痛重走一遍前世之路，在不断努力中改变着自己和身边人的命运，最终收获了现世的幸福美满，故事在女主结婚生子、放下前世的噩梦之际结束，每个人都是最幸福的样子。类似的还有《良陈美锦》，女主也是因为自己的偏执错爱一生，再世归来，修正了自己的人生路，看清了人心冷暖，终于找到了上一世真正珍爱自己的人，弥补了自己的错误，故事就结束在功成名就的美好时光。还有大把这样的网文可以列举，在此不赘。

主角们的故事一般就停留在了现世的美好幸福中，停留在了励精图治、奋发向上的路途上，遥远的未来可能经历的衰颓败落都不在小说的计划范围之内。很少有作者会落笔在这部分内容，即使有也大多在结尾或者番外稍稍提起，

（二）写生不写死

即使是在明清小说中，描写死亡也是较为稀少的。而《金瓶梅》是极少数直面死亡的明清小说，其中官哥与李瓶儿的两次死亡描写可谓极尽惨烈。"在古代社会，婴儿死亡率极高，但是在中国叙事文学里，这是第一次看到详细描写一个婴儿从病到死的全过程。官哥儿临断气时，月娘及众人都在房里瞧着孩子在娘怀里搐气儿，'西门庆不忍看他，走到明间椅子上坐着，只长吁短叹'；官哥死后，瓶儿哭昏过去，及至醒来，又哭着不叫小厮抬走他，说：'慌抬他出去怎么的！大妈妈，你伸手摸摸，他身上还热哩！'"[①]就算是令人难以怜爱的吴月娘，当她麻木地说起她早产的孩儿的简单几句话，也是可怜至极，她说："半夜果然疼不住，落下来了，倒是小厮儿。"吴月娘作为正头娘子，谈起自己早产的孩儿也只能如此，甚至怕丈夫知道责怪不敢做小月，想想当时妇女婴儿面临的命运，十足令人齿冷。而这样的描写毋庸置疑是具有力度的，同时也是让人不安的。

所以，在网络小说中，死亡依然是个不受欢迎的话题。当然，笔者所说网络古言小说写生不写死，并非没有死亡，而是没有真正意义上悲剧的死亡。穿越重生，一般都开始于主人公的死亡，她们的死或无谓或憋屈或惨烈，但都不悲伤，因为，作者和读者都知道这是重来一次的开始，而不是断绝一切的结束，所以都心怀期冀。小说中面临的另一类死亡，是长辈的去世。这是世代更替的标志，是年轻一代崛起的必需。因此，这样的死亡中往往蕴含生

---

① 田晓菲《秋水堂论金瓶梅》，天津人民出版社2003年版，第176页。

机，是走向繁荣的开始，比如《知否》中明兰祖母的去世，是上一世恩恩怨怨的终结，也是明兰真正支撑起盛家门楣的开始；《大妆》中继祖母王氏的死，则是女主完成了上一世所承受苦难的报复，走出痛苦纠缠的新篇章。作为主角的这一代，才是小说描写的重点，尤其是女主的形象总是定格为光彩照人的存在，不会死，甚至不会老去。所以，男女主人公往往会急流勇退，功成身退，成为一个美好传说，这与明清才子佳人小说中的才子佳人往往事了拂衣去，悠游林下风是一样的。"执子之手，与尔白头"这样的结尾，是童话式的结尾，也代表了大众期待的圆满。

现实人生总是有那么多的烦恼负担，疲惫的灵魂总是无法安顿，所以小说中的安顿是对现实的弥补。这是时下特有的精神状态，也是非常清醒的阅读诉求，昭示着网络小说尤其是古言的作品定位，从读者的接受心理来看，大家愿意看有希望的故事，不想在其中负载太多沉重，从古至今，从来如此，毕竟突破大众期待的经典只是少数。所以，我们看到的，大部分都是一路披荆斩棘的主角们幸福健康、有惊无险地快乐着，直到永远，至于快乐之后是什么，则是无人愿意去追问的，于是就此被遮蔽了。

三、随着人物旋转的时空

古言小说一般时间跨度都比较长，很多都是从女主人公年幼甚至出生写起，一路写其成长历程。一般的古言小说，描写的侧重点都放在女主人公一边，女主的光环更盛，都会描写女主人公从小到大的成长，而男主角则大多会在年长之后加入，配合女主的成年和爱情故事而出现。

一般来说，小说的时间跨度是相对的，加速是用较短的本文篇幅描述较长一段时间的故事，减速则相反。"文学叙事的时间速度，包含着更多的叙事者的主观投入，更多的幻想自由度。文本的疏密度和时间速度所形成的叙事节奏感，是著作家在时间整体性之下，探究天人之道和古今之变的一种叙事谋略。道理相当明显，没有快速的时间运行，天人之道就难以获得大起大落的历史人生的变化作为载体，在凝滞中隐而不彰。但是如果没有时间慢速运行而增强情节密度，那么就难以使天人之道在形象展现中变得质感饱满，具有足够的描写深度和细致精妙。"[1] 这样的策略更能在历史演义小说中突出体现，最突出的例子就是《三国演义》。在以描写世情为主的小说中，缺乏如此漫长的时间跨度和宏阔的历史背景，但也可以看出，通过叙述的加速、减速甚至停顿，可以判断事件重要性。

我们可以明显地看出，网络小说的时间是围绕主角展开的，在网络小说简单的线性事件顺序安排中，最大的关注焦点就是主角的故事需要怎样安排。如果是种田文，就是赚钱理家；如果是宅斗文，则是斗争掌权，解决主要矛盾，推动人物走向下一个阶段。事件重要与否的评价标准还是对主角的表现有没有价值。《平凡的清穿日子》中女主幼儿时期刚穿越过来的日子，只是介绍了人物关系，就快速过去三年，来到六岁。而在一件为父亲出谋划策发明冰灯的事情上，则可以花费数章的内容来描写。同样，《大妆》中一夜之间的阴谋用了前后十几章，而无关紧要的闺中时光则是一笔带过。

有两个时间节点，是古言小说普遍关注的。一个是生日，古代女子最重要的生日莫过于十五岁及笄之礼。《礼记·曲礼》说"子许嫁，笄而字"，《礼记·杂记》云"女子十有五年许嫁，笄而字"。也就是说，女子许嫁之后行笄礼，取表字，而许嫁的年龄是十五岁，实际上是古代女子的成年礼。笄礼是非常隆重的仪式，唐代的《通典》记载："周制，女子许嫁，笄而醴之，称字，许嫁，已受纳征礼也。笄女礼犹冠男也，使主妇、女宾执其礼。祖庙未毁，教于公宫三月；祖庙已毁，则教于宗室。祖庙，女高祖为君者之庙，以有缌麻之亲，就尊者之宫教之也。教以妇德、妇言、妇容、妇功。"具体的仪

---

[1] 杨义《中国叙事学》，人民出版社2009年版，第144页。

式程序颇为复杂,体现了长幼有序、尊卑有别的传统观念。而在《九重紫》中,女主人公窦昭的及笄礼,六伯母和舅妈带着表姐妹们远道赶来为她祝贺,插笄的主宾,司者、赞者都经过精心挑选,宋墨不顾身体重伤专程来为她祝贺生辰,而心悦于她的纪咏送来了亲手雕刻的簪子。再有就是出嫁,这是所有的古言小说都会涉及的重要事件,而且必将大书特书。出嫁有更为繁复的仪程,有的小说略写烦冗的过程,重点突出大婚当日的情况,有的小说则浓墨重彩事无巨细,从纳彩到礼成都有详细记述,通过仪式感来展现事件的重要性。无论怎样,古言小说中一直强调大婚是女子一生的高光时刻,对于女主的人生无比重要。

再有,小说描写的空间也是以主角的定位为主导。古言小说所描写的女性,不管是身处架空世界还是有具体历史背景,其社会设定都是对女子约束严格的环境,女子较少抛头露面,基本被限制在内宅,因此活动范围变动相对较小,一般就是举家搬迁或者出嫁才会有空间位置等改变。因此,最常见的空间设置实际是主人公尤其是女主人公的居所范围内。①

比如宫斗文中的翘楚《后宫·甄嬛传》创造了一个体制森严且绝对封闭的后宫世界,以此作为故事展开的场景,"然而这个如大观园般典雅秀丽的大周后宫,内里却是等级森严、硝烟弥漫的'修罗场'。这里放逐了如贾宝玉般真情真性的玄清,扼杀了如林黛玉般清高骄傲的沈眉庄,只余下一群如花女子,拼却年华、不择手段,为了生存,为了复仇,为了权势,陷入不死不休的争斗之中,无从超脱"②。而宅斗文中也是如此,女性的空间是相对封闭的,各色女性活动其中,不同场合有着等级差异,也有着一套独特的规定,其中

---

① 当然这种论断也不是绝对的,现在在古言小说类型中,也出现了"公路小说",比如休屠城的《渭北春天树》就是这样一篇在路上的古言,柔弱却有一腔孤勇的女主,孤身前往边陲给死在战场的父亲收殓残骸,温柔却有侠气的男主,一路相送,二人在路上互生情愫,西北的风土人情如画卷般展开。

② 邵燕君《网络文学经典解读》,北京大学出版社2016年,第202页。

的严整套路甚至被看作与职场类似。比如《庶女攻略》这部出色的庶女宅斗文，从庶女十一娘的眼中，为我们介绍了她所在的罗府，生活其中被压制得不得喘息，三个庶女同住一个绣楼，日常互相折磨，还要每日起早给嫡母问安，贪晚在自己房中做针线，走过最远的路就是到二门送嫡母出门。更有趣的是，这里的生活场所不仅仅提供背景而已，也是具有戏剧作用的场所。网络古言小说都会有类似的情节，与男性在花园相遇，男性闯入内宅或女子的闺房，这种闯入是非礼的突破，在女性的场所中设计这样的闯入者，打破了一成不变的生活，带来爱情的消息。回过头来看，这样的空间设置，与明清小说戏曲有很大关系，像《西厢记》《牡丹亭》都强调花园的意象，普通的明清言情小说，女性的空间也是锁闭的，后花园是她们伸展自由天性的所在，而爱情故事也往往就在这里产生。

古言小说关注的特定的时空秩序与明清小说可以说一脉相承，或者应该说是有意模仿之。这里以《平凡的清穿日子》这部小说为例，试作解析。这部小说调子温馨，以讲述日常生活为主，呈现出鲜明的四季更替。女主人公淑宁穿越过来，身处冰天雪地的奉天，时间上先从春节说起，写了复杂的年礼，团圆的守岁，一切都那么新鲜，还写次年腊月做冰灯。淑宁一家暮春四月回京，在京中祖宅短暂停留，见到了重要的配角婉宁，过了中秋，就离京去广州赴任。一家人在广州过元宵节，有与众不同的南方汤圆，花灯巡游。过端午，包粽子，观龙舟，夏日的酷热，雨季的漫长，充满了南方风情，甚至还写到了专门与海外通商的十三行。又是春日，淑宁一家再回京，过年关，春季参加伯爵府的祭礼。如此周而复始，由春至冬，往复循环，娓娓道来。在奉天时，主要写冬日，写具有反差的冬日温暖、人间烟火；到了广州，主要写南方风情，写端午龙舟，写雨季潮湿，写独特风貌；而在京城，则是写祭祀，写肃穆，写大家族人心争斗、人情冷暖。虽然看似是简单的年复一年时间更替，却各有不同，各有侧重，与所处地点气候特色相呼应，烘托不同的叙事氛围，共同围绕着女主角淑宁的成长而铺叙开来。

四、余论

关于小说人物的研究，在现当代是止步不前的，许多现代作家纷纷宣布人物"死"了，结构主义者无法在他们的理论中容纳人物"强调人与人之间的约定俗成的系统——这些系统是横贯个人的、使个人成为一个各种力量和事件汇集的空间而不是一个个性化的实体——就会导致人们摒弃这样一种流行的小说人物观：最成功、最'栩栩如生'的人物总是被丰富地描绘为独立的完整体，凭借生理和心理的特征明显地区别于其他人。结构主义者或许会说，关于人物的观念无非是神话"[1]。

这个命题在当下的网络小说中并不成立。网络小说是面向大众的通俗读物，它们的样态与作为通俗读物的传统小说文脉相连，好看的故事，生动的人物，是最基本的要素。所以，我们考察叙事的时空问题时，明显地感受到强大的主角光环，同时也强调正视人物的重要作用。

前文中所谈到的情节、时空都是为了展现人物。其实，在古往今来的小说中，主角都是受到特殊优待的存在，这就是所谓的"主角光环"。明清小说中的主角光环也是闪闪发亮的。且不说《红楼梦》中的贾宝玉衔玉而生，自带神异色彩，就是成色一般的小说里，主角也都会逢凶化吉、遇难呈祥。《镜花缘》中的主角之一唐敖，在跟随商船远洋旅行的过程中奇遇不断，得到了各种仙丹仙草，频频奇遇。才子佳人小说中的主角更是必定才貌双全，人见人爱，最后有情人终成眷属。

网络小说更是主角一边倒的天下，因为男女主的光环太盛，而被戏讽为"玛丽苏"或者"杰克苏"，人设完美，金手指大开是主角的一贯配置。"金手指类型很多，外在的有法宝、神宠、功法和系统，内在的可能是禀异天赋、

---

[1] 里蒙-凯南《叙事虚构作品》，厦门大学出版社1991年版，第55页。

奇特血统等，其主要作用就是'填坑'以延续故事。"① 为了能够随心所欲地赋予主角特权，还衍生出了特殊类型文，比如空间文、系统文。所谓空间文，就是书中的主角拥有一种叫作随身空间的神秘装置，这个空间可能是通过某种上古神器触发，可能是通过心灵感应进入，总之一般空间内部灵气十足，可以加快植物生长，提高食物质量或者提升主角的身体素质、学习能力等，主角只要进入空间进行锻炼或者做任务，就能够美容养颜、丰富知识、学习技能、赚钱置产、窥探他人心声等等，简直无所不能。简言之，有了空间就能否极泰来，过上向往的生活。这样的脑洞大开已经将主角光环发展到了极致，不能从逻辑上去解释，只好借助随身空间这样简单无脑的设置，其中也带有鲜明的网络游戏文化的影响。系统文的设置大同小异，还演化出人格化系统，甚至人化为角色，帮助主人公一路逢凶化吉，成就丰功伟业。

而所谓的主角光环，其实是作者与读者共同催生的，这种对人物无逻辑的成就，与传统小说中的主人公又有了不同，承载了网文读者的小人物白日梦。"由于对'代入感'的空前强调，读者'代入'到主角身上，读者就成了主角，网络小说就需要全面突出主角，由此形成了一种完全以主角为中心的写作模式，即所谓'主角模板'：'网络小说中，主角才是能贴近、吸引读者的最佳载体，主角的出乎意料的发展，才是最能吸引读者的地方。在小说中，作者们普遍利用小说里的最大资源来全力发展主角。于是无形中，大家喊出了这样一个口号：一切为了主角，一切为了读者。'"②

---

① 许苗苗《游戏逻辑：网络文学的认同规则与抵抗策略》，《文学评论》2018年第1期。
② 黎杨全《网络小说的快感生产："爽点""代入感"与文学的新变》，《海南大学学报（人文社会科学版）》2016年第3期。

第三节　网络古言小说的视角变化

在古言小说视角的古今转变上，人物所闻所见更加受到重视是最明显的变化，尤其是其中女主人公的视角成为多数小说最主要的视角，显示着叙述主体的自身觉知和主观化倾向。明清小说的叙述视角与史传文学叙事传统的影响有很大关系，基本来说是以外在式叙述者视角为主，逐渐加入了人物视角的变化切换①，而当下的网络古言小说叙述视角最大的变化或者特点就是对人物视角的重视和运用。以网络古言小说为研究对象，结合传统小说的相关特点，在古今对照、相互看视之下，我们可以看到很多有趣的相似与差异。

一、传统小说的视角

"叙事视角是一部作品，或一个文本，看世界的特殊眼光和角度。"② 要解决"谁在看"的问题，当然要先明确叙述者问题。浦安迪在《中国叙事学》中谈到了中国传统小说独特的"叙述人口吻"问题，他指出，"我们翻开某一篇叙事文学时，常常会感觉到至少有两种不同的声音同时存在，一种是事件本身的声音，另一种是讲述者的声音，也叫'叙述人的口吻'"③。随后他征引了中国的史传文学作为其中代表，尤以《史记》为最。《史记》被誉为"史家之绝唱，无韵之离骚"，其中作者司马迁在捏合历史材料、展现历史观念方面，取得了卓越的成就。他记录的历史，是有温度有褒贬的历史。司马迁在

---

① 在叙事视角的表述上，笔者参考了米克·巴尔在《叙述学：叙事理论导论》中的论述。米克·巴尔在《叙述学：叙事理论导论》中将叙述者分为外在式叙述者和人物叙述者。"外在式叙述者与人物叙述者的区别，即讲述其他人情况的叙述者与讲述其自身情况的叙述者的区别，可能与叙述意图的区别有关。"（北京师范大学出版社2015年版）
② 杨义《中国叙事学》，人民出版社2009年版，第191页。
③ 浦安迪《中国叙事学》，北京大学出版社1996年版，第14页。

《项羽本纪》《高祖本纪》以及《萧相国世家》《曹相国世家》《黥布列传》《淮阴侯列传》等篇中的史料选材详略极为讲究,历史事件之间可以互相比较印证,这种对材料的剪裁和选择就暗含了对历史人物的态度,尤其是对开国之君刘邦的质疑。不仅如此,司马迁在不少人物传记结尾还会直书一段"太史公曰",发表自己的看法。比如在《李将军列传》之后就有:"太史公曰:传曰'其身正,不令而行;其身不正,虽令不从'。其李将军之谓也?余睹李将军悛悛如鄙人,口不能道辞。及死之日,天下知与不知,皆为尽哀。彼其忠实心诚信于大也?谚曰'桃李不言,下自成蹊'。此言虽小,可以谕大也。"①从中可见司马迁对上位者对于李广的打压弃置的不满,以及对李广本人品格才能的赞美,这是直接站出来表达褒贬了。

　　从史传文学传统绵延而来的讲史话本小说、拟话本小说也是在貌似客观的叙述中时时显出一位说话人的身影,最明显的就是回前的"各位看官",回末的"且听下回分解"这种程式化的表达。明清小说延续了这种"虚拟的说书情景","随时提醒读者不要忘记,读者和故事之间始终存在着一个讲故事的人"。而作者通过叙述者,将自己的内心展现出来,实现作品价值的绽放,"当然,强调作者通过叙事视角把自己的世界感觉和内在生命投射在作品中,并不等于说,这种投射是没有中介的和直线性的。这类中介,这类非直线性,尽管有繁简远近之分,但是出色的文学作者都在亦真亦幻之中,在表现自我和隐藏自我之中显示其才华"。例如,《红楼梦》中女娲补天弃置不用的"石头",开篇即写它幻形入世,游历一番,重返大荒山无稽崖青埂峰,石身上密密麻麻编述历历,记述了一段红尘故事,此为《红楼梦》。也就是说,小说的主体故事都是由"石头"记录讲述的,虽然在阅读具体情节时,读者往往会忘记"石头"的存在,但作者就会偶然一点,转回石头口吻,提醒读者。当

---

① 司马迁《史记》,中华书局1999年版,第2223页。

然《红楼梦》中的叙述者问题远不止如此简单,这里仅稍举一端。

传统小说中的叙述者身份各异,浦安迪以《三国志》《三国演义》《全相三国志平话》为例,提出了三种最常见的"叙述人口吻","陈寿用的是使臣的口吻,罗贯中用的是文人小说家口吻,而无名氏用的是说书艺人的口吻"[①]。不管这些叙述者的身份如何,都是典型的外在式叙述者。就大部分中国传统小说来讲,其叙述视角还是相对单一的,以外在式叙述者视角居多,即叙述者并不参与小说中的任何活动,"明清白话小说的叙事特点之一是以叙事者主导概述为主,在有些作品特别是部分话本小说中,叙事者的讲述几乎笼罩了整部小说,细节描写、场景描写、人物塑造都在讲述框架下进行"[②]。当然,不可否认,明清小说中已经有一定的人物视角存在,也有视角的转换,虽并没有占据主导地位,但也值得重视,后文也会加以分析。

传统小说中的外在式叙述者视角,便于铺展故事情节,叙述各色人物,但同时,叙述上貌似客观的态度,在读者和作品之间制造了某种距离感,让读者在逼真的故事世界中能够时常抽离脱身,进入对更广阔人生问题的形而上的思考。而当下的网络小说,其最主要完成的任务就是讲好故事,期待的效果是让读者沉浸而非抽离,同时也并不负载太多的意义和压力,追求能够流畅地将故事呈现在读者面前即可。

二、古言的视角

网络小说中的外在式叙述者视角因其成熟强大的讲故事能力而在网络小说中依然占比巨大是不争的事实。例如,《富春山居》《国色芳华》等就是较为单纯的外在式叙述者视角的作品,人物的生活全面地呈现在读者面前,整体观感更接近传统小说的表述,但其所制造的客观疏离的语境,相对来说较

[①] 浦安迪《中国叙事学》,北京大学出版社1996年版,第14页。
[②] 赵焱秋《明清白话小说中的视角问题》,《湖南社会科学》2013年第1期。

为缺乏在场感和参与感。

同时，笔者也发现，网络小说大多不再采用单一的外在式叙述者视角，大幅度增加了人物叙述者视角（一般是主人公）的运用。读者跟随人物的眼睛进入故事，作者则隐身于人物背后，通过人物的主观态度表达褒贬。晋江文学城的小说文案格式中，专门有"视角"一项，除了耽美文之外，这一栏基本清一色都是"女主"，虽然笔者注意到这里的视角并不一定严格地遵守叙事学意义上对视角的规定，也即小说并不能严格保证从头至尾保持女主视角，也会有其他人物和外在式叙述者视角穿插转换，但女主视角完全称得上其中最主要的视角，已经是当下网络言情小说的主流。

如前文所说，人物视角并非网络文学的新鲜创造，在中国传统小说中已经有所展现。不过相对于中国传统的叙事风格，尤其是明清小说，网络小说中的人物视角已经有了不同，最明显之处就在向内发展，着力将人物内心秘密告诉读者。明清小说也有人物视角，但是大部分是借助人物的感官表现所见所闻，较少进入人物内心世界，与读者分享内心感受。比如，《西游记》第三回孙悟空醉入冥界，"猴王渐觉酒醒，忽抬头观看，那城上有一铁牌，牌上有三个大字，乃'幽冥界'"[①]。再比如，《水浒传》中武松酒后上景阳冈，"武松正走，看看酒涌上来，……一步步上那冈子来。回头看这日色时，渐渐地坠下去了"。此处有金评曰："骇人之景。"[②]《儒林外史》中，西湖的景色，在马二先生看来，有说不尽的美好热闹，尤其是那遍地美食，"挂着透肥的羊肉，柜台上盘子里盛着滚热的蹄子、海参、糟鸭、鲜鱼，锅里煮着馄饨，蒸笼上蒸着极大的馒头"，"那热汤汤的燕窝、海参，一碗碗在跟前捧过去"，而王玉辉则看到处处不合时宜，直到看见"一个少年穿白的妇人"，他不禁想起

---

① 吴承恩《西游记》，华夏出版社 1994 年版，第 26 页。
② 《金圣叹批评本水浒传》，岳麓书社 2006 年版，第 254 页。

自己殉夫的女儿，"热泪直滚出来"①。传统小说中的人物视角，一般都停驻于外部描写，人物的心理感受只能通过外部描写的感情色彩去间接感受或揣摩，需要更多一层思考。

《九重紫》是主要使用人物视角的作品，以女主人公窦昭和男主人公宋墨的视角为主，男女主角同时出场时，尤其是最初二人并不熟悉时，人物视角在两个人之间不断转换，是二人之间的相互揣测，相互描绘。"他（宋墨）抬起头来，第一次认真看着坐在自己对面的这个女孩子。眼前的女孩子不过十四五岁的样子，肤光如雪的秀美面孔上两道入鬓的长眉显得格外引人注目。……乍眼看去，这不过是个闺训有方的大户人家小姐，可她眉宇间流露出来的那种镇定从容、洒脱坦荡，却绝不是一般的闺阁女子所能拥有的。……窦昭微笑着任他打量，心里却在琢磨着他带来的两个人……看来她得重新评价宋墨的实力。"

这种程度的人物视角转换其实在很多才子佳人小说男女主人公的第一次见面中都会使用，比如，《金云翘传》中金重踏青时邂逅翠翘、翠云姐妹，姐妹二人看金重"风流倜傥，雅致翩跹"，金重看二人"容如秋月，色似桃花""精神静正，容貌端庄"，于是"相思索害也"。②男女之间从双面描写对方的观感，一见钟情不过如此，这也是长期以来形成的熟套。当然就更不要说《红楼梦》中的宝黛初见，是这类描写的登峰造极之作。《平凡的清穿日子》中淑宁进入伯爵府，见到同为穿越女的婉宁，两个人也是互相打量，明显带着对《红楼梦》宝黛初见情节的戏仿，"等她走近，淑宁才清楚地看到她的相貌，一双又黑又大的凤眼，小巧的鼻子，红红的小嘴，皮肤极白，像是细瓷一般完美无缺，一头乌黑的秀发交缠着蓝色的缎带，绑成双鬟，……淑

---

① 吴敬梓《儒林外史》，黄山书社 1986 年版，第 137、446 页。
② 青心才人编次《金云翘传》，殷国光、叶君远《明清言情小说大观》（中），华夏出版社 1993 年版，第 10 页。

宁点点头,心想:'果然是美人啊!'……婉宁忽然好像想起什么好笑的,又强忍住,道'这个妹妹我见过的。'(淑宁:我囧!)"不过值得注意的是,这段的视角一直是女主人公淑宁的视角。

而《红楼梦》在人物视角的运用上是有极大突破的,重要的一点就是人物视角向内发展,打破了只进行外部描写的惯例,吐露了人物的某些内心秘密。林黛玉听到《牡丹亭》曲文而黯然神伤的片段,应该是传统小说中非常稀少的人物心灵独白,这一段也是广为人知,颇受赞誉。

林黛玉听了,倒也十分感慨缠绵,便止步侧耳细听,又听唱道是:"良辰美景奈何天,赏心乐事谁家院。"听了这两句,不觉点头自叹,心下自思道:"原来戏上也有好文章。可惜世人只知看戏,未必能领略这其中趣味。"想毕,又后悔不该胡想,耽误了听曲子,又侧耳时,只听唱道:"则为你如花美眷,似水流年……"林黛玉听了这两句,不觉心动神摇,又听到"你在幽闺自怜"等句,亦发如醉如痴,站立不住,便一蹲身坐在一块山子石上,细嚼"如花美眷,似水流年"八个字的滋味。忽又想起前日见古人诗中有"水流花谢两无情"之句,再又有词中有"流水落花春去也,天上人间"之句,又兼方才所见《西厢记》中"花落水流红,闲愁万种"之句,都一时想起来,凑聚在一处,仔细忖度,不觉心痛神痴,眼中落泪。

明清小说中类似这种程度的心灵独白是稀少的,甚至在《红楼梦》中也并不多见,作者和读者往往要通过外在描写来表现或推断人物的悲喜情愁,即使在人物视角下表现的内容也具有这种特点。这一点与中国有着丰富的史学传统,而小说的写作技巧和审美追求亦承自史家笔法有关。《红楼梦》第七回,暗写熙凤、贾琏白昼宣淫,只用"那边一阵笑声,却有贾琏的声音","平儿拿着大铜盆出来,叫丰儿舀水进去"等隐晦的语言进行暗示,王府本批语云："妙文奇想，阿凤之为人岂有不着意于风月二字之理哉。若直以明笔写之，不但唐突阿凤声价，亦且无妙文可赏。若不写之，又万万不可。故只用'柳藏鹦鹉语方知'之法，略一皴染，不独文字有隐蔽，亦且不至污渎阿凤之英风俊骨。"这段脂批已经解说得相当明确，风月情事绝不是《红楼梦》人物刻画的重点，只有对格调极低下的人物才偶见直书男女之事的文字，这点脂批也曾在批评贾琏与多姑娘偷情一段时提到"一部书中只有此一段丑极太露之文，写于贾琏身上，恰极当极"。

这种不写之写、皮里阳秋的写法是有传统的，也是高级的，所谓"直书其事，不加断语，其是非自见也"①。不过对于网络小说来说，却并不适合，网络小说快消费的特点，需要直接明确而不是曲折隐晦地描写，需要更富戏剧性的方式来吸引和帮助读者快速进入故事情境。"当小说家希望戏剧化地展示人物意识时，要想使读者直接'看到'人物内心活动而同时又不让叙述人的声音介入故事，一个有效的办法就是采用人物的眼光观察，让人物自己'讲述'故事。"②正是在这个意义上，网络小说作家普遍增加了人物视角尤其是女主视角的使用，从客观叙事的外视角转换为带有主观色彩的内视角，从而让读者跟随人物一起经历未知，一起感受成长，读者与人物共享秘密，更具真实感，也更容易让读者理解人物的行为逻辑和其中的褒贬判断。

我们看到《媚公卿》的女主角陈容刚刚重生后，她的秘密没有让身边最亲近的人发现，却通过人物视角将陈容的感受真切地带到了读者眼前。

纱窗外，星空高远，清冷如许，疏疏淡淡的几颗星挂在浩瀚长空上，显得十分寂寥。

陈容把目光从铜镜上移开，便盯上了夜空，只是目不转睛地盯了许久，

---

① 吴敬梓《儒林外史》，黄山书社 1986 年版，第 43 页。
② 申丹、韩加明、王丽亚《英美小说叙事理论研究》，北京大学出版社 2005 年版，第 134 页。

她才身子向后一倚，闭起双眼，静等时间流逝。

这几晚，每次从噩梦般的往事中惊醒，她总是这样呆坐到天明。不是为了怀念，也不是因为恨太强烈，而是因为，她喜欢这样宁静地坐着，可以仰望天空，可以一遍又一遍地体会着再世为人的惊喜！

慢慢地，一道薄雾浮现在天地间，慢慢地，一个两个的人语声，在清新的晨空中响起。

那声音，开始只有一个两个，渐渐地越来越多，渐渐地，那声音转为嘈杂。

脚步声响，昨晚那个温柔关切的中年女声传来……

我们如同人物一样，对周围的一切充满惊讶与未知，我们仿佛感受着人物的感受，睁开眼睛，仰望夜空，听着周围由安静到嘈杂，从身体到内心都体会着复苏的喜悦。

我们也发现，全然保持同一人物视角的网络小说也是非常少见的，在技术操作上就具有难度，"在所有情况下，聚焦都不必总归于同一个行动者。从技巧上说，保持这样一种连续几乎是不可能的"[①]。所以如某些模板所要求的"小说开篇就应尽早采用主角视角，视角不能随意切换"[②]其实只是相对而言，整部小说视角保持不变是难以操作的。当然，也有典型的以第一人称的人物视角贯穿全篇的，最著名的就是《后宫·甄嬛传》，从甄嬛的视角入戏，是回顾式叙述，比起一般的参与故事的人物叙述者，这里的叙述者"我"实际上并非当日之"我"，反而更类似不参与情节的外部叙述者。"我初进宫的那一天，是个非常晴朗的日子。……这场选秀对我的意义并不大，我只不过来转一圈充个数便回去……而皇帝坐拥天下，却未必是我心中认可的最好的男儿。

---

① 米克·巴尔《叙述学：叙事理论导论》，北京师范大学出版社2015年版，第147页。

② 黎杨全《网络小说的快感生产："爽点""代入感"与文学的新变》，《海南大学学报（人文社会科学版）》2016年第3期。

至少，他不能专心待我……慢慢一屋子秀女，与我相熟的只有济州都督沈自山的女儿沈眉庄……"也正因为如此，《后宫·甄嬛传》才得以直到终章一直保持着人物视角的状态，不过这样的作品还是少数。

而一般的网络小说基本都会采取人物视角与外部叙述者视角相结合，不断切换的方法。小说的开头都惯于采用人物视角，以主观的人物情绪为读者创造代入感，形成阅读习惯。如果小说不能在开篇就有效地营造"代入感"，极度缺乏耐心的网文读者就会果断弃文。当然，随着小说后期出场人物的增多、场景的丰富、情节的复杂，叙述视角就很难保持固定不变，于是转变为人物视角与外部叙述者视角的多视角结合与转换。

《步步惊心》是非常典型的人物视角与外在叙述者视角结合，又以人物视角为主的小说，小说大部分情节都有女主人公若曦参与，使用了若曦的视角，而在没有若曦或者若曦死去的场合，叙事视角由人物视角转变为外在叙述者视角。《嫡谋》也是这样，小说开始主要的活动场地在内宅，出场人物也基本是家族成员，在女主任瑶期所能够到达的地方基本都采用女主视角，到了小说后半，出场人物增多，矛盾焦点转向朝堂政治江湖风雨，视角变化增多，加入了外在叙述者视角和其他人物视角。《盛华》也是如此，以主角李夏的视角为主，李夏亲身经历的事情借她的眼睛描写，会有她的内心独白和反思，而李夏不在场时都会转换为其他叙述人视角。

三、人物声音的反思性进入

网络古言小说的人物视角也有自己的独特之处，除了前文提及的主观性色彩以外，还有独特的反思性特征。因为古言小说中穿越重生文占了相当大的比重，穿越重生时间线的特殊性，使得人物虽然是当事人，却带着前世的记忆和伤痛，对未来即将发生的事情也有所预见和思考，因而其心理活动充满反思的意味，有些类似人物的回顾式叙述。而且，因为特殊的时间线赋予人物"再来一次"的红利，这样的反思不只有往事不可追的伤痛，又多出了迈步从头越的喜悦，还有一种抽离人群的超脱清醒。所以我们看到了人物独特的思考路径，比如，《嫡谋》的女主人公任瑶期刚刚重生，就面临着与母亲和姐姐的激烈矛盾冲突，她思考着前世的姐妹亲情，今生的应对策略，"任瑶华性子霸道刚烈，幼时的她则倔强任性，这样的两个人在有心之人的教唆挑拨之下，紫薇院哪里还能得安宁？这一次，她再也不会允许这些人利用她们姐妹之间的龃龉来做文章，算计她们。爹爹……母亲……任瑶期在心中喃喃念道，这一世，你们定都要长命百岁才好"。这里，任瑶期称过去的自己为"她"，以过来人的身份看视自己的过往。

多活一世的优势也使人物比一般的叙述者知情更多，重生者如此，穿越者也是一样，她们不仅有自己的人生经验，还结合了历史过往，抒发现代人胸怀。《知否》中明兰面对墨兰的挑衅，不卑不亢，怼人不倦，心里想的是前世在律师职场上学到的技巧，"当初那个法官老太曾放言：所谓法庭，就是挤兑人的法定地点。辩论时句句条款章句打头，看着对事不对人，其实都是对人，打官司打的就是人，别人还一句说不出来；当年姚依依心水的那个律师帅哥就可以把原告气得死过去活过来，还很一脸诚恳严肃"。而面对顾廷烨的强势求娶，面对"我在男人堆里是老几，你在女人堆里就能是老几"的承诺，明兰作为现代灵魂在古代伦理束缚下累积的压抑迷失瞬间爆发，"十年古代闺阁，半生梦里前世，扮得太久，演得太入戏，她已经忘记了怎样真正地哭一场，忘记了怎样任情肆意地破口大骂，忘记了她并不是盛明兰，她原来是，姚依依"。

实际上，笔者发现不少网络小说虽然采取人物视角，却并没有使用第一人称，而是使用第三人称，人物将自己对象化，所谈的"她"是以前那个失败的自己，是穿越之前现代身份的自己，与当下的自己在不同时空，有着不同的过往。古言小说的人物视角有别于普通的人物视角，人物时而陷入故事，时而仅作为旁观者，即使说起自己也像在谈别人，保持着一种超脱清醒的姿态。在

《春日宴》中，我们可以看到人物视角与外在叙述者视角之间的不断切换。

"李怀玉当然不会站住，不仅不站住，还跑得更快，三步并两步，直接挤进了官道边的人群中。她是出来看自己的棺椁的，哪有那么多精力跟杀不了的仇人纠缠？送葬的军队从宫里出来了，官道两边围满了看热闹的百姓。怀玉挤到前头的时候，运棺椁的车刚好从前头经过。高高的八驹梨木车，上头一方楠木棺椁泛着幽暗的光。白绸挽成的花结在棺椁四周飘飞，棺椁前头的两侧，白色的丧灯晃来晃去，上头写着大大的两个字——丹阳。不是做梦，也不是谁在拿她开玩笑，丹阳长公主当真出殡了，她却莫名其妙在另一个人身上活了过来，在这里眼睁睁地看着自己的葬礼。……怀玉目送那棺椁从她面前过去，还是忍不住伸手，朝它挥了挥手。辛苦你啦，丹阳……然而，就在此时，远处人群骚动，惊叫声若平地春雷乍响——'快闪开！闪开！'几团巨大的稻草被点燃，烧成烈焰高涨的火球，倏地就从官道旁边的屋檐上滚落下来，朝送葬军队中央的棺椁方向压去……"

这段描写是重生在别人身上的丹阳长公主跑去看自己真身出殡的魔幻场景，开始是丹阳的视角，从她内心感受到她所看到的给自己送葬的队伍，称自己为"她"，而情绪高潮与自己告别时，甚至又改变人称为"你"，然后又转为外在式叙述者视角，描写突发的火灾，等等。在技术操作上，这样的人物视角与外部叙述者视角之间的切换痕迹并不明显，便于操作，这也是个有意思的现象。

四、限知视角带来的悬念

传统小说的全知视角依然要归结到史传文学的传统上，"源远流长的历史叙事，在总体上是采取全知视角的。因为历史不仅要多方搜集材料，全面地实录史实，而且要探其因果原委，来龙去脉，以便'究天人之际，通古今之变'。没有全知视角，是难以全方位地表现重大历史事件的复杂因果关系、人事关系和兴衰存亡的形态的"①。但我们也注意到，随着小说从讲史演义向世情小说发展，随着题材的变化、写作手法的丰富，传统小说的视角也在发生变化，限知视角也是演进结果。志怪小说以及之后的《聊斋志异》之类，由于要描写怪异，要制造悬念，较多地使用限知视角。及至《红楼梦》中，第十五回，"秦鲸卿得趣馒头庵"一段，"一时宽衣安歇的时节，凤姐在里间，宝玉秦钟在外间，满地下皆是家下婆子，打铺坐更。凤姐因怕通灵玉失落，便等宝玉睡下，命人拿来放在自己枕边。宝玉不知和秦钟算何账目，未见真切，未曾记得，此系疑案，不敢纂创"。这里叙述者石头现身，但其所见显然是限知视角，因为被凤姐拿走塞到自己枕边，不能亲见宝玉秦钟行事，所知内容甚至小于人物所知，这已经是相当精致的视角转变和发展。当然，在水平相对平庸的大量才子佳人小说中，这样的精巧设计还是难觅踪迹。

　　网络小说频繁使用的人物视角，就是限知视角，即使如前文所说，古言小说的主人公由于穿越重生的红利比一般人物知道得多，思想活动有奇特的反思性特点。但是主人公还是实实在在的参与情节的人物，陷入故事之中不可自拔，对未来的命运并非如上帝般掌控一切的存在。读者跟随着特定人物的视角，所了解的故事是部分的而不是全面的。而通过不断变换人物视角，会发现人物的不同样态、故事的不同侧面，具有新鲜感，不断吸引着读者的好奇心。《九重紫》中，在窦昭前世的了解中，宋墨上一世杀父弑弟的暴行令人胆寒心惊，她所见到所听到的宋墨是名副其实的心狠手毒，位极人臣，荒淫暴虐，而故事转到宋墨的视角，读者又看到了故事的另外一面，宋墨舅父一家满门蒙冤被灭，自己的母亲也被害致死，自己的父亲甚至陷害自己，这才有了上一世的惨剧，宋墨本来也是受害者，虽然位高权重，却如置身荒漠，一世孤独。

　　限知视角留下了某些叙事空白，这些空白不是真正的一片平静无波的白

---

① 杨义《中国叙事学》，人民出版社 2009 年版，第 210 页。

地，而应是富于暗示性和可能性的，更便于达到制造悬念和戏剧冲突的目的，这符合了网络小说奇情化的追求。比如，主人公前世的未解谜团，或者男女主角的陌生化、误会矛盾等等，往往通过限知视角更能够达到理想的叙事效果。比如《后福》在女主人公沈雁重生后就释放出埋藏在她心底难以释怀的痛苦谜团：

至今对母亲自杀的真相不甚了了，只知道母亲死前为营救入狱的父亲而多方奔走，等到父亲终于出来，当天夜里她却以一杯鸩毒了断了性命。

她不知道那鸩毒哪里来的，当夜只有父亲进过母亲所在的正房。之后虽然父亲一生孤鳏，她也还是将他当成了毕生的仇人。

直到她亲耳听到他临终的吐语，她才蓦然惊觉这一切都错了，可是她已经被悔恨与罪恶感打败，已然无力再追查事实。

母亲的死，就是她前世前后判若两人的分割线……

又比如《盛华》中李夏贵为太后，却命丧于一场宫廷暗算，可是到底是谁暗算她，却是不得而知，这也一直是牵动读者好奇心的一大悬念。比如《慕南枝》中另一位重生太后姜宪，在她的记忆中，临潼王李谦是狼子野心屡屡逼迫她妥协的混蛋。重来一次，她逐渐发现所谓狼子野心其实只是不懂得如何表达喜欢，前生的偏见和误会在因缘际会中得以解开，委屈错位的人生回到了正轨。《世婚》中的女主认定自己在前世的婚姻中受尽委屈，其实她看到的只是她想看到的，重来一次，同样的丈夫同样的人生遭际，她通过努力改变自己也改变了他人的命运，才发现真相并不是自己前一世想象的样子。读者随着女主的经历感受一点一点破除重重迷雾，发现真相，认识自己，也重读他人，逐步成长。另外，在古言小说中屡屡出现的一个桥段，就是男主人公外出犯险，怀孕的女主人公独自留守生子，这样的故事段落中，双方的安危都是互不知情的，读者的胃口被高高吊起，为双方的磨难而感伤，为他们的坚强而赞赏，为他们的守得云开而快乐。虽然是被用烂的桥段却屡试不爽，与限知视角叙事制造悬念的能力和代入功能有很大关系。

由上文的分析可见，从传统小说尤其是明清小说到网络文学的古言小说，其中所采用的叙事视角似乎一脉相承，都是外在式叙述者视角和人物叙述者视角两种，但是侧重点发生了变化。这样的变化，一方面是网络小说特殊的吸引读者的需要所决定的，一方面也凸显出了人物的重要性，尤其主角的设置在网络文学中具有独特的代入感，读者在情感上是与主角一致的，因此需要在叙述过程中以主角的感受为第一关注点。当然，笔者只是以传统小说的叙述视角与网络小说视角进行对看，其实这个变化包含着小说现代化过程中的走向，现当代就涌现了一批采用人物视角的名作。我们看到这是一个过渡的过程，并不是一蹴而就。而网络文学呈现的视角特点，既关系传统，也联系当下阅读需求。

第四节　虚拟框架中的真实感受

从对网络文学的章回体结构、时空线索和叙事视角的考察，我们发现其结构技巧、时空观念和讲故事手段其实非常单纯甚至单一，浅近易解，引起的思考是网文为什么能够通过如此简单的模式，搭建起吸引读者的故事呢？这就涉及网络小说的沉浸感和互动性问题。"虚构世界的沉浸感取决于仿品作为现实的思想，而互动性则可以视为虚拟所固有的发展潜力。"[①] 网络小说提供给读者的是一个易于进入的文本，其中的情节无疑是虚拟的，但其可贵之处

---

① 张新军《数字时代的叙事学——玛丽-劳尔·瑞安叙事理论研究》，四川大学出版社2017年版，第139页。

在于读者的体验又是超越虚拟之上的真实感或临场感。

一、虚拟真实带来临场感

虚与实的问题，一直是中国文学创作的重要命题，单从传统小说批评角度入手，也是自成一脉，理路清晰。如李贽的《水浒传》第一回回评曾有"水浒传事节都是假的，说来却似逼真，所以为妙"。第十回回评也有"《水浒传》文字，原是假的。只为他描写得真情出，所以便可与天地相终始。即此回中李小二夫妻情事，咄咄如画。若到后来混天阵处都假了，费尽苦心，亦不好看"。天目山樵于《儒林外史新评》中谈道："然描写世事，实情实理，不必确指其人，而遗貌取神。"① 张竹坡在《金瓶梅读法》中说："作《金瓶梅》者若果必待色色历遍，才有此书，则《金瓶梅》又必做不成也。何则？即如诸淫妇偷汉，种种不同，若必待身亲历而后知之，将何以经历哉？若知才子无所不通，专在一心也。"《红楼梦》第二回，甲戌本有眉批评价"兰台寺大夫"这个杜撰的官职，认为"官制半遵古名亦好。余最喜此等半有半无，半古半今，事之所无，理之必有，极玄极幻，荒唐不经之处"。这条批语虽然针对的只是小说中的官制问题，实际体现的观念也可以适用于评价《红楼梦》对人物塑造的追求，即人物描写不拘泥于社会生活某一点上的真实，允许虚构的存在，但这种虚构又要具有内在的合理性，即从具体的真实上升为想象的真实、艺术的真实。这一点与乔治·卢卡契的论述不谋而合，他在《艺术与客观真理》中说道："艺术反映现实的客观性在于正确反映总体性，因此一个细节在艺术上的准确性与这个细节是否对应于现实中的相同细节没有关系。……为了能够用艺术的必然性把偶然性控制于合适的语境中。必然性必须要隐身于偶然性并必须表现为细节本身的内在动机。"②

---

① 郭绍虞《中国历代文论选》第三册，上海古籍出版社1980年版，第456页。
② 拉曼·塞尔登《文学批评理论——从柏拉图到现在》，北京大学出版社2006年版，第58页。

而传统作品与读者的共情作用也是强烈的,这种共情往往来自对生活中失意的反照,"在实际生活里不能满足欲望的人,死了心作退一步想,创造出文艺来,起一种替代品的作用,借幻想来过瘾"[1]。经典作品引起共鸣甚至郁郁而终的例子也不是没有,拿"令《西厢》减价"的《牡丹亭》来说,读者俞二娘酷爱《牡丹亭》,最后竟将自己与杜丽娘的命运相类比,郁郁寡欢,"断肠而死"。也正因为如此,优秀的作品被保守派所抵制,认为其有伤风化,消磨人心。而网络古言小说在这样的意义上,也被认为有引人沉溺、浪费时光的问题,但其实因网络阅读而产生的过激行为倒是基本无所见。"作为创作者,我们会让女性读者看到它们的时候相信这个世界上会有美好的爱情存在,但也不会毫无逻辑地去编故事。而且我发现新一代的孩子具有很强的独立思考和自我判断能力,她们会辨别小说和现实的区别。因为小说而影响放弃自己的生活,这样的例子我很少看到,所以也不用把这个问题看得过于严重。"[2] 从这一点上看,网络小说所处的时代语境已经发生了变化,时过境迁,当下的读者群更清醒地意识到作品与现实的区别,他们沉浸其中无非是回避现实,缓解压力,寻找消遣和充实内心,并不会将作品的情感转移进而影响现实生活。

而网络文学将情感真实进行到底,为读者设置一个既可以随心所欲又没有现实负担的虚拟现实场域,这一点与虚拟现实技术异曲同工。"作为技术的虚拟现实与文学叙事在最核心的意义上是趣味一致,就是暂时屏蔽现实,将身心转移到另外的虚拟或虚构世界。……文学体验的心理转移所产生的临场感,在特定情境中确实能够激发读者的生理反应……沉浸于故事世界中,我们可以体验正常情况下所可以压抑的情感和心理状态,而不会在现实世界中

---

[1] 钱锺书《诗可以怨》,《七缀集》,生活·读书·新知三联书店2002年版,第121页。
[2] 《匪我思存:与世界和解》,澎湃新闻2019年9月12日。

产生任何后果。"①古言小说尤其在为弱者发声、为女性发声方面有独特之处。古言小说的主角大多是普通人,在古代是处于弱势的女性群体,既为读者的代入提供可能,又一定程度折射出当下女性平等的话题。读者往往能将现实生活的情感体验投注在虚构的网文中,寻找替代或得到弥补。比如盛行的大女主或女强文,不管女主穿越重生的设置如何荒诞不经,报仇雪恨的桥段如何狗血淋漓,一生一世一双人的迷梦如何不切实际,但其中贯穿的一条女性心理感情线索有着现实基础,满足了万千女性的需要。她们或许在现实中受到不公正待遇,或许在平凡的生活中充满无力感,或许年华老去一事无成,或许被辜负被欺骗而无力翻盘。但在网络小说的故事中,现实中的问题都迎刃而解了,读者们追随着女主闪闪发亮的"金手指",在主角光环的笼罩下,一路变强,这正是她们的真实情感需要。主人公走过的曲折道路,不断上升的人生,充分吸引读者的眼光,阅读快感和爽点不断。而其中女主人公的所思所想,充满着移情的力量,宣示着虚拟中的强大。《九重紫》中的窦昭宣言"她要选择生活,再也不要被生活选择";《锦桐》女主傲娇地表示"世俗之下,要想不嫁人,总得有点依恃,要么有人护着你,要么,你得能护得住自己";《嫡谋》中的萧靖西也是开诚布公地直面自己,强大无畏,"回避自己的'弱点'等同于否定自己,这是弱者的行为"。

与传统小说更注重整体的真实性及"事体情理"不同,网络文学中的细节描写被放置在了更重要的位置,细节真实促进了空间沉浸,读者的临场感并不取决于文本世界的逼真性②。因此,在明显虚构甚至奇幻的文本空间中,细节的真实给了读者真实的体验、明确的在场感。比如有不少重回20世纪

---

① 张新军《数字时代的叙事学——玛丽-劳尔·瑞安叙事理论研究》,四川大学出版社 2017年版,第142页。

② 张新军《数字时代的叙事学——玛丽-劳尔·瑞安叙事理论研究》,四川大学出版社 2017年版,第151页。

90、80、70年代的网文，都是通过那个年代特有的物件、食物和事件唤起读者对并未过分远去的年代的记忆，产生真实感。比如在众多古言小说中，无论作者笔力如何，无论怎样宣扬架空无历史背景，都会尽力以古香古色的环境描写、古代传统的名人名物作为陪衬，比如提到庭院都会仿照《红楼梦》进行布置，提到四川会联系李冰的都江堰，提到作诗必须有诗仙诗圣。在语言运用上，网络文学的语言还在摸索中前进，结合了当代网络语言与大众流行语，以短信网络游戏段子代替情节，粗糙而简明，拼接甚至拼凑。不过这种语言的侵入，在古言小说中是较为少见的，古言小说致力于营造古香古色的环境，或者作者读者想象中的古代环境。比如林家成的作品中的用语讲究，赵熙之对宋代历史的严谨模拟。也有不少作品借架空之名，放松了对历史情景的亦步亦趋，这个时候，对传统作品尤其是经典作品语言的模仿就起了很大作用。比如《平凡的清穿日子》中的语言，尤其是人物语言明显地模仿了《红楼梦》的风格，父亲张保说话，与《红楼梦》中的贾琏之类角色类似：

我这人耳根子软，容易听信别人的话，我原也知道。翠蕊那丫头，我小时候看着她还好，素来与她亲近，没想到知人知面不知心，我那时就不知怎的一时糊涂收了房，还当她是个好人，叫你吃了许多亏，还好没有酿成大祸。如今总算雨过天晴，我知道你心里一定很难受，这都是我的不是，这杯酒就当我向夫人赔罪。

甚至男性人物桐英还会冒出一句薛宝钗的原话：

显见你们是哥哥妹妹了，在一起说什么悄悄话呢？

这样的语言虽然带着刻意模仿的痕迹，并不高明，却成功将读者带入了具有记忆点的历史情境之中,尤其在大部分读者会将经典作品语言与历史真实混为一谈的情况下,制造出了历史真实感。

二、奇情化俗套中的吸引

在简单的结构框下,为了吸引读者,引人入胜的故事情节就是必不可少的配备,因此必须不断制造悬念,追求奇情化。"将会发生什么""如何发生""谁干的"是三种最常见的制造悬念的入手点。比如《长嫡》这部小说,从开始就交代女主人公傅明华一直不断做梦,梦到自己人生将要发生的事情,而且这些事情都在一点一点地应验,读者也随着傅明华类似未卜先知的梦境揭开未来将会发生的悲剧。而傅明华一直都在努力去做的,就是探究这些悲剧背后的真正原因,然后竭力避免。首先引出的就是傅明华亲生母亲谢氏的自杀之谜。母亲的自杀是傅明华一生悲剧的开端,到底谁是母亲自杀的幕后黑手,她自己又在这个阴谋中扮演了怎样的角色?这都是环环相扣地推进情节必须要交代清楚的。而母亲自杀的谜团驱散后,随之又会有新的问题产生,但讲故事的套路无非是以"将会发生什么""如何发生""谁干的"这三个要点支撑起来。再比如作家吱吱目前最满意的作品《九重紫》,小说的男主宋墨前世是个令人齿寒的冷血煞星,杀父弑弟声名狼藉。但在今生的故事中他却成为女主良配,前世种种如何解释,宋墨为什么要杀夫弑弟,作者要解释这一切到底如何发生,就必定要脑洞大开,花费一番反转笔墨,而这样的反转文字正迎合了读者的猎奇需求。

在节奏上,小说开头造出的悬念,培养了读者的阅读习惯,引起追文的兴趣,之后,就是保证频率,维持住这样的兴趣。虽然网文最终都是大团圆的俗套结局,这一点几乎毫无悬念,但在叙述过程中却会不断有矛盾产生并被解决,一直牵引着读者沉浸其中。笔者发现,较为优秀的网络小说,在叙事节奏的把握上往往较为出色,故事的演进波澜起伏,安排恰当,能够抓住读者的兴奋点，又能时时转换，情节合理，脑洞离奇而能自圆其说。但并不是所有的曲折情节和悬念都能如上文提到的两部网络小说那样精巧而引人入胜。网文作者讲故事的能力水平是参差不一的，可以说泥沙俱下鱼龙混杂，一种类型套路获得成功，跟风之作四起，一而再再而三地简单复制套路的网文大行其道。而网文读者似乎颇享受快速消费的兴奋，阅读更多地追求快乐轻松，越简单通俗越受欢迎。这些低水平复制无疑降低了网文创作与阅读的进入门槛，甚至有反智化倾向。其中最需要警惕的就是"网游化"趋势，简言之，就是网络小说陷入网络游戏升级打怪的简单模式，而最终沦为无限循环低水平复制。

三、互动引起的全民狂欢

互动是沉浸的一种结果，正因为进入了虚构作品的世界，才有互动的欲望。充分的互动还能加强沉浸感，而网络小说在作者与读者之间的互动，以及读者的参与方面则与传统文学具有本质区别。现在的网文依赖于网络平台，要选择一篇网文，首先要进入文学网站查找它所属的分类，在同一类型下，阅读文案进一步细化选择，点击进入网文阅读界面后，还会有其他推文链接作为备选，还有评论区供读者参考或发表评论、打赏拍砖等等。"网络时代发生的一个最深刻的社会变化就是，网络的媒介特性为瓦解精英中心统治提供了技术可能。'超文本'与和 ACG 文化的共通性打破了创作的封闭状态和'作家神话'，甚至'个人作者'也不被认为是必需的，由此'天才的原创性''绝对个人风格'等也就烟消云散了，'粉丝经济'决定了网络文学只能以受众为中心，判断什么是文学、什么是'好文学'等，不再是某个权威机构代表等'特定人群'，而是大众读者自身。"[①]

明清小说的作者群体，虽然身份各异，但都有典型的文人心理，他们孤

---

① 邵燕君《网络文学经典解读》，北京大学出版社 2016 年版，第 8 页。

独地书写自我,又难以自弃,借作品寻觅知音求得共鸣。这样有趣的矛盾心态存在于历来的作者之中。施耐庵在《水浒传》自序中曾说过:"此传成之无名,不成无损,一;心闲试弄,舒卷自恣,二;无贤无愚,无不能读,三;文章得失,小不足悔,四也。呜呼哀哉!吾生有涯,吾呜乎知后人之读吾书者谓何?但取今日以示吾友,吾友读之而乐,斯亦足耳。"①《红楼梦》中也有"满纸荒唐言,一把辛酸泪,都云作者痴,谁解其中味"这样的作者自述。而在小说流通的过程中,互动是艰难的,但是书商为了销量开启了另类的互动——评点本。这种互动的动因是利益,当时很多经典作品都有畅销的评点本,《红楼梦》白文刊刻本问世不久,就产生了评点本"东观阁本",而后在经过市场筛选后,出现了王希廉、姚燮、张新之三家评点平分秋色的局面。小说评点进行到后期,商业评点本与私家评点并行,这是小说评点精英化的一种表现。最终,精英化的自赏还是压倒了商业化互动,作家和评家说到底还是孤独而自认高于大众的一群。

无独有偶,在英国的小说出版界也有一些有趣的现象,"维多利亚时期最流行的小说出版形式是分期出版,一般是一月一期,后来还出现了一周一期的出版方式",因此小说内容不吸引人,读者不买账,小说家就不能继续写下去,也对小说的样貌产生了影响,"任何小说如果不能引起读者对书中人物的同情(无论是戏剧性的或是悲剧性的),这种小说便毫无价值。如果作者写出的故事扣人心弦,令人垂泪,他的作品才算写好了"。小说不仅要有好开头好结尾,而且每一期都必须有冲突、有高潮,既要有相对的完整性,又要有足够的吸引力使读者热盼下一期。因此,也就造成了维多利亚小说的情节剧特征。而对于结尾的影响也是耐人寻味的,因为读者的影响,作者往往将自己的结尾改得较为光明,比如《简·爱》的结局,但是这样的处理又招来批评

---

① 《金圣叹批评本水浒传》,岳麓书社2006年版,第17页。

家的普遍批评，认为是败笔。①

这样的互动与影响，其结果其实与当下网络文学互动所产生的效应有某种相似。不过我们看到，纸媒时代的交互无法与网络媒介相提并论。即便是在当下，对于读者的评价和互动的必要性，网文作者的态度也是颇不一致的。当然，这种互动性的存在，合作与拒绝都是对它的反应而已，即使作者不回应，也不代表这种功能就消失，实际上评论时时都在发生，影响一直都在。

匪我思存在访谈中谈到与读者的关系时说："读者的建议和评价并不会影响我的进一步创作，因为写小说其实是件很私人的事情，是我要讲一个故事，然后这个故事被很多人看到，有人喜欢，有人不喜欢。这是一种很自然的状态，我觉得作者和读者的关系这样就很好，我讲故事，你看故事，喜欢不喜欢那是另外一回事。双方都保持自己的独立性。"②

另一位起点大神吱吱则认为："网文一个很大的特点就是大家参与的娱乐性。我们局限于个人的视角，对整个文的完整性是有很大创伤的。传统作家就说那是不是别人要你写什么就写什么，怎么可能呢？因为是我们自己要讲一个故事，讲得好怎么可能受牵制？我们受影响的因素是什么？是读者在给你查漏补缺，你每天更新，每天有人回应，这里面也是很有趣的。"她还说："我觉得这也是越来越多人喜欢写网文的很大原因。因为写作是个寂寞的事，但因为你在网上连载，就会变成一个热闹的事，至少是满足自己虚荣心的事。就像你发了一个朋友圈，总是想满屏点赞吧。"③

有人说，网络中的互动是安慰孤独，而又让孤独更加鲜明，"网络给人的安慰是，今夜你不孤独，有很多像你一样深夜难眠的人，在网络上寻找着克服孤独的方式方法，希望通过链接网络获得能够共鸣的知音。看来，网络一方面

---

① 申丹、韩加明、王丽亚《英美小说叙事理论研究》，北京大学出版社 2005 年版，第 69～71 页。
② 《之前我们一直是价值的洼地》，《北京青年报》2016 年 9 月 29 日。
③ 《作家吱吱：目前最满意的作品是〈九重紫〉》，澎湃有戏 2018 年 9 月 27 日。

消除着孤独，另一方面却将孤独突出出来，使网络时代的孤独特别地引人注目"[1]。我们看到，在作家与读者的互动中，其实有与传统阅读相似的部分，但也有因为网络而更加深入的内容，作者的写作与读者的阅读都是相对自由的，二者之间并不应该是支配与服从的关系，但不可否认作者和读者是可以在一定程度上互相成就的，就如吱吱所言，读者的评论能够"查漏补缺"，互相尊重而交流的个体，在互联网中因为共同的欣赏相遇，慰藉彼此的孤独，在共同成长中实现个体的丰满，这是网络文学互动应该也能够达到的最佳状态。

总之，这是一个有意思的现象，中国传统的文学样式都是因为文人精英阶层的参与而走向繁荣，诗歌、词、戏曲、小说，甚至文学理论，然而也会因为精英阶层的过度参与而使其失去群众基础，丧失活力。就以小说评点为例子，后期的小说评点往往演变为文人的自评自赏，已经没有了传播的必要和欲望，基本都是以抄本或少量刻本的形式在小范围传阅，失去了小说评点的社会价值，也就走向了萎缩和消亡。而在网络文学中，我们看到了有趣的不同，起于草莽的网络文学曾经以其先锋性、实验性得到精英阶层的欢迎，但最终网络文学并没有走向先锋文学的道路，反而在大众涌入后走上通俗读物的道路。陈村说："网络文学从一开始就走在不一样的路上了，它不是我想的那种能够出现另类的、实验性内容的写作，而是以抓取最多的观众为目标的写作。我们现在讨论的有几千年历史的文学，在过去几千年可能是少数人知道的，而网络以自己的方式把文学推广到那么多人的面前，让这些以前不看书的人也去关心文学了。而要抓住这些人的话，就需要细致地以类型划分，就要跟传统的文学分道扬镳了。"[2] 网络小说又因为商业化模式和资本的裹挟而成为拒斥精英的大众文化样态，这一点也是令人忧虑的。"对于网络文学来说，资本既可能导致'异化'，也可能形成激励，它以廉价的金钱改造了网络

---

[1] 欧阳友权《网络文学论纲》，人民文学出版社 2003 年版，第 217 页。
[2] 《陈村：我以为先锋的东西，网络并没有出现》，《文学报》2018 年 6 月 22 日。

文学，取消其先锋性或试验色彩，将它以最通俗的类型小说形式推向最广泛的大众。"① 在大众狂欢模式中，笔者始终希望网络文学创作能够找回最初的兴趣写作和文学责任，否则也将面临另一种消磨甚至消亡。

当然，这种担忧也许是多余的，也许网络文学并不急于召唤所谓精英的指导和介入，毕竟才产生发展了短短20年的时间，一切都是新的，难以用传统文学的尺度和规则去衡量它，也无法现在就宣布网络小说中无法诞生经典。当下的网络小说，也未必没有可能走出自己的路，而无论如何，这将是一段大浪淘沙、去沙取金的艰难旅途。

---

① 许苗苗《分化与趋同的网络文学》，《社会科学》2019年第1期。

第四章 时 空 结

网络小说的时间与空间充满着幻想性，天马行空的设想为网络文学的天空装上了飞翔的翅膀，由此产生了大家熟知的穿越、重生、架空等时空设置，而这些设置也不仅仅是简单的故事背景而已，其作用当然包括"简化写作难度、增强代入感"，却又不仅限于此。网络小说的写作因此而有着整体上的不同，其中有历史根源的牵绊，也有现实困境的细说，最终形成独属于网络小说的一种时空表达。

第一节 穿越重生：前世今生的来往

在现实世界不可逆的时间长河中，人死不能复生，时间不可逆转，人心不可知，世事难预测，这些是现实世界中不可打破的铁律。而在网络文学中，这些限制却是首先要突破的，穿越重生是网络小说中最为独特且发达的时间设置。虽然在大多数网络小说的具体描写中，简单的线性时间顺叙难免落入平庸，但是独出心裁的时空框架则又从平庸中突围，并为了追求新鲜感在不断复制的同时又有新鲜元素进入，形成了穿越重生两条主线之下独特的时间线索。而在网络古言小说中，纯古言并非没有佳作，但相对来说，穿越重生则是网络古言小说更具代表性的标签。

穿越重生时间线的诞生，从观念根源上追寻，还是要上溯到中国传统的轮回观念。在中国，无论土生土长的道教，还是舶来壮大的佛教，都讲究轮回。"佛教的果报轮回观念是在因果报应的基础上形成的关于生命转化的学说，认为生命犹如车轮一样不停地回转，永无止境。佛教的果报轮回观念在中土传播的过程中，迅速与中国传统文化中固有的善恶果报思想相融合，发展成为一种具有中国特色的因果轮回思想，并作为中国传统文化中极为重要的一部分，长期影响着中国人的整个精神世界。"① 轮回业报的思想对民众行为起到了约束作用，善有善报、恶有恶报的思想深入人心，而轮回观念，实际也在无尽的时间长河中，为人类摆脱生死悲欢寻到一条出路，寄托了人们对死后归宿的想象。

在中国传统小说中，对时间的思考由来已久，"时间幻化，是与神仙思想或佛教观念的流行有关的，它们以时间幻化来改造、伸缩和反讽人间生存的时间状态"②。《西游记》中"天上一日，人间一年"的设置也成为最众所周知的仙凡差异的标志。轮回观念与因果报应相结合，对明清小说影响至深。几乎所有的明清小说都会有神话的楔子来为小说中人物设定一个前定的因果缘分，比如《红楼梦》中有神瑛侍者对绛珠仙草的甘露之恩，才有了一干风流冤孽的下凡历劫，尤其是林黛玉与贾宝玉的还泪之说，而《说岳全传》中的岳飞本是如来佛祖座下大鹏鸟，秦桧是虬龙，王氏为女土蝠，因前世结下冤仇，纷纷下界转世了结恩怨。有些因果轮回的内容不在故事的神话楔子中，而直接出现在小说正式故事之中，比如《金瓶梅》中描写孝哥就是西门庆转世，"忽然翻过身来，却是西门庆项带沉枷，腰系铁索。复用禅杖只一点，依旧还是孝哥儿睡在床上"。当然，最典型的还是《醒世姻缘传》，这个小说整体就是前世今生轮回报应的体现，前世晁源宠妾灭妻，第二世冤孽报还，晁源的转世狄希陈受尽妻妾折磨。

---

① 付震震《因果轮回观念与明清长篇小说》，《滨州学院学报》2010 年第 1 期。
② 杨义《中国叙事学》，人民出版社 2009 年版，第 157 页。

传统的轮回观念和文学作品之间的勾连虽然还都只是停留在因果报还这样的基本点上，但转世轮回的要素都成为网络古言小说穿越重生产生的先导，关于轮回转世的各种内容，比如孟婆汤与忘川，以及与之相关的三生石、彼岸花等元素都成为网络文学中大受欢迎屡见不鲜的素材而衍生出无限的可能。"逝水不归忘川，人间好赋悲欢"，那些不愿意忘记前生的执着与因果纠葛相关联，又与现代的思维相碰撞，形成了网络文学的独特表达。"穿越与重生是网络小说主人公常见的命运轨迹，二者模式相似，都是时间失序导致的身份转换，前者穿越成别人，后者穿越回早先的自己。从根本上看，穿越也是一种金手指，他帮普通人修正生活中的缺憾，把现代人带往古代或异界体验显赫身世。"

网络古言小说中的穿越重生故事，有着不甘平凡、摆脱宿命的共同追求，体现了千百万普通人放大的梦想。如果细分起来，穿越与重生，同样有因果的纠葛，但体现的诉求还是有差异的，穿越是介入别人的人生，重生是再走自己的过往。我们可以以实现人生目标的不同来区分出三种典型模式。

一、走上人生巅峰

所谓走上人生巅峰，就是小说主人公通过满点技能与超越当时人的认识，在不属于自己的时代创造一番风光事业，实现自己原身无法企及的自身价值最大化，简言之，小人物大逆袭。充满狗血味的异世梦想，无论多么瑰丽恢宏、百转千回，都万变不离其宗。

这种人生设定，在男频穿越文中有数不清的例子，比如，《回到明朝当王爷》中的乌龙九世善人郑少鹏阴差阳错地穿越回明朝正德年间，成为杨凌，在这个多姿多彩的时代，剿倭寇、驱鞑靼、灭都掌蛮、大战佛郎机；开海禁、移民西伯利亚……，而他所赖以成功的，都是现代社会中带过去的知识储备，"自己从后世学来的那些冠冕堂皇、损人利己的'太极拳'功夫"，"从报纸杂志上看到的这不知总结了多少代的施政经验,又结合中外先进制度的机构精简文章所透析的问题所在"。《极品家丁》中年轻的销售经理林晚荣跌落悬崖来到完全不同的世界,成为萧家大宅的一名普通家丁——林三,他依靠自己的智慧,振兴萧家,灭白莲,轰圣坊,斗砚秋,戏康宁,金陵赛诗会,山东救官银,气煞玉德仙坊老院主,智护萧家大院萧夫人,奇袭突厥皇宫,活捉突厥小可汗,拯救苗族人民,种种壮举多如牛毛。再比如《红楼梦》仿作——《红楼春》,理工科研究生穿越到一个叫作大燕的陌生朝代,成为《红楼梦》世界中的贾蔷,摆脱了卑微地位,承袭了宁国府。主人公们凭借自己的知识背景优势摆脱了平凡的生活,发挥才华实现抱负,大杀四方登上巅峰,而且都毫无意外地收获了各色女性的青睐,享受齐人之福,集邮一般地将各色美女收入囊中。《极品家丁》作者禹岩曾经笑说:"家丁与其说是一本历史架空文,不如说是一本披着架空外衣的泡妞全集。"显然,男频穿越文从言情的角度也就是对待爱情的态度上与女频穿越文显然有着巨大的取向差异,也失去了绝大部分女性读者的喜爱。

而在笔者重点关注的女频穿越重生文中,女性的人生成功则更多地体现在自我价值的认识和情感的自由圆满上,显然与男频文浓浓的事业功利色彩又不尽相同,鲜明地体现了两性间人生理想方面的差异,甚至在带有白日梦色彩的网络小说中也是如此泾渭分明。至于穿越到古代这个题材为何如此被女性偏爱,水千澈访谈中解释说:"女孩子都会容易幻想。虽然现实中我知道,如果穿越到古代第一个死的就是我,但总会有那种穿越了会很浪漫的想法。穿越过去就会觉得可以运用现代人的智慧,可以自我幻想,自我创新,行文不用那么严谨,完全随着自己心意去追求。"

早期最著名的"清穿三座大山"[①]《梦回大清》《步步惊心》《独步天下》,

[①] 关于"清穿三座大山"有不同的说法,一说为《梦回大清》《步步惊心》《瑶华》。

所写的都是生活在现代的女性，通过偶然的机缘穿越到清朝，她们都获得显赫身世，能够接近权力中心，也身不由己地卷入历史风云的旋涡之中。历史书中的人物、事件就在身边出现发生着，穿越而来的女主人公虽然有着对历史大势的预见优势，但她们比之男性更为克制，展现更多的不是扭转历史乾坤的雄心壮志、建功立业的宏大志向，而是身处其中的不由自主和情感纠缠，而她们最终所作出的决定也都是兼顾了大局与个人的艰难抉择，其中关注个体的思考始终是中心所在。历史人物也通过细腻的描写和贴近的角度而展现了作为个体的人的一面，或者展现了女性想象中理想的一面，而远非史料记载的刻板面孔。比如《步步惊心》中的两位主要男性角色，四爷冷静内敛，心思深藏不露，但在冰冷的面孔之下是一颗火热的心，不轻易言爱，一旦认定，就会永远放在心里守护，有着对权力的渴望和帝王的杀伐决断；而八爷温润如玉，举止得体，为了得到可以不择手段，一生执着却也一世孤独。这样的两位男性角色设置，其实已经与历史关系不大，更多的是作者在历史的底色上重塑出来的浓缩了广大女性读者心中理想的男性形象，是如同白月光与朱砂痣一样的存在，这样的男性人物形象也常见于后来的各类穿越作品中。

"同样是历史穿越，主人公同样具有现代意识，但与男性向小说中穿越者总是扮演手捧启示录的先知、试图以现代意识去启蒙古人不同，女性向小说中的穿越者往往被古人所同化，她穿越到某朝某代的王室皇宫之中，与众多女性为了男性的专宠而展开无穷无尽的宫斗、宅斗。"[①] 归根到底，这三部穿越古言小说给读者印象最深的还是爱情主线，比如，茗薇与十三爷、四爷、十四爷的生死纠缠，若曦与四爷、八爷的爱恨情仇，东哥与皇太极的传奇爱情。在家国命运这样沉重的时代背景之下，女频文更趋向人物的个人写照，自我价值的探寻，而并非重大事业的完成，或者说爱情成为女性最重视的事

---

① 黎杨全《网络穿越小说：谱系、YY 与思想悖论》，《文艺研究》2013 年第 12 期。

业，这一特点在之后的大多数穿越文中依然非常明显。

在不脱言情本色的前提下，穿越的主体故事则在不断转向，比如，历史穿越类小说，跳脱了宫斗的路子，《凤囚凰》写现代女白领穿越到南朝刘宋臭名昭著的山阴公主身上，努力改变自己命运的故事。《女帝本色》的女主本来可以发展成建功立业类型，但是最终还是走了言情和实现自我的路子。《大唐长公主》没有了正剧的风范，开始追求温馨轻松的调子。现代女大学生穿越成不满一岁的太平公主。女主通过已知的历史，在不同的年龄段用合适的方法避开不好的结局。没有大开大合的开疆破土或者激烈的古今碰撞，只是通过一些细节的改变，改变了众人的命运和历史的走向，言说着历史的另一种可能。

宅斗也是古言穿越文中的主要题材，《名门闺杀》就是典型的穿越宅斗文。一个政治世家被保护得很好的小姐穿越到古代名门，虽然身份高贵但幼年丧母，面对内宅的你争我斗、冷漠的祖母、恶毒的继母、势利的家人，随时都有被葬送在斗争中的危险，女主人公利用前世的眼界才能，仔细筹谋算计，杀出了一条坦途。不过，《庶得容易》也是穿越宅斗内容，也是围绕内宅妻妾、嫡庶等问题展开的狗血斗争，却是另一条路子，正妻嫡女占了所有先机优势，却也并不偏狭小气，庶女在嫡母身边讨生活反而比跟着亲姨娘要舒坦，嫡女庶女之间虽然鸡吵鹅斗，但只要走出家门就无比团结，一致对外。最后，无论嫡女庶女都得到了适合自己的美满姻缘，也继续着内部有些小矛盾但永远团结一致的家庭生活。

在宫斗、宅斗之外，穿越女们越来越走出局限的小天地，女主的职业属性日益凸显，出现了不少搞事业有情怀的事业文。《名门医女》写的是外科女医生穿越到大夏王朝上吊的世子夫人身上，因为随身带着医药箱，女主得以利用熟悉的工具药物治病救人，但随着药物用尽，女主也开始学习古代医学知识，结合自己的外科医术救死扶伤，一步步获得世人的理解。男主与女主的感情发展自然，但是古代的婆媳关系却是最终无法调和，女主最终选择回到现代，男主终于醒悟，也追到了现代。《十一处特工皇妃》写的是女特工穿越到架空世界的女奴身上，典型的杀伐果断大女主，纵横四海成就霸业。《大宋清欢》中，现代姑娘姚欢穿越到北宋哲宗时代，从汴河边大排档到小饭铺，女主的"金手指"集中在中华美食之中，从鸡爪到小龙虾，一盘盘美食上演着舌尖上的大宋。与男主也是经历了初恋失败后，在事业扶持和精神理解基础上互相吸引。

虽然女性将爱情作为最重要的事业，嫁个良人成了大多数穿越女最重要的人生目标，但是也有些剑走偏锋的存在，不把爱情作为描写重点，甚至解构了爱情，变换了男女定位。《樊笼》中穿越而来的女主在宋府厨房等着攒钱赎身，却被男主宋毅看中，展开一世纠缠；女主很有风骨，并不爱男主。《林氏荣华》参考背景为唐灭以后五代十国争斗时期，女主是现代人，为了保命和金仙达成交易，到异世护幼女林玉滨一世安稳，故事由此展开；女主自强独立，全文无男主。还有走得更远的女尊文，比如《一曲醉心》甚至还有男人怀孕生娃的情节，完全倒置了男女关系，其实是一种对男性世界的模仿。"'女尊'显然不是真正实现'男女平等'的有效办法，这一类型与传统'言情'同样具有'安慰剂'式的欺骗性。"①

我们看到，穿越女主的人生巅峰即自我价值的实现，与男频文有着明显的分野，最明显的区分在对待爱情的态度上，穿越男主"集邮式"收集美女的情感历程有着明显物化女性的倾向，而女频文以爱情的圆满为最典型的诉求则有"恋爱脑"之伤。同时，通过不断的发展，女频穿越文也已经不再囿于"一生一世一双人"的狭窄境界，在多元化的表达中得到了充分的言说，不论是情感归宿的美满，还是家庭生活的和谐，抑或事业的成就，都是女性在自我价值追求上的一种表达。

---

① 邵燕君《网络文学经典解读》，北京大学出版社 2016 年版，第 282 页。

二、弥补自身遗憾

弥补自身遗憾这样的人生目的，虽然在重生穿越文中都有所展现，但还是重生文将这一主题演绎得更为典型。重生文无疑与轮回转世之说有着莫大联系，见于多个记载的孟婆传说，她手中那碗汤能消除转世者的全部记忆，让他们无牵无挂地进入轮回开始下一程人生。但是重生文中的主角们却因种种原因，各有不甘，各有牵挂，带着前世的记忆与因果回到了自己人生的起始点，无论是报仇雪恨也好，保护所爱也好，避免灾祸也好，重生的意义就在于弥补前生种种。

在重生文中，最先吸引读者眼球的是重生复仇类的爽文，《庶女有毒》《锦绣未央》）可算其中代表，该文虽然有各种问题①，但它具有重生复仇文的所有必要因素，即前世被辜负被欺骗被迫害，死前幡然醒悟，重生后处心积虑，通过自己的努力和强大的助力，睥睨仇敌，报仇雪恨，最终收获了一生一世双人的爱情和这一世的幸福美满。这样的模式一度成为重生文的标配，被无数次复制模仿。

不过随着不断演进，越来越多的重生文强调了人生的遗憾也不仅仅是由仇怨造成，重来一次的人生境遇还有很多种不同的模式。如一位作者自己在整理创作思路时所说："重生文难道一定就是血腥的报复？我不这样认为。窃以为：重生最大的好处就是能够预知未来，趋吉避凶，审时度势，采用最有效最稳妥的办法顺利改变对自己和亲人不利的局面。不管采用何种手段，能够顺利达到目的就是好手段。作为一个冤死的人，心里一定会有恨有不平不假，但性格不同，对待眼前处境采用的方式方法也会不同。"所以在重生复仇类爽文风行之时，也有不少不同内容不同类型的重生文发生发展，并将重生

---

① 《庶女有毒》涉及抄袭洗稿等问题，2019年5月8日上午，北京朝阳法院一审判定，其同名小说的116处语句及两处情节与小说《身处六帝宠不衰》构成相同或实质性相似，构成侵权，判令其赔偿经济损失及合理支出共计13.65万元。

这一设定带入了更多发展可能。而从重生后所要弥补的遗憾来看，则往往与亲人误会、家族纠葛甚至朝堂风云等复杂问题相关，其中既有恶人从中作梗，也有并无对错可言的失误，在一个个故事背后，并不是只有简单的黑白善恶。归根结底，清醒地审视自己曾经走过的失败人生路，重整旗鼓重新来过才是真正意义的重生，其中有悲伤也有救赎。

从主人公重生的时间点来看，有的重生时间发生得比较早，主人公重生回到自己幼年或者一切问题发生之前，形成了一种成长型重生文。主人公在成长的过程中，重塑自我扭转命运，比如《后福》中的沈雁就重生在自己九岁，自己一家刚刚回到京城，父亲没有入狱，母亲还没有死，华府没有灭门，一切不幸都还没有发生。有的重生发生时间比较晚，重生在错误铸成前或正在发生时，主人公身边的人事物已经定型，需要采取雷霆手段，矛盾冲突更激烈，爽感也更强。比如《锦桐》，主人公虽然重生了，但也已经错嫁入虎狼之穴的夫家，所能做的就是及时止损，修补人生，一切向前。

相对于穿越文来说，重生女主的"金手指"更为明显，如前文所说，穿越女主有融入社会、依循现世法则的倾向，现代意识的代入和古今碰撞相对没有男频文那么明显，但重生女主前世记忆的预见能力则是对她们有绝大助力的粗大"金手指"，在重生文中发挥着重要作用，也是这一类型文不可缺少的情节推进要素。比如《大妆》中女主从五不娶的丧妇长女，到风光尊荣的诰命大妆，一路披荆斩棘，虐渣打脸，靠着对敌人的了解和预知，所有受过的苦、吃过的亏，种种心酸苦楚都彻底报偿。当然，也有很多主角，没有那么智慧或者那么幸运，比如《金陵春》这种甜宠文，女主前世与今生都是娇气爱哭的名门贵女，因为重生，终于看清了前世自己的单纯愚蠢，但也并没有变得多么智慧坚强，只不过借着前世的见识得到了强大的庇护而走出了阴霾，一生的顺遂也还是靠旁人保护。比如《第一侯》，女主在乱世求生，并没有因为重生的先知能力就顺风顺水，也是步步为营走得艰难。这些重生的主人公并没有得到太多的助力，重生之后还是要摸索着再来一遍，变相说明了重生文的另一层要义，生活都是一个个当下日子的累积，想要过得好，还得认真生活，不能指望重生光环的照耀。再有，重生文的另一个"金手指"的打破，就是重生不再是一个人的秘密，也不是一个人的武器，不少重生文出现了多个重生者，或者穿越重生者并存，由此也产生了新的戏剧冲突和化学作用。《锦桐》就是双重生的故事，而且是女主和渣男双重生，这个时候，就是拼速度、拼智慧的一场势均力敌的竞争。读者也在看着渣男倒霉、女主逆转人生的过程中，痛快淋漓。《长公主》也是双重生，失和夫妻重生后逐渐了解并最终爱上对方的故事，苏爽的故事足以慰藉很多在现实婚姻中失望冰冷的心。

当然，还有对重生设置进一步解构的，比如《重来一次也无用》，虽然还是讲的爱情，讲了一对男女，即使重来一遍，依旧无缘。其中的宿命感或者表达的观点其实适用于生活中的类似情况。很多时候，我们想着重来一次我们会如何如何弥补遗憾，如何如何完美幸福，其实，既然我们还是我们自己，即使重来能让我们规避某些已知风险，但却不能掌控全局，也许就在下一个岔路口，我们会碰到不可知的问题，然后又依循着自己的性格和本能作出和前世相似的选择，最后把自己人生的道路还是引回相似的结果。所以，人生无论重来多少次都会有这样那样的遗憾不满，或许我们还是应该对眼前的人生负责，或者既然遗憾无法避免，起码知足常乐。

重生文将重来一次的机会带给主人公，借助这样奇特的时间设置，赋予主人公反戈一击的能力，推动故事传奇式地展开。而在这一切的背后，是与读者需求密切沟通的，虽然主人公是在进行自己的人生，弥补前世的遗憾，但这种重来一次的愿望是与读者共通的。每个人心中都曾经或多或少在午夜梦回里，在岁月蹉跎中，有过如果能够重来一次自己将如何的畅想。在主人公弥补遗憾的过程中，读者也体验到了愿望成真的喜悦，并将自己代入小说人物,通过人物之手,去实现自己难以企及的浮生一梦,聊解时间滚滚而逝带来的无力与重压。

三、追求现世安稳

在穿越重生文的主人公们积极于为自己的人生而折腾的道路上,往往充满了各种波澜起伏的戏剧冲突。无论实现人生巅峰还是弥补人生遗憾,主人公都是有着明确的目标并且孜孜以求为之奋斗不止。不过物极必反,像当下的综艺节目走过了刺激逗趣的游戏竞技类之后,慢综艺开始受到青睐。同理,在网文界,追求与众不同的立意才是生存之道,也由此走出了另一条路,就是穿越重生的种田文。种田文反对走向过于极端的冲突和结果,主人公们有些漫无目的,每天的小日子就是目的。"对同质化异常严重的网络小说来说,写作创意极为重要。在写手们的'不懈'探索之下,网络穿越小说的主题与首发都已五花八门。在主题上,除了常见的救亡、言情、宅斗、宫斗、商战、争霸天下等之外,也兴起了居家过日子的'生活流''种田文'。"①

以《知否》为代表的这批主人公,她们虽然是穿越者,但都是体验派,表现着随遇而安的恬淡,在各异的处境中,都貌似要求不高,只追求最基本的安稳,却描绘出了最接近幸福的景象。《新唐遗玉》中,不聪明却认真正直的女孩穿越到唐朝小萝莉的身上,兄妹三人相依为命,慢慢长大,其间的亲情感动人心。《乌衣巷》叙说内宅故事的小言情,女主人公的理想是实现人身自由化、婚姻自由化,不当丫鬟、姨娘。《明朝小官人》也是重生种田文,写的都是家长里短,没有极品亲戚和"金手指",古风盎然。

这些小说中的女主人公所体现的人生观是具有现代意识的,那种潇洒到有些冷漠的随遇而安,那种在任何环境下,无论跟谁或者不跟谁都能过得好的坚定自信,正是独立自强的现代女性所具有的特质。以明兰为例,她最经

---

① 黎杨全《网络穿越小说:谱系、YY 与思想悖论》,《文艺研究》2013 年第 12 期。

典的一句看待人生的名言就是"眼睛是长在前面的,本就应该向前看。来这世上一遭,本就是为了好好过日子的"。我们看到,她对于生活的隐忍筹谋,也看到她在爱情上的清醒。明兰对爱情没有不合时宜的执着,即使白月光如齐衡,该放下也就放下了,其后经历的贺弘文与顾廷烨也都是在自己能力所及的范围内去努力,但并没有非君不可的倾心相许。所以,虽然是在写言情,女主也循规蹈矩地结婚生子,按部就班地走着人生这一步,但描写的笔触既不像琼瑶、席绢笔下的为爱情而生,也没有早期"清穿三座大山"里缠缠绕绕的多角情爱。爱情并不是明兰们的唯一,甚至并不是她们人生最大的目标了。过得好,才是最终目标,这样的追求需要更丰富的内容来填充。

由此,也形成了种田文独特的选材和叙述风格。这些不作妖不闹腾的主人公们开启了更像平常人生活的日子,日常努力向上,积极适应环境,生活中的桩桩件件,娓娓道来,细碎平淡,津津有味。《穿越之细水长流》,顾名思义,女主人公是胎穿,虽然出生在普通庄户人家,生活十分受限,但女主是工科女生,她的智慧和技能成为她未来解决困难幸福生活的"金手指"。而女主的一路向上,也是因为自己自强不息开发美食,然后被男主一家发现,一路呵护宽容。《田园闺事》穿越女主遇到重生男主,女主虽然遭遇很糟心,家庭内部环境恶劣,但女主并不软弱,勇于正面刚,将困难一一解决,男主一直一心一意对待女主,都是些零零碎碎的农村生活细节。当然在题材上,也会有一些小突破或者创新,比如《无论魏晋》是基建种田文,穿越的女主意外配备了外挂,能够召唤现代世界的人来搞基地开发,于是古代社会的发展像坐上火箭一般,飞速前进。女主专心搞事业,不同于一般言情女主,体现出不少现代人的思维和处理问题的方式,较为与众不同。比如《我家全都是穿来的》一家三口一起穿越,还带着空间"金手指",在兵荒马乱的年代,互相扶持,患难与共,为了安稳的生活而努力奋斗。但基本不脱离描写日常,努力过好自己生活这样的基本方向。

四、结论

无论是实现哪种目的，古言穿越重生文都通过独特的时间设定，把握了关键，完成了情节与设定的融合，让离奇的穿越重生在网络文学中实现落地。天下归元在访谈中说："重生、穿越类小说，映射人们自我挽回和不甘平庸的内心期望。这个类型小说代入感比玄幻小说更明显。穿越类小说，主人公在异世界光芒四射、大展宏图。重生类小说，展现的则是一种'回到过去，从头再来，且将旧貌换新颜'的主题。这都是人对于不能实现的愿望或者无法挽回的过去的一种情感诉求。写作者呼应这些诉求，以虚幻的精神想象来弥补读者的缺憾，满足读者的愿望，调节读者被现实挤压得日益逼仄的心理空间。"①

（一）隐喻与走向

有文章认为穿越似乎隐喻着女性的出走姿态，但这只是早期的一种设定。在不断的改变中，穿越重生设定成为网络文学的一种常态。穿越重生对于作者、读者和书中人物都越来越平常，早期的穿越小说还需要各种解释来假设现实与穿越世界之间的合理性，比如突发事故，阴曹地府官员的失误、灵异信物的牵引、人物的执念怨念等等，但是逐渐地，穿越重生不再需要过多的解释，人物不需要任何理由，眼睛 闭一睁就穿越了，这几乎成为网络小说的标配，不会再引起读者任何的疑惑不解。其中，也反映出对于时间游戏的态度和对于死亡的回避。比如最近越来越多的"无限流"小说即是其中代表，《夜旅人》就是这样，男女主穿来穿去，融合了各种元素，有家国情怀，有商场战争，有悬疑诡异，也有撕逼狗血，男女主两人历尽千帆，终能相守。《清穿场景见习》也是这样，女主必须反复攻略男主才能重生，类似的还有《四嫁》《别拿穿越不当工作》等，网文的天空已经被穿越者戳成了筛子，从中更

---

① 《天下归元：创作灵感源于爱读书懂生活善思考》，《光明日报》2020年9月24日。

能体现出网文不讲究逻辑的逻辑，以及时空乐趣的极致走向。

（二）先弱后强，欲扬先抑

无论穿越或者重生，一般的模式都是先弱后强，读者在这样的过程中，充分体验逐步强大的爽感。穿越者刚到了陌生的环境，在身体、知识、经济、关系等各方面都处于弱势状态，甚至往往身处险境或危机之中，必然经过初期的潜心忍耐，积累力量，经过激烈的奋斗或斗争才能够逐渐改善乃至改变自身处境。重生者虽然过着自己的人生，并不存在陌生一说，但一般都并不强大甚至难以自保，而且随着重生的蝴蝶效应，身边的人事物已经在发生变化，所以重生者往往需要扭转前生既定的劣势，化解即将发生的危机，也是需要处处苦心经营。就像一部重生文里说的那样："生活就是一个问题接着一个问题，重生也不是拿着答案照抄，是从头给你换了一道题，还是得自己一道一道地解去。"

（三）同质竞争，反套路前进

虽然穿越重生文是热门，经过读者的检验，是大多数网络古言小说标签一样的必然选择，但是大家又都争取穿得不一样。因此，在同质化的内容设定缝隙中，不断有小的转向和异类出现，进而反套路之作不断出现。比如，在爱情模式上，早期都是女子被动，但是逐渐也出现了女追男的反向模式。比如，女子闺阁身份不利于搞事业，早期女子都是困守家宅，宅斗、宫斗题材剧多，而后来，女扮男装搞事业的网文多起来，搞事业可以很严肃地当医生做侦探，也可以很开心地开饭店搞美容。再有，激烈的戏剧冲突狗血的爽文之后，平淡温馨的种田文出现。历史感太沉重，也会有只要开心就好的小甜文小白文苏爽文。比如，大部分作品爱情占比很重，但是也会有专心事业、抛弃男主的女主出现。这是个丰富的文学现场，各种格局走向的文在不断涌现，不断试错，也最终会淘洗出真金。

第二节　架空的世界：摆脱束缚与复制历史

《红楼梦》是一部在多个方面追求并实现创新突破的伟大作品，它在时代背景上有一个相当大胆的虚设："朝代年纪，地舆邦国却反失落无考""若云无朝代可考，今我师竟借汉、唐等年纪添缀，又有何难？但我想，历来野史，皆蹈一辙，莫如我这不借此套者，反倒新奇别致。不过只取事体情理罢了，又何必拘拘于朝代年纪哉！"这样的设定让我们联想到了当下网络文学中的世界格局也会有类似的设计——架空。有人指出"架空"的概念源自日本，也有人认为中国自古即有架空一词，无论如何，架空是指虚构一个并非真实的历史背景空间，作为小说人物活动的场所。

当下网络小说的时空背景，在穿越重生的时间线之外，很重要的一个标签，就是架空的世界架构。穿越和架空往往是并行的，穿越者一般都会穿越到架空的异世界，但穿越和架空的指向又是不同的，并不重合。穿越是时序的错乱，而架空则是小说世界整体架构的模糊，更侧重空间问题。当然这个空间也是一个时间流动的空间，其中包括了小说人物赖以生存的世界秩序、社会准则、历史背景等全套的规则。"网络文学的架空问题要远为复杂，既有世界外在形态的架空，也有世界内在进程的架空。世界外在形态的架空又分两种情况：一种是全架空，即奇伟、瑰丽的异时空的书写，如各种玄幻、奇幻、异界小说中对'世界'的描绘；另一种是半架空，即对以往世界的改写，故事背景类似于历史上某个时代，但具体时间、地点却模糊不清。"[①]网络古言小说一般都是后者。

在网络古言小说中，有像《步步惊心》那样，穿越过去，基本认同历史

---

① 黎杨全《中国网络文学与游戏经验》，《文艺研究》2018年第4期。

背景，主要人物历史轨迹不做大变化的类型。也有《大漠谣》一类，在真实的历史背景上，建立自己的想象和解释，尤其是对真实历史人物命运的改写。还有的像马伯庸的小说那样，对历史事件大开脑洞，加入作者个人意愿，支配历史走向。而很大一部分网络小说尤其是女频的古言小说，无论主角是何种身份，大多是走向了半架空历史背景的道路。在这类网文中，历史大趋势无法扭转，但总是与真实历史有着这样那样的出入，或者制度沿革与真实历史相似，但却终究是完全不同的另一个世界，像《清穿的平凡日子》所说那样，主角淑宁经过翻阅自己所处时代的史书发现，自己所在的时空并不是以前所处的那个清朝，历史总有这样那样微妙的不同，但虽然拐了一些弯最终的走向又没有太大的偏差。"看来她穿越的，不是真正的历史上的清朝，而是一个类似于平行世界的历史上的清朝。在这个世界，穿越是常常发生的。虽然一般人不知道，但穿越者几乎是横贯历史的每个时期。但无论他们怎么改变这个世界，历史总会回到原本的轨道上。或许会留下一些印记，一些改变，但大体的走向是一样的。"

一、挣脱束缚

架空世界的出现，其实是文学作品一种摆脱束缚的方式。当然，作品的时代和情况不同，所要摆脱的束缚也是不同的。不知道《红楼梦》算不算最早的架空作品，但它时空背景的模糊设置显然与明清时期文网的森严管制有莫大关系。其实，明清时期的小说都面临着类似的问题，明清时期的文化专制制度可以说是达到了登峰造极的状态，禁书与文字狱是压在小说作者头上最沉重的两座大山，也导致了思想的禁锢和文化发展的扭曲。清朝时期，封建专制与民族问题相结合，使得文字狱更加频繁而酷烈，仅乾隆时期就有文字狱130件之多，而且每次的案件都牵连甚广，少则几十人多则百余人。康熙二年（1663年），庄氏《明史》案"名士伏法者二百二十一人"。动辄得咎使得文人在文学创作中不敢自由发言，甚至引发了学术转向，清代以考据朴学最为发达，而容易犯忌得罪的文学创作则相对凋敝，"避席畏闻文字狱，读书只为稻粱谋"是当时文化文学界的真实写照。文字狱一般又与书籍的禁毁相伴而生，文字狱必然导致禁书，而且十分严苛，"凡是文字狱中人物的著作，不问内容，一律全毁"[①]。而且禁书的范围要比文字狱更为广泛，许多著作虽然没到牵连作者形成文字狱的程度，但是依然被禁毁，其中不少小说也赫然在列。

也是在这样的文化制度压制之下，使得文人创作形成了曲折隐晦的独特表达方式。产生于明代的《金瓶梅》，将历史背景托于宋代；从《水浒传》中武松的故事中引出一段，而其实际切合的时代背景明显是明朝时期，反映的是明代社会的市井民生。而另一部充满奇幻色彩的小说《镜花缘》则假托于唐代，小说中唐敖与妹夫林之洋游历了海外三十几国，见识了黑齿国、白民国、淑士国、两面国、犬封国各种光怪陆离的景象。白民国人空有其表，腹内草包，淑士国民全民酸腐，黑齿国貌丑才高，女儿国男女颠倒。尤其逼真的是写林之洋在女儿国被迫承受缠足之痛：

林之洋两只"金莲"，被众宫人今日也缠，明日也缠，并用药水熏洗，未及半月，已将脚面弯曲折作两段，十指俱已腐烂，日日鲜血淋漓。……不知不觉，那足上腐烂的血水都已变成脓水，业已流尽，只剩几根枯骨。

通过逼真的描写将缠足的过程呈现出来，又充满反讽地让这种畸形审美的发起者——男性来承受痛苦，虽然用了戏谑的口吻，却能让读者对这种非人的习俗对女性的迫害有了更真切的体悟。小说中种种，大多是对现实生活的热辣嘲讽，却又因为假托在海外某国，更可以放开笔墨大胆铺演，减轻了

[①] 黄裳《笔祸史谈丛》，北京出版社2004年版，第70页。

讽时骂世的包袱。而这样的表达方式促成了作者想象力的开发和审美表达的飞升，文网管制下被迫采取的曲折离奇的表达，在作者的精心打磨之下反而成为一种特色和优势。

除了假托于遥远的朝代或海外远方，还有一种模糊变幻世界框架的方式就是入梦，中国传统中人生如梦的思考由来已久，在梦中，时间空间都比现实中发生了巨大的变形，而最重要的是入梦者可以在完全不同的新世界展开一个全新的人生。虽为梦境，其真实感一如现实人生，如《枕中记》吕翁所言"人生之适，亦如是矣"。而从中体会到的人生感悟也是真实而深切的，"夫宠辱之道，穷达之运，得丧之理，死生之情，尽知之矣"。某种意义上讲，让主人公历尽悲欢荣辱、死生穷达的梦中世界，与网络架空世界的设定有契合之处。虽然貌似虚无，却感受真实，所有一切的源头还是在现实的世界落脚。当然，在当下网络小说的架空设定方面，摆脱束缚的方向与古代的情况有了很大不同。

网络小说的架空设置，首先来说，对作家是一个方便愉快的选择。擅长写历史反转的作家马伯庸表明："写这样一部作品，最大的挑战不是故事和人物，而是对那个时代历史细节的精准描摹：怎么吃饭、怎么喝茶、哪里上厕所，长安城的下水道什么走向、隔水的栏杆什么形制……为此，马伯庸做了两个方面的准备：一是'大案牍术'，阅读大量的相关书籍和论文，比如为了能在书中对长安里坊有细致入微的描述，杨鸿年《隋唐两京坊里谱》就成了案头读物；二是去西安实地找感觉，他成为陕西历史博物馆、西安博物院、碑林博物馆等地的常客。"[①]这从一个侧面说明了即使做网络文学，历史题材也是极具挑战性的，而大部分网文作者无力也无心在历史细节层面做如此艰苦而深入的工作。那么，在这种情形下，怎样既享受题材的红利，又摆脱历史条框带来的风险呢？架空无疑是个不错的选择。虽然有的作者也很在乎

[①]《马伯庸：越写越开心，兴之所至刹不住》，《中国青年报》2019年7月29日。

历史材料的考证，但终究经不起阅读检验，尤其是专家的考核，所以还是选择跳出严谨的历史空间，创造一个让自己安全的世界。至于有的作者，只想写一个古风故事，就更加不在乎具体朝代背景，是希望存一些古意而已。不管是什么样的考量，架空世界都是一个上佳选择，规则由作者制定，是不是与真实历史交叉，全看作者需要。我们在小说文案中经常可以看到这样的声明："架空，仿东汉末年军阀混战背景，部分人设参历史人物原型，或拆零或糅杂。考据免，谢绝扒榜。""全架空，不涉历史人物，纯属虚构。"这样的宣言，提前宣告了作者在历史大局和细节方面不承担严谨的考索，不接受读者的监督检验，无疑是给自己松绑，节省了这方面的时间精力，也无形中提高了产出效率。

而除了最简单易解的这一层，更深入一点去发掘的话，可以想见，架空世界的想象遨游，本身就给了作者和读者新鲜感和自由，这是更深一层的挣脱束缚，挣脱的不是有形的有据可循的历史束缚，而是长期历史活动中形成的根深蒂固观念的束缚，这才是网络文学架空建构更深层的原因。一个可以自由设计支配的世界给了作者和读者莫大的满足，也给了作者巨大的创作空间，在这个全新的世界，无论主角是穿越者还是原住民，作者都可以大开方便之门向读者们呈现新的世界规则，进而开启新的命运、新的人生故事。作者可以由宏观到具体全方位掌控，从改变历史进程和走向，制定社会制度，到规定民风民情，制定家规家法，一切尽在掌握。而在古言作品中，对宏观的大背景要求并不算太高，一般只要一个基本合理的古代社会框架即可，更多的是设定古代社会对女子的要求和家族家庭规制细节方面要更为具体细化，以便于女性角色身处其中的突破和成长。

因此，相对来说，偏女性化的作品，重点都不在历史资料的严谨上，大部分一开篇即模糊历史背景，简单地将故事发生的世界归结为类似中国古代某个朝代的但从未真实存在过的某朝某国。比如，"如今是楚朝永熙年间，至于这楚朝是怎么回事,疆域如何,回头还得设法去翻翻史书,因为她从不记得中国历史上有这么个朝代"(《冠盖满京华》)。而在具体的有关主人公的家族传承、家庭现状、生存处境等方面则会有详细深入的介绍和描绘,勾勒出人物生活的细部。女子一贯受限于内宅无所作为的境地也在不讲究真实历史逻辑的架空世界得到了多个方向的演绎和扭转,女子无才便是德的传统成规已然在越来越多的作品中被打破。女主人公都智勇双全,运筹帷幄,不只是内宅斗争的胜利者,也往往在朝堂权谋的明争暗斗中"金手指"大开,成为最终赢家,而且女性的独立意识越来越彰显,大女主文在增多,古言小说中的女性不等同于真正的封建社会女性,她们不再只能困守闺阁等待良人,反而越来越像男性一样潇洒强悍,女扮男装搞事业也成为很多读者和作者的心头好。比如,《第一科举辅导师》就是这样的一篇文,将女强、女扮男装、科举等方面相结合,女主是穿越者,具有强大的知识储备,以现代人的思维、热血的理想主义挑战古代生存理念、官场法则,"人人平等""人皆有用""读书不一定只能致仕"等立意和价值观探讨具有打破的勇气和力度。《物以稀为贵》也是女主穿越到全民皆爱考试的朝代:好好学习天天向上,做个挡箭牌,抱紧"金大腿",早日实现权臣生涯,从此走上人生巅峰。

　　如前所述,网络小说多以架空的方式建构世界,内蕴着摆脱束缚的意图。网文作家历史知识水平不完善,无法承载严肃严谨的历史背景的讲述,所以无可避免要承受被专家、被网友批评、吐槽的压力。而这个时候,为了写作的便利,为了能够快速顺利产出作品,大量的古言作品选择了"架空"。"为什么大部分网络作者宁可冒着被指责胡编乱造的风险去'架空'?这是由于相比一吐而后快的即兴创作,与专家对话,甚至仅仅是对抗粉丝意见都需耗费很大成本和精力。一方面,业余码字的网络作者没有与权威专家意见抗衡的能力和兴趣;另一方面,快节奏将文字变现(通过各种渠道获得收益)的欲望也迫使他们乐于遵从生存法则。在网上，与其恋战，不如退避，换个途径寻找机会。"①而在退避到架空世界这个充满无限可能的阵地之后，古言网文也找到了可以发挥到空间，在架空的世界，规则由作者制定，充分发挥脑洞，肆意生长。

二、复制历史与现实

如果说重生穿越对个人来说打破了生死界限，那么架空，则打破了历史规则的束缚。在网络小说被穿越者凿成筛子的天空，维持一定的历史逻辑确实成为一件艰巨的任务。最终极的摆脱，就是架空，留一个古代的空壳，不存在于历史的任何时期，全新而可以自由创造的时空，可以模仿，可以嫁接，更可以想象，征引野史，代入民间传说甚至其他历史小说或热播影视剧都是可行的方案。比如古言小说中著名的清穿系列，作家们对康熙朝皇子的塑造基本与历史没有关系，倒是更多地来自大家耳熟能详的《康熙大帝》《雍正王朝》等小说和影视剧。尽管如此，也还是有纠结的声音出现，有不少网文作者的内心还是希望能够把架空文写得有历史厚重感，二月河的作品是很多作家努力的方向，虽然做不到，但依然向往。

而实际上，我们也看到，在摆脱了束缚获得自由的同时，一切都不是绝对的，尤其对于古言小说来说，古代历史还是不可回避地存在，而在创建自己的世界时，作家所依赖的还是身后五千年的历史长河和当下的社会现实。因为无论如何想要摆脱，如何想要自由言说，作者和读者都无法逃脱自身的历史语境而独立存在。何况，大部分的网文作者对于中国传统文化的精华还是充满了认同与自豪感的，并在自己作品中尽力勾勒着这部分内容来使笔下的世界丰满起来。因此，架空的世界与对历史和现实的摹仿并不矛盾。

我们看到重塑家国梦反而是架空小说中一个很重要的主题。无论是写大

---

① 许苗苗《从"穿越"到"穿越指南"：网络文学如何实现内在规范》，《探索与争鸣》2016年第3期。

时代,还是小日子,作家都有着强烈的振兴图强的愿望。不少著名的历史架空小说,主人公都穿越到乱世,拯救大厦于将倾,实现自己治世的梦想。"故事中,小人物爆发小宇宙,选择历史的另一种可能时呈现出惊人的相似度,比如统一春秋战国时期的天下,从金元手中拯救可怜的宋朝,在甲午海战中把日本舰队打个落花流水等等,以救世主的姿态改写历史,幻想时光倒流,都是想改变以往悲情时代的悲情命运。"① 比如,《家园》是一部关于隋末乱世的历史小说,主要人物来自正史、野史和相关传奇,主人公李旭"从最初的逃生到为家族利益奔波到最终殊死捍卫家园——民族国家"②,思考民族国家以及皇权和人民的关系,也在串联历史的过程中实现了自己的人生抱负。《新宋》也是类似作品,主人公穿越到宋朝,正是王安石改革的重要关口,同时北宋内忧外患,危机四伏,在这样历史的转折时刻,机遇与危险并存,主人公利用自己的历史知识和现代人的文化积累,将中国历史引向了良性发展的道路,从而直接改变了中国文明的走向,弥补了中国人集体性的民族遗憾。"既定历史总是充满缺憾的,且无法改变,当下意识和既定历史事实之间总要产生心理落差,因而悲剧意识是传统历史小说类型的情感底色。但是架空历史小说摆脱了当代人在既定历史面前的永恒被动性,它以假设和虚拟的形式参与到历史的发展当中去,增加历史的变量,在想象中引导历史向预设的方向前进,因此它安抚了当下人面对历史的创伤心理,带来极大的创作和阅读快感。"③ 所以,与其说架空小说反历史,不如更宽容一些,看到民间对历史的解读和想象,其中有着大家集体性的情感在其中。

古言小说可能没有太多"平天下"的宏图大志,重在实现最基本的"齐

---

① 《架空小说背后一代人的"破茧"体验》,东北网 2013 年 11 月 19 日。
② 许道军《历史、成长与架空——对酒徒网络历史小说〈家园〉的类型学分析》,《南方文坛》2010 年第 5 期。
③ 许道军《〈新宋〉:一部优秀的架空历史小说》,《中国图书评论》2009 年第 4 期。

家"的愿望。这时，架空的世界更多是创造一个距离我们久远而具有丰富想象空间的地方，谁也不知道那个年代具体是什么样子，它在不同作者笔下呈现出的不同面孔很迷人，无论是作者还是读者，对于富于古意的氛围有着一致的偏好。而且在细节上又具有一定的真实感，有时这种真实感甚至可以达到很高的程度。比如，《媚公卿》这部小说的人物语言贴近古人，或者说想象中的古人，称老年妇女为"妪"，称青年女子为"女郎"，如此种种，人物的语言行动与读者以往熟悉的古言小说中的语言有区别，读起来似乎更具古意，通过这种疏离反而建立起小说文本在古代氛围上的可信度。而《尝宋》《长安小饭馆》这类以美食为着眼点的网文，小说中所及无非吃穿用度，也都是古代事物的拼盘，尽力频繁地强调着古意。因为没了具体历史背景的限制，所以各个时代的吃食用具都可以登场一试而不会出戏。

古言架空小说中不断追求细节的真实，增强可信度，这是个有趣的现象。在作者宣称让读者不要当真的架空世界中摹写历史，虚设大背景下，却极力追求细节上与历史真实的贴合，由此带来虚中有实的效果。对读者来说，这样的氛围，增强在场感、代入感，同时还体现了审美追求和对文化传承的自觉。正是在这种虚构大框架下所展现的细节真实，让读者既不在意和考证真正的邦国事迹，又相信这个似曾相识的古代世界中人物面临的各类事件，从而也能让故事具有更大张力。

在大部分古言小说中，对于伦理制度，尤其是对女性压抑程度的高度还原正是制造矛盾冲突的重要源泉，也是不少作者批判的笔锋所向。古言小说中的伦理制度大多贴合历史，家宅中父母子女、兄弟姐妹、婆媳、夫妻、妻妾、嫡庶、主仆等封建家庭伦理的基础关系，都得到了充分饱满的展现。比如，《蔓蔓青萝》的主角来到了虚构的宁国，但这个社会的风俗仍然是易地而处的中国古代封建社会，男尊女卑，一夫多妻，其中虽然难免有现代人的主观代入，不过基本的道德伦理并不变调。进入读者视野的女性人物，必然面临着家庭生活的危机与不完满。这种不完满包括家庭关系、家庭地位、自身发展各方面的不和谐，显然充满传统的限定和现实的反映，在这样的困局中，怎样寻找突围之法，就是故事的张力所在。而正是这样比我们身处的现实更严酷的环境，为女主人公的突围制造了更多阻挠，也使胜利更加迷人。比如小说《大妆》开篇并没有时代背景的具体介绍，只有一个模糊的古代设定，但是女主身处的家庭背景却是详细而丰富的。五不娶的丧妇长女谢琬本是清河谢氏长房嫡女，因为祖父偏心，继祖母掌控内宅，谢琬一家被排挤驱逐，而继祖母所出的三伯父一家反而成为谢家嫡支，飞黄腾达权倾朝野。谢琬兄妹二人因为继祖母联合家族上下的打压而受尽苦难屈辱。重生之后，谢琬虽然回到幼年，但父母已经过世，她还是要孤独地面对一团糟污的家族泥淖，为了生存而反击。小说一再提到的五不娶，是中国传统礼俗中确实存在的，《公羊传·庄公二十七年》何休注曰："妇人有七弃、五不娶……丧妇长女不娶，无教戒也。"

当然，架空世界的规则也并非一味追溯古代，其中也映射着当下的现实，或者产生于对现实的不满。网络古言小说中所展现的男尊女卑的社会伦理，表面看都还是对古代传统的现代模仿和诠释。而这种描述为什么在当代仍然能够产生共鸣呢？还是因为虽然外在形势改变了，而诸多根深蒂固的思维模式还在因袭，当下的我们仍有切身感受。比如，男尊女卑的思维惯性，女性无论在职场在家庭都还是承担着这种惯性的负担，写一夫多妻，则更多的是对爱情忠诚度的渴望，写嫡庶问题、写夫妻婆媳关系也都是对中国传统家庭伦理的继续讨论，这些都是对中国最根本的家庭伦理内容的一种反映和解读。

作者和读者都渴求有另一个世界，既是现世的复制升级版，又是一个能改造的更好的世界。这样的机制，其实与穿越重生有异曲同工之妙，运用手段改造一个令人满意的天地，得到重新开始的机会。正是在这个意义上，架空是在为当下读者打造梦幻空间,代入当代人的思维和表达,融入当代人的欲望和挣扎,消解历史的沉重感,满足小人物的逆袭梦想,以此迎合了读者的阅读趣味。同时,小说中的人物往往是现实人生的投射,在不同时空,有同一个我或和我相似的人在生活着,如同镜中的我或梦中的我,是人们认识主体性的对象化。这些小说的主人公,尤其是穿越过去的主人公都是年轻人,不是在上学就是刚进入社会不久,还带着年轻人特有的锐气和激情,在历史的旋涡中看到机遇,迎接挑战,遭遇挫折,都是当代年轻人心理愿望的一种投射,也正迎合着网络小说主要读者群体的喜好。

架空强调了虚无,作者从小说的文案开始就不给读者造成心理负担,告诉大家不必将其中事件当作真实发生的事情,减轻压力,符合网络小说以娱乐为中心的阅读指归。但笔者认为无论如何虚无,架空的世界还是历史和现实的映照,不同的作品对古今现实的批判程度和认识程度也是不同的。在这里有着以历史经验为出发点的各种方向的想象,作者在不同的世界表达自己的历史观,描绘自己的家国想象,包括对传统的自豪热爱,对积贫积弱的弥补,对伦理制度的批判等。"网络架空历史小说同样由此获得大量拥趸,尽管它的叙事构架更为庞大、故事情节更加复杂、表现手法有所变异,但核心依然是对历史文化的有效传承。"[①]

第三节 平行时空:以《二哈和他的白猫师尊》为例

本节以一部时空秩序较为特殊的网络小说《二哈和他的白猫师尊》(简称《二哈》)为例,通过具体分析展开。这部小说作者在起名方面有些小小的恶趣味,容易令读者望题目而退却。坦白讲,就小说本身而言,在大神辈出的网文

---

① 马季《网络文学接续古典"文脉"》,《人民日报(海外版)》2015年6月23日。

界，作者的笔力文采都称不得上成功，但这本书能够吸引读者，而且目前影视化项目也已经启动①，为广大读者所期待，说明它在讲故事方面有其独到之处。

一、时空结构的逻辑自足

随着佛教在汉代传入中国，道教在中国的进一步发展，三世、三界，以及佛家的六道轮回、道家的五道轮回等世界观，打破了中国传统哲学思维尤其是儒家思想重生不重死的格局，在事实上扩大了中国小说的想象世界，使之翱翔在更为广阔的时空维度中。重生转世在中国传统戏曲小说中并不是新鲜的内容，比如杜丽娘开棺还魂、庚娘死而复生等等，因果报应更是屡见不鲜的主题，比如六朝志怪就多"张皇鬼神，称道灵异"②的内容，运用果报来叙说人物命运的合理性，大旨在劝善惩恶。而这样的文脉留存在网络小说中大行其道，并被各路作者以天马行空的脑洞装点得更加恣肆充盈。

（一）整体时空观——平行时空

《二哈》以重生构建故事的时空逻辑，在当下的网络小说中并不鲜见，笔者阅读之初也以为这仅是部简单的重生小说，无非弥补前生种种，快意恩仇，如此而已。但随着情节的演进，笔者发现其中小说的时空建构重点不在重生，而在于两个时空的平行、穿梭和打通。这个故事的开始有着复杂的因果，简

---

① 《皓衣行》由企鹅影视、獭獭文化联合出品，何澍培执导，陈飞宇、罗云熙主演。该剧改编自小说《二哈和他的白猫师尊》，讲述了在一个天裂灾难此起彼伏的时代，"天下第一宗师"楚晚宁和他的弟子墨燃以守护苍生为使命，不忘入世扶道的初心，倾力消弭天裂，护佑众生的故事。

② 鲁迅在《中国小说史略》中说："中国本信巫，秦汉以来，神仙之说盛行，汉末大畅巫风，而鬼道愈炽；会小乘佛教亦入中土，渐见流传。凡此皆张皇鬼神，称道灵异，故自晋迄隋，特多鬼神志怪之书。其书有出于文人者，有出于教徒者。文人之作，虽非如释道二家，意在自神其教，然亦非有意为小说，盖当时以为幽明虽殊途，而人鬼乃皆实有，故其叙述异事，与记载人间常事，自视固无诚妄之别矣。"（鲁迅《中国小说史略》，上海古籍出版社1998年版，第37～38页。）

言之，处于平行时空之一的墨燃被种下"八苦长恨花"，因而心中的善念消退，怀着无限的恨意与怨念，尤其对师尊楚晚宁存着极大的怨怼。他凭借超强灵力毁天灭地，悍然与当日恩师挚友为敌，覆灭了一众修真门派，自立为修真界的帝王——踏仙帝君，将所处时空化作红莲地狱，造下恶孽的墨燃最终也自戕而亡。随后，另一个时空的故事开始，这里的一切还在墨燃犯下滔天罪恶之前，他带着另一个世界的记忆重生，在死生之巅修行，怀着赎罪之心锄奸救世，终成一代宗师。"八苦长恨花"的禁锢被破除了，扭曲的爱恨复归原位，而裹挟其中各色人物的命运纠葛也颇为震撼动人。

两套时空有着相同的人物，相同的人物又因为不同的人生选择而拥有不同的人生，这样的故事模式曾经在许多电影中被使用，用以丰富讲故事的手段，比如《罗拉快跑》就是其中的经典名作，罗拉的每一次奔跑都开启了一个时空，带来不同时空的不同人物命运[①]。中国古代小说中虽然没有平行时空的概念，但类似的表现模式还是非常丰富的，其中尤为突出的是梦境描写。中国古代文学作品往往能够通过梦境幻化时空，开启小说人物的另一段人生旅程，实现另一种具有讽喻性的可能，入梦成为作者操控时空的一种方式。比如，"黄粱梦"或"南柯一梦"就是非常典型的以梦境创造另一时空的结构典型，此类故事的版本众多，突出的是唐传奇中的《枕中记》《南柯太守传》，后来明代汤显祖"临川四梦"中的《邯郸梦》与《南柯梦》也是对这两个故事的改编，而其主体故事大致相类似，即落魄书生借助某种方式进入梦中世界，开启另一段人生旅程，一反现实的不得志，梦中加官晋爵、封妻荫子、人生美满，与现实形成鲜明的对比，由此达到对现实的讽喻。这种以梦境开启新时空的方式在《红楼梦》中发展得更加纯熟，《红楼梦》以梦为名，而第五回贾宝玉梦入太虚幻境是小说提纲挈领的重要章节，虽为入梦却完全真实

---

① 何溪《蝴蝶效应、平行时空理论与电影结构——多种可能性罗列式电影叙事结构模式探析》，《齐鲁艺苑》2008年第2期。

如第二人生。宝玉的入梦、出梦以及真实的梦境体验都宛如另一种平行时空的安排，在梦境中的人生遭际正是在书写另一个自己的不同人生选择。无论黄粱一梦或红楼一梦，最初作为传统士人躲避战乱与人生忧思的避难所，展现着现实与理想的碰撞与疏离，实现对时空的操控与隐喻。当下的作者将疯狂而绮丽的想象注入其中，延续了这种天真与浪漫。

不同于一般平行时空互不干扰的状态，《二哈》这部小说中的平行时空存在着关联，时时互相影响，打通时空的就是三大禁术之一——时空生死门。时空生死门的神奇是不仅改变了空间位置，而且改变了时空维度，能够帮助人穿梭于并行存在的两个时空。不过时空生死门的打开并不像哆啦A梦的任意门那么轻松如意，每一次开启都必然付出巨大代价，也势必对两处时空产生难以估量甚或毁灭性的打击。作者脑洞很大，完全是天马行空自由自在，把前世今生的轮回与两个时空嫁接在了一起，一个世界的人物带着自己世界的记忆，穿越时空生死门来到另一个平行世界，甚至要面对另一个世界的自己，其间振动翅膀的蝴蝶效应又影响着两个时空的命运。

随着两个时空的联通，平行时空的存在不再是少数几个人的秘密，不同世界相同的人们在末世之际风云际会，他们奋力一搏，逆天改命，救赎了自己。上一世的师昧为了铺成通往魔界的回家之路，不惜利用墨燃操控棋子以血肉白骨铺架道路，甚至在自己的时空毁灭殆尽之际，不惜洞开时空生死门继续操控另一个世界的百姓，最终，与魔族的危险交易并没有挽救蝶骨美人席一族，师昧带着不甘与执着灰飞烟灭，反而是两个时空的修士合力封印关闭了时空生死门。虽然一个时空彻底归于鸿蒙，但另一个时空终于恢复正常。"天地为炉兮，造化为工；阴阳为炭兮，万物为铜"，当山河无恙，万物如初，曾经为之拼杀的人们或归于尘土，或泯然世间，岁月的车轮继续缓慢前行。

（二）具体故事段落——珍珑棋局

在这部小说中，三大禁术重生之术、珍珑棋局、时空生死门，都得到了实现，而且在小说的情节发展中各自起到了重要的作用。时空生死门是在两个世界的交错中发挥了至关重要的媒介作用，呈现出两个时空的平行穿梭，从而整合了小说的时空观。珍珑棋局则是在更多小的故事单元中操控局面的手段，给人亦真亦幻的虚无与感悟。

提到珍珑棋局，相信很多人印象颇深的是金庸先生《天龙八部》中的珍珑棋局，虽然《天龙八部》中提到的是一个实实在在的棋局，但其中寓意颇深。苏星河摆下珍珑棋局邀天下豪杰破解，目的是为逍遥派寻一位英才继承门派绝学，聪明如段誉，精深如范百龄，再如慕容复、段延庆等都是绝世高手，都没能解开此局，反而是各方面都平平无奇的虚竹以无心的乱下切中了棋局"向死而生"的奥义，最终破局成功。而设下棋局的无崖子虽然期待的英雄人物是乔峰，无奈之下也只能将毕生绝学传授给了并不中意的接班人虚竹。这段故事，无论布局者还是下棋人，最终都难免成为局中棋子，被命运推向不可知的方向，带来强烈的宿命感，正所谓"一局输赢料不真"，"人心无算处，国手有输时"。

小说中的"珍珑棋局"，作为一种禁术，简单说来就是将人炼制为棋子，随施术者任意操纵，墨燃、徐霜林均能驱动他人，视人命如粪土，为所欲为，造业无穷。棋局，本身就有身不由己、为人操控的寓意。珍珑棋局几乎囊括了《二哈》中的所有重要情节段落，从早期金城池神武棋局、桃花源羽民棋局、彩蝶镇天裂棋局，到后期接近真相的儒风门覆灭棋局、蛟山棋局，以及最后的蝶骨归家之路棋局，珍珑棋局造出的一个个幻境，不仅是暗算的陷阱，也是人物之间因果遭际的悄然铺展，更是对入局者真心的试炼场。比如，金城池神武棋局，其中隐含了钩陈上宫铸造神武镇压魔族的故事，隐含着蝶骨美人席祖先的叛逃，也是整个故事因果的开端。桃花源羽民棋局，楚晚宁、墨燃进入古临安试炼，见到与楚晚宁形貌类似的楚洵。楚洵因小满出卖，痛失爱子又被众生献祭鬼王而惨死。这段看起来无谓而起的惨烈故事，其中隐含着楚晚宁出身的由来。楚晚宁本身为炎帝神木,被怀罪(也就是当年的小满)寻来,塑造成类似楚泓的形貌,只为培养其灵核作楚泓之子的替身。

一次次棋局的打破是对宿命的抗争与挣脱,破局的关键就在看破。彩蝶镇天裂棋局在两个时空都曾发生,上一世墨燃误会楚晚宁不顾徒弟生死,对师昧见死不救,始终对其抱持着最深的怨怼与误会,这一世天裂再次发生,楚晚宁依然是那个挺身而出修补天裂之人,最终为救墨燃牺牲了自己,证明了自己的无私无畏。墨燃经历两世,终于冲破前世的迷雾遮蔽,看清师尊真正的心性与自己前世的偏狭,幡然醒悟。在蛟山棋局,南宫驷为了避免徐霜林控制蛟山,跳入龙魂池,以自身骨血加固家族血契,救了杀入蛟山的一众修士。他本可以杀了卑鄙丑恶丧失心智的父亲投入龙魂池完成血契,可是父亲留在他童年记忆中的温暖印象让他无法做出残忍之事,唯有献上自己的一腔热血,尽其力而为之,无愧于心。虽然人生往往如棋局般充满虚无与宿命,人类看似如棋子般渺小无助,但向往自由自主是人的本性,无论付出如何惨痛的代价也要直面与主宰自己的命运,这是棋局故事段落的真义,也是小说给人希望的地方。

二、神魔人鬼的世界想象

说到修真世界的秩序,我们不禁想到修仙小说的鼻祖,民国时期还珠楼主的《蜀山剑侠传》,这部小说创造了一个远离尘嚣的架空世界,修仙界与人界分而居之,纵横捭阖充满想象力,可以说当下网络修真小说的格局套路大都在这部小说中业已完备。而其整体世界构想是有隐有显、有详有略的,"蜀山营造的仙魔世界,基本上是一个单层次的世界,仙魔斗法的世界和人世,只是距离之隔而已……剑仙凡人虽有别,却原在一片天地间,……在习惯上总是与人间并置的天庭与地狱,在蜀山里面实际上是缺失的"[1]。《二哈》中的

---

[1] 孔庆东、蒋炯毅《论〈蜀山剑侠传〉的超越生命观》,《西南大学学报(人文社会科学版)》2006第2期。

修真世界也有着自己的规矩方圆,相比之下,《二哈》的世界更为杂糅,不仅有修士与凡人的区别与共处一界,也描写了人鬼两界的争斗,甚至还包含着神、人、魔三族争锋的纠葛。

(一) 分层的修真世界

《二哈》中的修真世界是个阶级壁垒森严的世界,与凡人分而居之,却又充满了世俗的人情物理、世态炎凉。在这里,修真界有着上下之分,上修界享受着最强的灵气资源,强手如云,门派等级整饬,有十大门派,以临沂儒风门为尊。上修界没有天裂,修士和百姓不必直面惨烈的战斗与牺牲,修士们更是享有着高高在上的荣耀和繁华。相对于下修界的动荡不安,上修界是一片高大上的升平景象,自私地享受着和平的生活,也孕育了贪婪丑恶,而身为第一大门派的儒风门自上而下更是一盘散沙、硕鼠成群,"煌煌儒风七十城,宁无一个是男儿"。最终,因为掌门南宫柳贪婪而罪恶的秘密,竟然史无前例地开启了上修界的天裂,一场真正的浩劫在所难免,煌煌儒风门一夕尽成焦土,上修界也就此分崩离析,不复往昔。

上修界如此,下修界则是另一番光景。下修界生存条件恶劣,泉水通着鬼界,会有天裂,妖魔鬼怪时时进入人界为乱,修士须挺身而出冒死拼杀,甚至学会与鬼怪共处。死生之巅就是下修界门派的代表,创立者薛正庸兄弟以守护下修界苍生为己任,以一己孤勇竖起屏障顽强对抗着鬼界作恶。经常发生天裂惨祸的无常镇、彩蝶镇都由死生之巅守护。为了生计,下修界门派也会向百姓收取保护费用,但价格比之上修界要朴素实惠很多。下修界门派没有高高在上的架子,与百姓同担甘苦,甚至还会很接地气地帮助百姓们收麦子。死生之巅的尊主薛正庸更是个极具特色的人物,浓眉大眼相貌粗犷,却手持一把文人扇,对着外人一面写着"薛郎甚美",对着自己一面则是"世人甚丑",扑面而来是浓浓的自恋味道。这个有些滑稽的尊主比任何上修界掌门都懂得心怀苍生、除魔卫道。他在天音阁蓄意构陷之际,在曾经受门派恩惠的百姓都倒戈相向之时，为保护死生之巅声誉，为保护爱子薛蒙力战而亡。

遭遇了世人莫须有罪名非议的死生之巅，承受了世人同仇敌忾的所谓正义声讨，正如小说中所言"这世上有多少人，是借着'伸张正义'的旗号，在行恶毒的事，把生活里的不如意，把自己胸腔里的暴戾、疯狂、惊人的煞气，都发泄在了这种地方"。明知"世人甚丑"，是否还要坚持，是否还能坚持，死生之巅的年轻一代给出了正面的答案。薛蒙迅速成长，死生之巅弟子重新聚合，在其后的修真世界发挥出巨大作用，更在大劫难之后成为第一大修真门派。死生之巅的屹立不倒，是充满理想性的亮色一笔。

（二）人鬼界

鬼界一直是充满恐惧与神秘的所在，但其中也包含着人们对身后公平的期待。佛教讲轮回，善恶因果，灵魂不灭，这一方面极大地消解了人们对死亡的恐惧，同时使人们更看重生前品行与身后世界的关系。《聊斋志异》中有很多关于鬼的故事，其中不乏引起恐怖观感的内容，这种感受来自鬼害人，来自对鬼所代表的死亡的恐惧，如《尸变》《莲香》等。但除了恐惧，更有着即使心怀恐惧依然力图追求公平正义的抗争和努力，如《席方平》这个故事，写的是席方平入冥府为父申冤，地狱恐怖，席方平身受酷刑而不屈，森森鬼吏也要赞一声"状哉此汉"[1]。再比如《喻世明言》中的《闹阴司司马貌断狱》也是典型的一篇，司马貌代替阎罗判断各位历史人物，根据所行善恶令韩信、彭越、英布分别转世为曹操、刘备、孙权，三分汉家天下，刘邦托生为汉献帝受曹操威胁，了却各人前生因果。

《二哈》作者对鬼界的描写不可能像前述专写鬼怪的小说故事那般深入，但其基本路数和想象均取材自中国传统小说对鬼界的想象，并无特异之处。首先，鬼界是给人恐怖冲击的所在，小说中一再出现的天裂是鬼界对人界的

---

[1] 于天池《恐怖的诗化和诗化的恐怖——论〈聊斋志异〉的恐怖审美情趣》，《聊斋志异研究》2003年第2期。

入侵，一旦天裂打开，即是人界百姓直面鬼物的危急时刻，各类鬼祟窜入人界为祸众生，下修界百姓深受其苦。由此才有了修士挺身而出，为苍生福祉与鬼界抗争。

楚晚宁彩蝶镇补天裂后，为救墨燃耗尽灵力而死。神秘的怀罪大师为楚晚宁而施重生之术，小说在此对鬼界有了较为集中的描写。怀罪施行重生之术，需要三位弟子配合，他们自愿持引魂灯寻找楚晚宁三魂中的人魂，然后再入地府寻找地魂。最终，墨燃最先寻得了楚晚宁的人魂，前往地府，由此得以展开对鬼界的详细描写，是《二哈》世界体系建构中的一环。地狱分为十八层，生前罪大恶极者不能停留在第一层进入轮回，将被判入下层地狱受酷刑惩罚。作者略去了与主线情节无关的下层地狱景象，主要展现了地狱的第一层——南柯乡，在这里，鬼魂还存着上一世的记忆，等待十年八年洗去前世记忆进入轮回投胎，因此聚集在南柯乡的鬼魂们大多因循前世的记忆生活着，这里的景象既有妖异的鬼气，也存着人世的烟火气，有家门宅院，有昏暗摇曳的鬼市，有阴沉寂寥的病魂馆，有气派森严的鬼王宅邸，甚至还有抚慰鬼魂思乡之情的食肆。这里的鬼魂有卑鄙无耻的，有胆小怕事的，也有善良热心的，更有各种鬼兵鬼卒鬼官僚，贪污敛财更甚人间。如此看来，这样的鬼界无非是对社会现实的映射，只不过剥去了人间虚伪浮华的表象，将人的贪欲恶念更肆无忌惮地放大呈现出来，如擅长写鬼的蒲松龄所说："金光盖地，因使阎摩殿上，尽是阴霾；铜臭熏天，遂叫枉死城中，全无日月。"

（三）神魔传奇

中国传统小说大多包含神话的因果，无非是下凡—历劫—飞升，仙凡转化，儒家推崇的道德、佛家推崇的因果、道家推崇的修仙都在其中融合且并行不悖。修仙小说、神魔小说是如此，比如常被提起的《女仙外史》《封神演义》《西游记》等。其他小说也大多有神话楔子，仙凡转化的因果，比如《说岳全传》，金兀术是下界扰乱宋氏江山的赤须龙，而岳飞则是佛祖护法大鹏金翅明王，秦桧为虬龙，其妻王氏为女土蝠，大鹏曾经啄死女土蝠，啄瞎虬龙，遂结下前世仇怨。《镜花缘》中的唐小山是百花仙子应劫托生，座下诸花仙也都转世为人应劫，更不必说《三国演义》《水浒传》甚至《红楼梦》。其实，化身再生，是上古神话即出现的母题，如《山海经》中女娲、夸父等上古神祇都以自身的转化奉献实现了再生不朽，而精卫再生为鸟则更接近后世所说的转世重生。

同时，在道教神仙观和佛教果报论的双重影响下，人与鬼神的距离拉近了。人对神鬼又有着不同的态度。神凌驾于人之上，人需心怀敬畏，神明能庇佑信徒，也会惩罚不敬者。《搜神记》中的《丁姑》《董永》等故事，都在强调善恶有报，神明庇护。而人一直渴望成为神，因此又有修仙故事、修仙小说的出现。人对鬼的畏惧之情，更甚于神，但并没敬畏信仰之情，同时人相信鬼是可以战胜的，靠着人的智慧和勇气能帮助其摆脱困境。在中国的传统小说中，魔的地位类似于鬼，既令人畏惧又不得人信仰，同时神与魔既对立又可以相互转化，比如《西游记》中就有不少上天为神、下界为魔的例子，昭示着神与魔对立而密切的矛盾关系。

回到《二哈》小说本身，从最初的主角设定来看，楚晚宁是神族，墨燃是人族，而最后的大反派师昧则是蝶骨族。这部小说的种族设定中，最特别的还是蝶骨族。蝶骨族本是魔族一支，在人魔大战中，因人族损失惨重，蝶骨族祖先竟心生不忍，发起叛变，以一己之力帮助人类渡过劫难。然而，大战结束后，魔界大门关闭，有家不能回的蝶骨一族失去了力量来源，逐渐变得弱小。人类也淡忘了他们的功劳，直到发现这个种族的血肉可令修真者实力大增，竟然不再把他们当作平等的智慧生物，而认其为炉鼎或食物，可以随意饲养买卖，又因为族人都生得分外美丽，被称为"蝶骨美人席"。

最初的最初，是人族对蝶骨族的忘恩负义种下了恶因，才有了师昧以一己之力搅弄风云，掀起人类的滔天恶欲，妄念再次打开魔界大门，带来裹挟其中的一段段悲怆故事。而师昧作为一个隐藏很深的蝶骨美人席，毕生筹谋，踏着尸山血海，不过是为了打开魔族大门，引蝶骨一族回家，不再受为人族鱼肉之苦。最后，他自己却因为一半的神族血统而被拒之门外，大门关上刹那更是灰飞烟灭，这样的因果，终究让人恨不起来。神魔人三界的纠葛矛盾，也在这个终极大 Boss 身上体现得最为激荡悲壮。而另一世的师昧最终放弃了执着与仇恨，悬壶济世，隐匿人间，江湖路远，各自保重。一个最有趣的反转是，一直被师昧控制作为为恶利器的墨燃，其实是一个更加隐蔽的蝶骨族人，最终他却选择放弃魔族万年寿命，也放下神人魔所谓的仇恨纠葛，重返人间，与师尊楚晚宁一同归隐。

无论是人、神、魔三族，还是人鬼两道，还是立足凡间的修真界，都杂糅了中国纷繁复杂的各种宗教观念与神话故事素材。无论哪一界，虽然都貌似是架空的远离凡俗的存在，但最终都是凡人世界的反映，神、魔、鬼始终都刻着人性的烙印，其中折射着几千年来形成的各种天马行空的想象或者理想。当然，作者的笔墨还是集中在修真界，鬼界描写稍详细，神族则是完全缺席，仅有的神族痕迹就是与楚晚宁有联系的关于炎帝神木的上古神话，以及修仙者中曾经接近神仙的人物，比如南宫长英和怀罪，但是他们都拒绝了飞升。魔界在文末略有一瞥，显示了强悍的实力，但是又迅速与人界隔绝，难窥全貌，而唯一被接纳的魔族后裔墨燃也拒绝了成魔。可见，虽然是三族交锋，作者的立足点一直在人界一方，一直强调维护天下苍生，哪怕只有不到百年的寿命，哪怕背负着贪婪背叛与罪恶，小说中的主人公们也都选择了为人间美好去抗争。

三、余论

《二哈》这部小说有亮点也有拖沓，文笔未必称得上佳，能吸引读者的，还是上天入地的想象力和融合力。《二哈》的世界格局和生命观照显然是杂糅儒释道三家精神，修真世界的等级森严与世态炎凉，人鬼两界因果轮回，神魔传说的上古神秘力量，正是这种融合才形成丰富的戏剧张力，撑起跌宕起伏的故事脉络。小说中的三大禁术术法的技术实施并不是作者描写的重点，小说中只是一带而过，这些术法实现的效果以及其背后蕴藏的愿望才是值得观看的。时空生死门是师昧为蝶骨美人席打开回家的路，珍珑棋局是徐霜林与前世的墨燃为实现报复的夙愿，而重生之术是墨燃和怀罪对楚晚宁的愧疚与赎罪。三大禁术，在小说中都得以实现，而唯一为善的只有重生之术。可见术法无善恶，施术者的心地才是指向的方向。

更有趣的是，在这些强悍的想象力背后，能看到各种中国传统文化经典的影子，虽然是散见的，但如同星星布满夜空，让我们看到了文化传承的底蕴。除了前文所述各种神话故事与儒释道观念的浸染外，还有很多有趣的细节令我们感受到传统文化的脉搏，比如，楚晚宁的三把神武天问、九歌与怀沙均出自屈原《楚辞》。八苦长恨中的八苦正是指佛家八苦"生老病死，爱别离，求不得，怨憎会，五阴炽"。徐霜林催人肝肠的自伤之句"临沂有男儿，二十心已死"，其实来自李贺的名句"长安有男儿，二十心已朽"。

最重要的是，小说的精神内核是积极昂扬的。一方面，这部小说的价值观非常正统，将儒家的入世与济世精神发挥得淋漓尽致。"众生为首，己为末""不知渡人，何以渡己"的口号，在略嫌中二的同时依然令人热血沸腾，回想前贤所云"先天下之忧而忧，后天下之乐而乐"，恰恰关合。小说中各种虐身虐心的人物，他们最终的救赎还是来自挽救苍生的担当。楚晚宁守住结界，拼尽全力关闭时空生死门，救身后时空脱离覆灭之灾，"谁说修仙就是要得万年不死之身，拥毁天灭地之力？……在那道时空生死门前，不正有一位仙人，以他的血肉之躯，十指梵音，渡这一座红尘。"儒风门先辈掌门南宫长英毅然以神武毁灭自己被控制的残躯，他说："儒风门存世多久，并不在于门派矗立几年，保有多少门徒，而在于这世上仍有人谨记，贪怨诳杀淫盗掠，是我儒风君子七不可为。记而行之，薪火已承。"无论是墨燃身中"八苦长恨花"，还是南宫驷血祭，还是师昧两世的棋局与破局，抑或薛正庸、薛蒙、叶忘昔们的故事，无论死去还是活着，无论爱情、亲情或者友情，都在为天下为苍生的大局中得到圆满。"众生为首，己为末"，才是最后的释然。

另一方面，这部小说的情怀是属于青春的，积极向上，带有浓重的英雄情结。故事中的人物情感纠葛狗血与动人并存，仁者见仁，智者见智，其中对最纯真情感的惦念是其主线。罗枫华说："弱冠年华最是好，轻蹄快马，看尽天涯花。"薛蒙说："不求功成名就，但求人如当年。"保持纯真赤子之心，是作者一再强调的美德，赤子之心也是薛正庸、薛蒙虽知"世人甚丑"，却依然义无反顾去守护苍生的初衷。"这红尘何其广大，公平二字实在太过虚渺。但即便如此，行我仗义，端我丹心，仍是我辈尺寸之身可行之小事。"青春必然经历成长，比起两位主角，反而是另外两个骄奢少年的成长更牵动读者的心，儒风门少主南宫驷与天之骄子薛蒙，他们是那么典型的两位青春期少年，鲁莽躁动不可一世，但心中最纯粹的情感，让他们历经摧折不肯后退，令人欣慰地成为有担当有血性的人物。南宫驷血祭蛟山，成全了儒风门上下四百年的清誉。上一世的薛蒙归于鸿蒙，这一世的薛蒙还在继续，修真世界第一大门派的尊主之位或许让他成为另一个背负世俗牵绊的"南宫柳"，但文章结尾处写到薛蒙收了个带着"凤凰儿"骄傲的小徒弟，"天之骄子"的热血传奇依然在继续，从轻裘白马到看尽沧桑，从弱冠年华到鬓生白发，人生在循环，青春不会远去。

第五章 传 承 线

第一节 仿作——《红楼梦》网络仿作

《红楼梦》作为经典名著，其卓越品质奠定了它在中国大众阅读中的崇高地位，自问世以来，尤其是1792年程伟元、高鹗补齐120回并且刊刻发行之后，《红楼梦》的传播范围不断扩大，影响不断增强。有人记述见闻也说在乾隆、嘉庆年间，京城人家案头都必备一本《红楼梦》，甚至称《红楼梦》已经达到了"家弦户诵，妇竖皆知"的程度①，这种说法虽然比较夸张，但在一定程度上表明了《红楼梦》在读者心目中的地位。《红楼梦》流传过程中，续书和仿作一直绵绵不绝，则从另一个角度显示了《红楼梦》强大的影响力。而延至当代，在新媒体和阅读习惯的催生下，《红楼梦》的阅读生态发生了巨大改变，关注网络时代的《红楼梦》阅读是个具有时代性和现实意义的话题，现在仅有几篇文章专门探讨之②，因此，笔者也将视角投向新兴的网络文学，以网络小说中的《红楼梦》仿作为研讨对象，试作梳理。

---

① 缪良《文章游戏》初编卷六《红楼梦歌》后按语，一粟《红楼梦资料汇编》（下册），中华书局1964年版，第349页。

② 主要有：许苗苗《林妹妹的朋友圈——〈红楼梦〉的网络传播和媒介转型》，《红楼梦学刊》2014年第六辑；《从同人小说看〈红楼梦〉的网络接受》，《红楼梦学刊》2017年第三辑；王鑫《浅析新媒介语境下〈红楼梦〉的传播与阅读》，《红楼梦学刊》2014年第六辑。

一、《红楼梦》早期续书与仿作

《红楼梦》是一部伟大的作品,但可以确定传世的只有前 80 回,后 40 回文字虽然随刻本流传但一直存在争议,一般认为后 40 回非作者原作,为后人续作。因此,随着程甲、程乙本《红楼梦》的刊刻问世,若干欲"断碑得原碑,缺谱得全谱"[①]的续书随即应运而生,一粟《红楼梦书录》计有《后红楼梦》《秦续红楼梦》《绮楼重梦》《红楼复梦》《续红楼梦》《红楼圆梦》《红楼梦补》《补红楼梦》等,共 32 种[②]。

续书只是代作者言说、为自己圆梦的方式之一,除此之外,模仿亦是常见的致敬之路,由此,模仿《红楼梦》人物、情节、结构等的仿作也自然而然地产生了。《红楼梦书录》附了一些《红楼梦》仿作,有《镜花缘》《品花宝鉴》《花月痕》《青楼梦》《海上花列传》《儿女英雄传》《水石缘》《梅花梦弹词》等 21 种之多[③]。这个附录虽然并未穷尽早期的《红楼梦》仿作,我们还是能从中看出仿作中的才子佳人小说居多。由此可见,《红楼梦》作者虽然开宗明义即表明了对才子佳人小说"千部共出一套"模式的摒弃,但言情内容仍然是《红楼梦》中被关注被模仿的重点。

当然,《红楼梦》仿作绝不仅止于才子佳人之作,其中也不乏优秀作品。比如,不在附录中的《蜃楼志》,这部小说可以说同时承继了《金瓶梅》与《红楼梦》的风格特色。从模仿《红楼梦》这方面来看,小说的命名方式就与《红楼梦》类似,且在序言作者自道中也说"不过本地风光,绝非空中楼阁也"[④],此创作观念与《红楼梦》的"绝不敢穿凿附会,致失其真"甚为契合。而这部小说的主人公苏吉士颇有些易地而处的贾宝玉的况味,他"嗜酒

[①] 一粟《红楼梦书录》,上海古籍出版社 1981 年版,第 87 页。
[②] 一粟《红楼梦书录》,上海古籍出版社 1981 年版,第 86~144 页。
[③] 一粟《红楼梦书录》,上海古籍出版社 1981 年版,第 145~152 页。
[④] 所引《蜃楼志》原文均出自《蜃楼志》,山西人民出版社 1993 年版,此后不注。

而不乱,好色而不淫,多财而不聚",是作者赋予未来希望的人物。不过,苏吉士出身广东十三洋行,身处经济文化开化的沿海地区,所以他选择投身商业来实现与完善自我,这一人生选择与贾宝玉的抛弃一切遁世出家判然有别。另外,《蜃楼志》中的一些情节桥段直接取自《红楼梦》。第十四回"郎薄幸忍耻吞声 女多谋图奸尝粪"中,前半回乌岱云与苏吉士等人吃酒,席间女伎阿巧唱曲,岱云调笑,与《红楼梦》第二十八回薛蟠与云儿的调笑如出一辙,后半回乌岱云觊觎苏吉士妾室小霞,反被算计,简直就完全照搬了贾瑞被诓尿粪淋头一段。这些情节上的仿效则更直接明确地反映了《红楼梦》的影响。

随着时间的推移,在近现代乃至当代文学作品中,《红楼梦》仿作亦是层出不穷,而且仿作作者名单中不乏响亮的名字,如林语堂、张爱玲、张恨水、二月河等。《京华烟云》被称为"现代《红楼梦》",作者林语堂曾经翻译过《红楼梦》[1],他明确表示自己的创作着意模仿了《红楼梦》,他的女儿林如斯后来也说起,林语堂觉得"《红楼梦》与现代中国距离太远"[2],因此决定创作《京华烟云》。而二月河本人更是热衷《红楼梦》研究,深受影响,"不管是研究红学,还是创作自己的作品,我总是把《红楼梦》作为一个模范,或者说是一个典范,来进行学习和借鉴"[3]。其代表作落霞三部曲,在谋篇布局、刻画手法以及某些细节上,都与《红楼梦》遥遥呼应。

总之,《红楼梦》自产生以来,一直不缺乏仿作,随着时代的变迁,仿作中还涌现出了一些优秀作品,这些作品从《红楼梦》中汲取营养获得灵感,并以具有作者个性和时代色彩的内容和形式散发出自己的光彩。

---

[1] 2015 年 7 月 24 日,南开大学外国语学院召开新闻发布会,宣布该院博士毕业生宋丹在日本发现了尘封半个世纪的林语堂英译《红楼梦》原稿,为林语堂翻译《红楼梦》提供了最坚实的证明。

[2] 林如斯《关于〈京华烟云〉》,林语堂《京华烟云》,群言出版社 2010 年版,第 11 页。

[3] 张丽《文学经典中的经典——著名作家二月河谈〈红楼梦〉的价值与启迪》,《人民政协报》2015 年 1 月 26 日。

二、网络小说中的《红楼梦》仿作状况

当下,在高居经典殿堂的同时,《红楼梦》也承受着大众的质疑与疏离。一方面,在各种"影响一生""人生必读"之类的书籍排行榜和问卷调查中,《红楼梦》经常赫然在列,向我们展现着大众对于《红楼梦》历久不变的深厚感情。另一方面,《红楼梦》高居"死活读不下去排行榜"榜首,昭示着在"浅阅读""快阅读""碎片阅读"甚至"读图"的时代,年轻一代似乎已经越来越没有耐心欣赏《红楼梦》的诗情画意了。

那么真实的情况究竟如何呢?我们不妨离开传统纸媒,将目光转向网络媒体,就会发现红楼同人[①]和红楼仿作层出不穷,数量巨大[②]。在最大限度适应大众阅读习惯的网络文学中,《红楼梦》改头换面以不同的形式走入其中,向我们昭示着大众对《红楼梦》依然高涨的解读热情。

相对于红楼同人来说,网络小说中的《红楼梦》仿作是范围更广、界限更模糊、数量更庞大的一群。成功的古言小说往往离不开《红楼梦》的功劳,如《步步惊心》《琅琊榜》《甄嬛传》《知否》等爆红作品都有着《红楼梦》的影子。有的网文作家也不讳言《红楼梦》对自己的影响,如流潋紫就在访谈中谈到《红楼梦》是她的文学启蒙之书,在一遍遍阅读《红楼梦》后发现在潜移默化中自己的语言风格越来越接近"红楼体"[③]。匪我思存直言:她看到的第一步长篇小说是《红楼梦》,第一遍看完基本没懂,但每年寒暑假都会再读一遍《红楼梦》。应该说她的文学审美是由《红楼梦》建立的,所以潜移默化受到《红楼梦》的影响,作品喜欢留白,试图做到草蛇灰线伏线千里,包括那种古典的、含蓄的

[①] 从某种意义上讲,红楼同人与以往的《红楼梦》续书有异曲同工之妙,无外乎复仇圆梦实现抱负,借红楼酒杯浇自己块垒,二者套路相近,可以互看对照。红楼同人不是本文的研究重点,在此不赘。

[②] 以"红楼"为题目关键词进行检索:起点中文网共有作品 2235 部;潇湘书院共 1151 部;晋江文学城共 3292 部;红袖添香共 487 部。

[③] 《流潋紫:〈甄嬛传〉〈如懿传〉是我的两个女儿》,《苏州日报》2017 年 5 月 12 日。

对情感的描述。① 尤四姐自言是沉浸在《红楼梦》中的古言作家,她的处女作《旧春归》的图书简介干脆是:"出红楼""入红楼"的古言作家尤四姐执笔写尽生生世世的等待与归来。关心则乱也在《知否》番外中谈到曼娘的灵感原型一半来自袭人。笔者难以周延地定义网络文学中的《红楼梦》仿作,但是一般来说,网络古言小说尤其种田、宅斗、清穿等题材类型的网文,或多或少都会模仿《红楼梦》中的语言或桥段,模仿的内容小到各种环境摆设、服饰饮食,大到故事框架、人物设定。这些或直接借鉴抄录或间接获取灵感的网文都应该划入《红楼梦》仿作行列。以下笔者将以各大网站的部分网络古言小说为例,从模仿方式入手,以期更为具体地呈现仿作的基本状况。

(一)照搬具体内容

首先,环境细节是最容易因袭模仿的。虽然大部分古言小说都是架空背景,并不接受严格的历史文化背景的束缚,但是作为生活在当下的作者,要想成功创造出令读者信服的古香古色的氛围,除了查史料做功课外,《红楼梦》中丰富考究的各色器物成为"拿来主义"最丰富的资料库。因此,荣禧堂之类的正堂名,五凤朝阳挂珠钗之类的首饰,灰鼠褂之类的衣着,茶泡饭之类的饮食,枣泥馅山药糕之类的点心就在各类古言小说中屡见不鲜了。

比如,在《盛华》这部小说中,女主人公李夏随母亲姐妹来到十几年未曾交往的大伯家做客,这位大伯为官所在之地正是江宁府。"丫头婆子流水一般送来四五样粥品,细面,馒头,碧粳米饭,各样小菜,两三样汤上来",李夏想要汤泡饭,"大伯母严夫人笑起来,'阿夏这口味怎么跟大伯娘一样?大伯娘也最爱这酸笋老鸭汤泡饭,再配上那酱瓜丁。'"在这顿早餐排场中,我们俨然看到了贾府用饭的风格和菜品。实际上,《红楼梦》的故事发生在京城,不过贾家祖籍金陵,而作者曹雪芹的祖上曾经三代四人历任江宁织造,在南京生

---

① 《之前我们一直是价值洼地》,《北京青年报》2016年9月29日。

活了很久。所以《红楼梦》在饮食描写中有许多江南菜色，既配合书中贾家的特色，也有着作者家族曾经的南方生活背景的影响。而模仿的作品也往往通过这些富有南方风味的精致菜品来彰显家族的气派底蕴，酸笋老鸭汤是古言小说中的普及菜品，举凡描写小姐公子的矜贵日常，就会乍然一现。再比如，《甄嬛传》和《知否》都有很多细节来自《红楼梦》，如摆设的汝窑花囊，戴的累丝攒珠金凤，吃的藕粉桂糖糕等，因这两部作品都成功改编成了电视剧，影响甚广，有细心网友已经详细对比，列举得非常详细，在此不赘。

其次，人物语言、动作用语的直接借用和模仿也是常见的。《甄嬛传》中那句著名的"极好的"，其实在《红楼梦》中就是人物常用语。再比如尤四姐《旧春归》的人物语言有着非常鲜明的《红楼梦》痕迹，尤其模仿泼辣爽利的口角较为得心应手，因此听起来，男主人公的小厮助儿仿佛和宝玉的小厮茗烟一样伶俐能言，无论婆子村妇还是管家夫人都有王熙凤一样的利口，"猴崽子""仔细你的皮""猪油蒙了心""馋嘴猫似的""银样镴枪头""怪道呢"等熟悉的红楼语言时时可见。又如，《兰香缘》是另一部语言风格与《红楼梦》雷同的作品，一开头，女主人公香兰就与欺压自家的吕二婶子一场大闹，"扯着嗓子"，大骂"我先砍死她，再抹脖子自尽，也落得干净！""有本事把你们家姨奶奶抬出来，呸！什么'姨奶奶'，不过是个通房丫头，狗仗人势的东西，今儿我白刀子进红刀子出，先捅死你，再去抹脖子！"这一系列动作语言与《红楼梦》中撕破脸皮大闹的人物情态多有相似，有着王熙凤、赵姨娘、芳官甚至焦大等很多人物的影子。

再有，简单的桥段照搬或变形算是略复杂一些的借鉴。很多《红楼梦》中的情节都被稍稍改弦更张，或者直接照搬在了网络小说中。《红楼梦》中有一段情节，薛姨妈托周瑞家的给贾府的各位小姐送宫花，周瑞家的最后一个送到黛玉那里，被敏感的黛玉挑剔"别人不挑剩下的也不给我"。这段情节于平淡中见波澜，体现了黛玉敏感又不懂隐忍的清高品格和贾府"人人一个富贵心,两只体面眼"的不堪现实。这个挑宫花的桥段在网文中一再被借用,《兰香缘》就有表小姐曹丽环拿绢花给林家各位小姐反被嫌弃的一段,着力表现曹丽环为人的不知深浅。《知否》也模仿了这段情节,不过是明兰特意问了送绢花的婆子是不是先给了四姐姐和五姐姐,得知两位姐姐都有了她才欣然接受,恰与《红楼梦》中情节反其道而行,显出明兰作为庶女的谨小慎微。

《红楼梦》第六十三回"寿怡红群芳开夜宴"一段,写的是大观园中众人借宝玉庆生之名夜晚聚会,玩占花名儿,巧妙地以花寓人,以签语预言抽签者的命运,这是小说作者描绘人物命运的一个独特手法。《甄嬛传》中也有类似的一段情节,长夜无聊,甄嬛请其他小主来抽花签,以签语预示各位女子命运。更凑巧的是,甄嬛得杏花签,签语为"日边红杏倚云栽",与《红楼梦》中探春所得花签一模一样。而且签语都预言"得此签者,必得贵婿"。众所周知,探春和亲成为王妃,而甄嬛后来为贵妃并最终成为皇太后,不过二人的姻缘都只是表面看来贵不可言,实际却并不幸福。可见,《甄嬛传》中此段是非常明显的致敬之笔。

另外,仿作普遍模仿《红楼梦》第三回的人物出场方式。此回以黛玉的视角观察各色人物,并且延宕主要人物出场时间,设置悬念,增加期待值。《世婚》即借女主人公林谨容给祖母请安的机会,一一详述了祖母姑母表妹等人物外貌形态,最后才引出了三个堂妹,也是在以后一段日子里与女主不断交锋的三个重要人物。同样,《平凡的清穿日子》也是如此,穿越女淑宁进京见到了自己的祖母和伯母等亲戚,直到晚饭时才等来了自己的二堂姐婉宁,婉宁先如王熙凤般未见其人先闻其声,接着又对淑宁说出了贾宝玉的名言"这个妹妹我见过",如此戏仿颇为逗趣。

其他作品中的这类桥段模仿更可谓层出不穷,比如,《旧春归》所描写的故事与《红楼梦》并无太多契合之处,但其中的情节桥段还是多有相似,素姐儿劝女主人公春君进门给裴臻做妾,与凤姐劝尤二姐进府颇为相似,春君被舅舅接回外祖母家，祖孙相见的情形与林黛玉见贾母如出一辙。《七星彩》中女主人公纪澄初次拜见姑母纪兰的场景是，纪兰"在南窗塌上坐下""斜靠在引枕上，颇为放松"，而纪澄"自然不敢坐在她对面，便择了纪兰下首那一溜玫瑰椅的第一张坐了"。这情形，与黛玉拜见舅母王夫人时的观察环境、斟酌座次颇为相似。《锦屏记》中女主角荀卿染与小叔子齐仪见面的对话完全承袭了宝黛初见，不过这段意味深长的对话用在这两个人物身上，就显得有些不合时宜。《庶女攻略》中徐府三夫人从出场到行事风格都有王熙凤的影子，口齿爽利的小丫头有小红的风格，徐太夫人与徐令宜母子对话，大谈月满则亏、水满则溢的道理，则是来自《红楼梦》中作者借秦可卿之口对世家大族的锥心忠告。甚至像《嫁时衣》这样的古风甜宠文，其描写重心在男女情爱而不在宏大而考究的故事框架，也会借助一些《红楼梦》中的桥段作为点缀，小说中年仅几岁的公主一本正经地品茶，四公主赞茶清绵软，六公主觉得淡，俨然有黛玉等人评论暹罗贡茶的意思。

这种直接的借鉴，技术含量较低，因为数量甚众，甚至被戏称为"红楼体"或者"红楼风"。毋庸置疑，在展现古雅韵味方面，直接借鉴《红楼梦》中的具体内容确实起到了事半功倍的作用。《红楼梦》对大众阅读的多年浸润，使得读者对其中文字所指向的时代背景、文化意蕴有着明确的认知。熟悉的字眼自然将读者带入了熟悉的情境中。当然，弊病也是相当明显，无差别的照搬大有俗滥之势，不足以撑起一部优秀的作品。尤其在人物描写方面，语言情态的模仿往往流于单一，导致从上至下的人物都是一个语气，没有区分，反而成了"千人共出一套"。

（二）套用风格和模式

《红楼梦》以烈火烹油、鲜花着锦的贾家为描写对象，铺展开贾府内宅生活的日常图景，讲述了"一段陈迹故事""闺阁琐事"。仿作故事框架和内容都与《红楼梦》有相似之处，往往是以世家大族为故事展开背景，描写大家族的内宅生活。

仿作中的家族背景都较为宏大。《七星彩》故事主要发生在占了大半条街的齐国公府，"齐国公沈家这一脉共有三房，虽然沈家老妇人还健在，但三房却已经分了家"。《长嫡》描绘的是一个世家声望高于朝廷的世界，个人荣辱与家族命运休戚相关，谢崔王阴四姓联络有亲，同气连枝，女主人公出身世袭罔替的勋贵长乐侯府，父亲是世子，但家中最尊贵的还是她的母亲，江洲谢家嫡次女。这样的家族描写俨然脱胎自赫赫扬扬的宁荣二府，还有那联络有亲的贾王史薛四大家族。《锦娇记》女主人公许姝的母亲淮穆长公主早丧，自幼长在外祖定国公府，外祖母是高宁大长公主，祖家亦列公卿之位。有趣的是，其中许家儿媳顾氏身份显赫，小说中描述说：顾氏的娘家是江宁织造，顾家老妇人那可是成元帝的乳母，顾家大爷又是成元帝的伴读，两人从小一起长大，因此成元帝与顾家关系极为深厚亲密。成元帝登基后，可谓对顾家关怀备至，登基第一年便钦点顾家大爷相继担任江宁织造和两淮盐课监察御史等官职，甚至还扬言要让顾家后人几代连续袭任。这个身世故事俨然是《红楼梦》作者曹雪芹祖上三代四人历任江宁织造的翻版概述，此处借用着实明显而有趣。

仿作的故事大多发生在大家族的内宅。因为以深宅大院的女性人物日常生活为主线，决定了这些红楼仿作的文风大多偏向琐碎平淡，从主角幼年点滴开始细细写起，比较考验读者的耐心。比如《花开春暖》就是娓娓道来细水长流的调子，尤其是小说前半部分，女主人公李小暖被远房亲戚古家收养，每日与古家的兄弟姐妹一起上学游玩，晨昏定省，中秋时螃蟹宴，元宵时花灯会，颇有几分《红楼梦》中公子小姐的日常风味。作为"种田文"中翘楚的《知否》将钩心斗角的内宅、走马灯一般的人物处理得云淡风轻，自然轻松。《庶女攻略》亦是如此，故事围绕着内宅中的弯弯绕绕，云淡风轻背后自有波澜。当然，这类内容看似平易其实相当考验作者笔力，有不少仿作将平淡隽永演变为啰唆无味，动辄百万言，令读者味同嚼蜡，最终弃文。

既然故事的家庭背景都是世家大族，不是功勋就是清贵，所描写的故事又多发生在内宅，以女性人物的活动为主线，那么在人物设定上，仿作与《红楼梦》更是有诸多相似。众所周知，《红楼梦》的人物塑造丰富而成功，小说中的三教九流各色人物形象，有不少给读者留下了深刻的印象，尤其是内宅众多女性人物，做到了"同而不同处有辨"，这些形象的某些特点在仿作中有所体现。比如，《兰香缘》宋柯的妹妹宋檀钗"鹅蛋脸儿，雪肤凝脂，柳眉秀目，神态温柔内敛，穿着半新不旧的云雁纹锦滚宽雪青领口对襟长褙子，下着墨绿裙子，头上戴着两三样金器，不觉奢华"，形象性格身份都与薛宝钗颇为类似。《锦屏记》女主角的纨绔表哥郑元朔俨然就是薛蟠，他那个妹妹郑好儿进京待选的设定和八面玲珑的性格也有几分宝钗的影子，女主角的二姐像迎春，二姐的生母小吴姨娘很有赵姨娘的意思，女主角的婆婆齐二夫人就像王夫人，她的侄女齐二奶奶则类似王熙凤。

不仅如此，有些人物设定已经形成了模式固定下来。比如仿作中往往都会出现一个封建家长式的祖母辈的人物，统领着内宅活动。这样一个形象的设置与《红楼梦》中的贾母有莫大的联系。贾母在贾家是实际上的话事者，她的喜怒好恶牵动着全家上下。对于围绕膝下的孙男弟女，一方面，她是慈爱的祖母，用自己的羽翼维护着少年们的天真烂漫；另一方面，她是封建大家长，用严厉的标准规范着后代的行为，以实现家族的持久兴旺。贾母形象的多面性也被代入了仿作中，有些形象是正面的，慈爱睿智，如《花开春暖》《知否》《金陵春》中的老祖母、伯祖母，有些则恰恰相反，独断凉薄，如《长嫡》《世嫁》《大妆》《复贵盈门》中的祖母或继祖母。女主人公身边都会有几个具有特色的婢女形象，有的忠诚坚韧，陪伴主人公走过艰难的岁月，有的心怀鬼胎，毫不犹豫地卖主求荣，这些婢女融合了袭人、晴雯、紫鹃、鸳鸯等众多红楼丫鬟的特质，成为作品中必不可少的辅助性人物。此外，女主人公往往会有一个纯洁懵懂的青梅竹马，比如《花开春暖》中的古萧，其行为举止俨然是一个古板严肃的贾宝玉，或者《知否》中的齐衡，其国民初恋的形象已经成为万千读者心中的白月光。这个初恋形象与贾宝玉多少都有些相似之处，但有趣的是，所有的女主人公最终都没有选择这种贾宝玉式的人物。

具体内容和形式风格两层的模仿交织存在于仿作之中，笔者认为，前者只是让仿作面貌肖似《红楼梦》，后者才让仿作的内在更贴近《红楼梦》，也更具有价值。网文作者愿意在故事的内容结构上用力，更深层地开掘《红楼梦》在创作中的借鉴价值，是让仿作得以展现自我独特光彩的开始。

三、网络小说中《红楼梦》仿作呈现的特点

网络小说中的《红楼梦》仿作虽然在一定程度上借鉴模仿了《红楼梦》，但在当下的时代背景下，面对着新一代读者群体，网文作者最终讲述的是不同于《红楼梦》的故事，呈现出有别于《红楼梦》的特色。

首先，仿作主要人物，尤其女主人公一定是人生赢家。仿作具有女频小说的典型特征，大多以女主视角贯穿始终，多叙述女主的成长历史。不管女主是穿越、重生或者土生土长，都有很强的代入感，让读者得以充分体验成功的快乐，痛快淋漓的人生体验在这里就是意义所在。这是网络古言小说迎合女性阅读群体的一种表现。我们注意到，虽然仿作中的人物设定多有模仿《红楼梦》，但女主人公们普遍不是流泪的林妹妹，而是开挂的人生赢家。所有的女主人公都有着强烈的女主光环，她们一路升级打怪，在经历人生选择时能够果断作出正确的决定，遇到困厄时能够逢凶化吉，得贵人相助，婚姻爱情更是水到渠成、幸福美满。《兰香缘》是一个小丫鬟一路宅斗，奋斗成夫人的故事。《花开春暖》《知否》的女主人公都是灰姑娘式的人物，出身低微，仰人鼻息，凭借穿越而来的优势，步步为营逐渐走向高位。《金陵春》《锦铜》则是女主带着遗憾重生，再活一世的智慧给了自己机会，最终站上人生巅峰。

可见，仿作并不承担过于深刻而沉重的意义，黛玉式的伤春悲秋并不适合套用在成功女主的套路中，因此被弃用也就并不意外。如前文所说，贾宝玉式的男性角色虽然有所呈现但也只能成为男二、男三之类的"炮灰"，最终胜出的男主一般都是呼风唤雨的成功人士。由此可见，相对于《红楼梦》人物体现出来的理想主义色彩，仿作人物算是追求现实利益的一群。

此外，仿作中的正面人物形象都自觉遵守社会道德伦理规范，追求现世的安稳与成功，甚至不惜压抑本心。尤其是女主人公们，她们往往都能将自己保护得很好，表现进退得宜，懂得权衡利弊。《知否》中顾明兰最高的追求就是安稳过日子，所以她一直忍让躲避，只求自己简单的开心快活，即使在爱情上也是被动的甚至是缺失的。面对齐衡的爱情她退却了，因为这份爱情不能护她周全，最后选择了"我在男人中是老几，你在女人中就是老几"的顾廷烨。相似地，《花开春暖》中的李小暖被收养在古家，自小见惯旁人的势利眼，她常说的是知足，"就是比这个差上十倍去，我都满足得没半分挑剔处"。作为一个穿越而来具有现代灵魂的女性，李小暖却不敢有半分行差踏错，在得知古家二小姐思慕外男后大惊失色，极力劝导阻止。我们看到，所有的女主人公成为人生赢家的一个前提是严守社会游戏规则，做一个循规蹈矩的人，做一个被现世价值认可的人。

这一点在不安分女二的被贬抑中也得到了验证。《平凡的清穿日子》中有两个穿越女，一个是女主淑宁，一个是婉宁。与淑宁的低调隐忍不同，婉宁凭借穿越而来的优越感，张扬狂妄，怂恿姐姐私相授受，大胆结交权贵，闹腾得鸡飞狗跳，显然是作者立起来批判的靶子。仿作中的女配虽然性格各异，错误各异，但她们之所以没有如女主那般成功顺意，从根本上看，还是因为没有按照社会准则行事，比如《庶女攻略》中的十娘、《九重紫》里的窦明，除了品性不正外，她们还力图打破规则，贪图不属于自己的姻缘或地位，最终落得被家族抛弃的凄凉结局。可见，无论女主的成功还是女配的碰壁，其中都体现出了作者对于女性成功的认识，也在一定程度上反映出大众读者对此的认同。而至于这些务实到稍嫌功利的成功女性与几百年前《红楼梦》中理想主义的林妹妹，究竟孰优孰劣，则是个见仁见智的微妙问题，至少在当下的网文中，作者和读者普遍选择了前者。

其次，仿作内容以婚恋情感为重心。《红楼梦》记述了"亲睹亲闻的这几个女子"，立意"使闺阁昭传"，以宝黛爱情为代表的情感故事是小说中最吸引人的部分之一，也是较容易模仿的部分，因此《红楼梦》仿作一直是言情作品居多，在网络文学的仿作中，情况也是如此。在大多数仿作中，女子一生的蜕变和情感经历是小说的真正内核，这是言情题材的特点也是局限。议亲、成亲、掌中馈、生子等内容才是小说铺叙的高潮和重点，女子出嫁犹如第二次出生，仿佛女子的一生绽放就在于此。虽也有如《大妆》《九重紫》《嫡谋》等作品，其中有较多关涉朝堂权谋的部分，但女主人公的多智近妖令故事逻辑性和悬念感都大打折扣，最终都是女主一方的压倒性胜利，可以说，外部的波诡云谲只是情感故事的外壳，用来增添情节起伏和激化矛盾冲突。

这些仿作专注于言情的优点是坚决地强调了爱情的平等专一，强调了女性的婚恋自主权。每位女主人公都有着"一生一世一双人"这个在古代社会不太切实的期待，并最终实现了这个愿望。女主无一例外都幸运地找到了那个能护她一生周全的知心人，而且都在这份爱情面前保持了最美的样子。每部网文都会有绚烂的风光大嫁的描写，丰厚的嫁妆、繁复的仪式、摇曳的龙凤喜烛、红彤彤的喜服，大书特书着女子在美满姻缘中的尊严骄傲。千篇一律的现世安稳、幸福安康，殊途同归的情深不移、白首同心，让我们看到了女性读者群体对真情与圆满的渴望。

但这些爱情故事也让人体会到女性面对感情的不安与彷徨。女主们选择的背后往往有许多无奈，她们所谓的选择都是被动的，或者说其实她们还是被选择。李小暖没能嫁给青梅竹马的古箫，最终被动地牵手了强势的程恪。

顾明兰嫁给顾廷烨只是妥协无奈甚至被算计，所以，明兰虽然与顾庭烨白头到老，似乎一生无憾，但是出现在她故事开头和结尾的却是竹马齐衡，作者让我们看到了明兰的念想，但她一生都没有触碰，这种安稳有些胆怯，有些悲伤。这样的姻缘，婚后的幸与不幸存在着很大的偶然性，而最终的琴瑟和谐更多来自女主光环的加持。

实际上，所谓幸福美满的婚后生活也要建立在女子的隐忍和妥协之上，光鲜的风光大嫁后女主们所面临的现实并不美好。顾明兰要接受丈夫婚前养外室的荒唐往事，接收婚前生的子女。《庶女攻略》中的十一娘经过千辛万苦的斗争，所取得的无非是给姐夫做续弦的位置。这些女性无一例外地要安分守己地将自己的一生交托在丈夫和家族的庇护之下，要费尽心机地在陌生环境中周旋生存，要尽心竭力地伺候夫婿，要接受婆婆或长辈的挑剔打压，要防范来自妯娌小姑乃至妾侍仆婢的算计欺负，等等。实事求是来说，仿作中的女性不管如何成功，她们始终受制于社会对于女性的压制，她们始终还是弱势的存在，这也是现实生活中女性困境的一种体现。

最后，嫡庶讨论在仿作中非常热烈，有时甚至是全书的主要矛盾根源，从《庶女攻略》《长嫡》《嫡谋》这些小说的名字，就能鲜明地看到这一点。嫡庶问题在《红楼梦》中有着切实的反映，有显有隐，最鲜明的就是赵姨娘、探春、贾环三母子的纠葛关系以及他们在荣国府的尴尬处境。再有，不太明显的是迎春，这位二姑娘也是庶女，她虽养在贾母身边，小说中并没明写身份待遇的差别，但贾赦夫妇待迎春极为冷淡，为迎春寻的婚事实为抵债，最后被丈夫搓磨致死。更不明显的则是贾赦的身世猜疑，他身为长子住处却为花园隔断出来，贾母对他种种不喜，荣国府掌家的实为次子贾政夫妇，贾政住在正内室，王夫人掌管中馈，因此令人怀疑作者实际在暗示贾赦也是庶出。再有，《红楼梦》作者曹雪芹的祖父曹寅就是妾生子，曾为康熙保母的曹玺嫡妻孙氏并非曹寅生母。由小说中的描写和作者家世背景等种种迹象来看，曹雪芹对于家族的嫡庶问题确实有着切肤之痛，因此这方面描写真实痛切，却也较为隐晦甚至有所回避。

而现在的作者对嫡庶关系的描写和处理就显得简单且明确，追求强烈的戏剧冲突。简言之，不是东风压倒西风，就是西风压倒东风，嫡庶必有一方胜利，有着鲜明的倾向性。嫡庶双方的交锋撕去了温情的面纱，在作者的着意突出下变得激烈甚至火花四溅。而为此制造的斗争缘由也相当直白，不是嫡妻善妒不慈，就是宠妾包藏祸心，不是嫡女兴风作浪，就是庶女心术不正。比如，《庶女攻略》中面甜心苦的嫡母将庶女们当作物品待价而沽，自己也在庶女的反击下渐渐衰败委顿；《九重紫》中的窦昭更是发挥超强战斗力，把前世做了自己继母的王映雪打回了小妾的位置，并把心怀不轨的庶妹压制得抬不起头来。

实际上，不管作者给主角们制造多么高贵的理由，在所谓的嫡庶之争中并没有绝对的受害者，也没有纯粹的正义，参与者都在为己方的利益而战。由一夫多妻婚姻制度引发的问题，最后转化为一场场家庭伦理斗争，或者更多的是内宅女人们的战争，厮杀的最终目的还是夺取嫡即正统的地位。比如《世婚》中女主的母亲一直生活在丈夫浮浪、小妾环伺的危机中，她为了保住幼子唯一嫡子的位置，偷偷给自己的丈夫下药。比如《知否》中明兰的祖母遭遇丈夫宠妾灭妻，在最终处置小妾熬死丈夫后，还是不得不收养庶子为嫡子，为自己顶门立户，庶子得到了嫡子的地位，新一代的嫡庶之争又由此开始。我们看到，在一次次嫡庶争斗到嫡庶归位的过程中，内宅乃至社会的秩序由混乱趋向整饬。在当下，虽然已经没有了嫡庶的伦理冲突，但读者依然愿意看到仿作中讨论这个问题，在旁观嫡庶归位的过程中得到满足，除了享受由激烈矛盾冲突带来的阅读快感外，也体现出对于"有序"的内在要求，这或许是长久以来儒家文化浸润的结果。

四、余论

我们一起研讨了网络小说中的一些《红楼梦》仿作,虽然不能武断地说《红楼梦》就是其源头所在,但是《红楼梦》为其提供了文化滋养则是毋庸置疑的事实。这些仿作,是《红楼梦》在当代的一种世俗化变体,其中有着面向大众传媒的妥协和降格,其艺术性与严肃性无法与《红楼梦》相提并论,而我们也不应以《红楼梦》的经典水平去苛求仿作。平心静气地将仿作放在非经典的位置上,或许会更容易发现它们的价值。现阶段,仿作虽然缺乏大爆款,但是一直有着固定的读者群,本书所举众多网文有不少都收获了千万以上的点击阅读量,闪烁其中的来自《红楼梦》的文化品格和特性非常醒目,一直是吸引读者的重要因素,这就是其价值所在。并且,如前文所说,仿作在吸收《红楼梦》滋养的同时,也在脱离《红楼梦》逐渐形成自己的品格,讲述不同的故事,这也是其价值所在。

当下,网络文学对传统阅读的冲击和扭转越来越强烈,除了普通网文大行其道外,视觉小说和短信小说等视觉系和互动性的阅读方式已经在路上,笔者也期待,《红楼梦》作为中国文化的大 IP 依然能够挺立潮头,以宽容与包容的姿态提供文化营养,以各种不同的方式出现在大众阅读的视线中。同时,也希望以经典的力量,呼唤年轻一代回归传统阅读,沉淀自我,寻找文化底里。《红楼梦》的大众普及已经迎来了新的时代,不变的是,《红楼梦》依然是万众瞩目的那一个。毕竟从古至今,《红楼梦》一直被模仿,从未被超越。

第二节 同人——各种古代小说同人

"同人"一词有人认为源自日语,指的是世界大同的时候,所有人志向相同。也有人指出,"同人"应为中国自有,源自《易经》同人卦,是与人同和的意思。民国时期，鲁迅等人称《语丝》为"同人刊物"，意指志趣相同的人自编自写的刊物。而在当下的中国，"同人"衍生出了特定的含义。"'同人'，在当代中文网络社群中，通常意为建立在已经成型的文本（一般是流行文化本文）基础上，借用原文本已有的人物形象、人物关系、基本故事情节和世界观设定所做的二次虚构叙事创作，通常以不正式的实体及网络出版物在爱好者中传播。同人作品采取的形式有小说、绘画、视频剪辑、歌曲、游戏等，不一而足，而同人作品对原文本的忠实程度并没有定例，随各衍生文本而定。"[1]简言之，同人作品利用某一原作为素材来演绎出全新的故事，既可以顺着原作的情节敷衍出新篇章，也可以不受原作世界观所限制而另行设定新的故事走向。

一、关于古代题材网络同人小说的基本情况

研究者注意到了网络同人小说复制和戏仿的特点，而晋江文学城这样的主要阅读网站专门设衍生类，则是同人小说品类在中国新媒体平台中的具体体现。网络同人小说现在也可以细分为很多种类，按照模仿作品的类型来分的话，有西方名著同人、游戏同人、漫画同人、影视同人、综艺同人等，而以古代小说笔记等为创作对象的同人作品也是其中不可忽视的一股力量。

最早一批的网络小说《悟空传》[2]实际就可称为《西游记》的同人小说，这部号称"畅销十年不朽经典，影响千万人青春"的作品，对四大名著中的《西游记》进行了改写。孙悟空发出了"我要这天，再遮不住我眼，要这地，再埋不了我心，要这众生，都明白我意，要那诸佛，都烟消云散"这样惊世骇俗的呐喊，让我们看到了《西游记》中那个"蹬倒八卦炉""打得那九曜星闭门闭户，四天王无影无踪"的猴子一直走在无拘无束的造反路上。也提出了对

---

[1] 郑熙青《作为转化型写作的网络同人小说及其文本间性》，《文艺争鸣》2020年第12期。

[2] 关于《悟空传》的介绍部分内容参考邵燕君主编《网络文学经典解读》第一章（北京大学出版2016年版）。

成佛的最大怀疑甚至是否定,"最后四个人成了佛,成佛以后呢?没有了,什么都没有了。以前活生生的有血有肉有感情有梦想的四个人,一成了佛,就完全消失在这个世界上了。佛是什么,佛就是虚无,四大皆空,什么都没有了,没有感情没有欲望没有思想,当你放弃这些,你就不会痛苦了。但问题是,放弃了这些,人还剩下什么?什么都没了,直接就死了。所以成佛就是消亡,西天就是寂灭,西游就是一场被精心安排成自杀的谋杀"。《悟空传》最后的结局是一场杀死一切的大火,但虚无过后一切还是要运转,世界的规则依然存在,我们能改变的终究是太少了,既然如此,那就保持一点"这个天地,我来过,我奋战过,我深爱过,我不在乎结局"的中二和倔强吧。而这样的主旨和表达与流行一时的"大话西游"系列电影有异曲同工之妙,因此,《悟空传》也被认为是"大话西游"系列电影的同人,而非《西游记》同人。不可否认,《悟空传》的诞生受到了"大话西游"系列无厘头阐释经典模式的影响,但是就其文学文化根源来讲,无疑都共同产生于《西游记》,所以,毫无疑问,《悟空传》是一篇《西游记》同人,也成为通过后现代方式演绎传统经典的典范之作,其质量和水准让其自身也有上升为经典或者起码行业标杆的可能。紧随其后的一批《西游记》同人还有《唐僧传》《沙僧日记》《唐僧情史》等,延续了"解构一切,除了爱情"的戏谑不羁风格,自成一格。

《红楼梦》同人应该算是古代小说衍生同人中最为壮大的一类了,据研究者统计,"2019 年 12 月 11 日统计,以'红楼'为作品关键词搜索,晋江文学城有衍生类小说(即同人小说)3010 部。在这 3010 部《红楼梦》同人小说中,已完结 1403 部,连载中 1606 部;字数方面,字数在 100 万字以上的有 68 部,字数在 10 万~100 万字之间的有 1600 部,字数在 5000~10 万字之间的有 961 部……性向类型方面,属于正常男女恋爱类型的言情小说有 1938 部,属于男同性恋类型的纯爱小说有 744 部,属于女同性恋类型的百合小说有 43 部,还有 8 部女尊小说(即作品中也是男女恋爱类型,但是颠倒性别关系,以女性为尊的小说)"①。

《红楼梦》未完成,而且故事中有大量可以发挥的支线,因此给同人创作留下了大量空间。安意如的《惜春纪》应该是网络红楼同人的早期作品了,讲述了惜春与冯紫英一段爱而不得的故事,依托了《红楼梦》的故事背景、人物性格和整体风格。当然,就网络同人来说,无论采取何种方式,最主要的还是搞事业和谈恋爱这两个读者最喜闻乐见的方向。这些同人作品,充满了千奇百怪的脑洞,又指向了比较单一的大团圆结局,比如热衷于给林黛玉拉郎配各种CP,林黛玉与北静王、林黛玉与胤禛甚至林黛玉与伏地魔都可以成双配对。又比如让迎春、贾环、薛蟠这些边缘人物成为主角,振兴家族、自身圆满,甚至可以让贾宝玉性转为"宝玉妹妹",姐姐妹妹站起来,一起为谱写新的结局而努力……"尽管这些《红楼梦》中人们掌握了最脱俗的魔法仙术,他们在网络新生命中实践的却是最世俗的道路:无论主角身份嫡庶、位次尊卑、年龄老幼,故事均以趋利避害娶美女、建功立业谋复兴的大团圆结局为目标。原著那最具特色的创新性完全被排除在网络同人之外,诸多作品追求的依然是才子佳人小说的老路。"所以,在《红楼梦》同人小说中,我们可以更清晰地感受到网络小说自身的局限和特色,简单化、通俗化是《红楼梦》同人呈现的整体面貌,也是对读者群需要的回应,很多想看《红楼梦》而又没有耐心看下去的读者,会以通俗轻松而风味类似的《红楼梦》同人作为替代品。

除了《红楼梦》同人,数量比较多的还有《水浒传》同人,情形与《红楼梦》同人类似的地方在于内容丰富,而最终的趣味则大多是追求轻松而圆满,是一种典型的世俗追求。比如让阎婆惜、林冲娘子、潘金莲、潘巧云、扈三娘等这些女配角翻身做主人,演绎"我命由我不由天,水浒女配也有春天",比如让李师师在乱世中谈场绝美的恋爱;比如让主角穿越到白衣秀士王

---

① 陈荣阳《〈红楼梦〉网络同人小说述略——以晋江文学城为中心》,《红楼梦学刊》2019年第三辑。

伦身上，成为梁山真正的领袖，让梁山面貌由此焕然一新，改变众人的悲剧命运；比如将反派高衙内转变成主角，书写自己的一番事业。

　　古代题材的网络同人小说，不仅有《红楼梦》《水浒传》《西游记》等这样的经典名著所衍生的同人作品，也有不少其他传统文学作品的同人，彰显着中国传统文化优秀精髓的衍生能力。比如，《木兰无长兄》脱胎于乐府民歌《木兰辞》，但是关注的是"将军百战死，壮士十年归"之后的故事。卸甲归田年近三十的花木兰，她的未来又是如何呢？女法医穿越到花木兰身上，经受了回归普通人身份的花木兰所经历的苦难，然后又不断重生，不断成长，在一遍遍的选择与体验中，将家国大义、战火烽烟、兄弟情谊展现得淋漓尽致。《开封志怪》从《三侠五义》故事衍生而来，又增添了灵异鬼怪内容，江湖骇浪，平添鬼影憧憧，还讲了一段女主与展昭最美的爱情。《我心》是一个变形的白娘子传说，这是以小青视角讲述的白蛇传，这里的许仙和白娘子并没有那么相爱，许仙是个渣男，小青敢爱敢恨，勾引了法海，杀了许仙，把孩子抢来给姐姐养。还有不少同人将两本或几本古代小说融合在一起的，形成了一个更开阔的大场域，比如《我在聊斋你在西游》这一篇，讲的是聊斋女鬼和孙悟空的故事。在日新月异的同人小说爱情描写方面，有一个趋势也值得注意，就是耽美化。这显然是耽美文化盛行之下产生的一种普遍影响，所以，网络同人小说中也出现了不少耽美向作品，比如《大宋第一衙内》《猫鼠之相忘江湖》等，当然这不是本书研究的重点类型，在此仅略举一隅。

二、续书、翻新小说和网络同人

　　根据同样的素材或者人物故事进行创作，这种传统在中国古已有之。唐代元稹作《莺莺传》，其后有元代的董西厢、王西厢都是以这个故事为原型进行二次创作。《金瓶梅》也可以看作对《水浒传》中武松单元故事的改写。有人认为网络同人小说是明清小说续书的延续，这其中有一定道理。优秀的原创作品会吸引大量的读者和拥趸，但也并不可能全面满足读者的所有需求，这一点在《红楼梦》续书的例子中体现得尤为明显。《红楼梦》后40回的不尽如人意以及书中不少人物支线交代不清，引出了十几部续书，而且这些续书显然与程伟元、高鹗所补的后40回目有很大的区别，大部分《红楼梦》续书已经属于弥补型的二次创作。《红楼圆梦》《红楼幻梦》《复红楼梦》《续红楼梦》等这一系列续书虽然打着追寻《红楼梦》原意的旗号，其实还是从续作者自己的愿望出发，无非是起死回生、家道复兴、富贵繁荣等各种弥补式的大团圆，更接近我们对同人小说的定义。

而之后19世纪末20世纪初兴起的翻新小说或者反案小说，让我们看到了更多同人小说的影子。1905年吴趼人所撰写的《新石头记》令人耳目一新，写了贾宝玉蓄发下山，巧遇经商的薛蟠，游历晚清上海，吃西餐、参观工厂，又去北京，目睹义和团诸种乱象，最后的追寻引向了类似乌托邦理想国的"文明境界"，见到了甄宝玉，得偿补天之愿。无独有偶，陆士谔的《新水浒》也是让好汉们大搞改革维新。张爱玲的《摩登红楼梦》将五光十色的上海滩人物搬到了红楼人物身上。张爱玲自幼喜读《红楼梦》，她说："小时候看《红楼梦》看到八十回后，一个个人物都语言无味、面目可憎起来，我只抱怨'怎么后来不好看了？'"张爱玲的困惑化作了她创作《摩登红楼梦》的动力，而大多数的作家创作同人小说也都来自这种由喜爱而生的不满足的自我言说的欲望。除了作者普遍具有的粉丝心态，从小说的内容来看，"这些小说并不是一般意义上对于原著故事后续发展的个人猜测，其创作目的不在于续写，而在于反映现实和表达自我情怀"[1]。

同人小说又称粉丝小说（Fan Fiction），所以，同人是建立在对原作的熟悉了解基础上的，"作为一个'迷'，这就意味着对文本的投入是主动的、热

---

[1] 刘东方《"同人"与"翻新"——论当下同人小说与近代翻新小说的承续关系》，《广播电视大学学报（哲学社会科学版）》2013年第4期。

烈的、狂热的、参与式的……迷具有生产力：他们的着迷行为激励他们去生产自己的文本"①。因此，这是一种共同体创作，作者和读者都是因为对原作的爱好而聚集，也在这个爱好的基础上激扬文字，发挥自己的想象，注入自己的思考。同人并非单纯地续书或改写，还必须是具有共同爱好且形成群体的创作和阅读行为，有情感纽带的存在。这一点，无论是鲁迅所说，还是日本的同人本义，都是切合的。也意味着同人小说有一定的进入门槛，即是不是粉丝，而圈外人也并不会有强烈的阅读愿望。也正是这样的粉丝属性，削减了同人小说的商业味道，更突显了追求爱好的意味。很多作者创作同人，最根本的目的在于获得创作自由和自我言说的快感。"我喜欢我笔下的人物，我为他们创造故事冥冥中就好像我也为他们做了点什么，感觉我的喜欢有地方安放了一样……很多写同人的人应该都是单纯地为爱发电，毕竟写这个东西真的完全自愿，一般来讲也没什么报酬。"②

而在同人作品和原作品之间，势必要讨论二者之间的互文性，这个问题也被讨论过多次了，无外乎遵循还是颠覆原作两个向度，针对古代小说尤其是古代经典名著的同人创作，笔者在这里只有三个简单的想法：

首先，网络同人小说必然是彰显原作品的。

与原作的贴近是同人小说存在的首要条件，如果失去了原作的故事逻辑和人物关系，同人小说也就失去了得以命名的根本了。因此，同人小说从一开始就不应被看作对原作的有意颠覆与反动（当然实际产生的效果另当别论），而首先看到二者之间的重复和凸显。正是因为对原作的爱好才有了同人小说创作和阅读的必要，而同人小说第一位的是通过同题的重复，通过致敬引起人们对原作的再次关注甚至更深层次地进入。"因为网络文学中的复制

---

① 邵燕君《网络时代的文学引渡》，广西师范大学出版社2015年版，第189～190页。
② 吴舫《"何以为家"？商业数字平台中的同人文写作实践研究》，《中国青年研究》2020年第12期。

明显不是取消'原典'的过程；恰恰相反，复制和戏仿在一定程度上复活了'原本'在人们心中的记忆。"

任何关于原作的描述都无法决然摆脱原作的影响和逻辑，人物的言行、周围的环境都需要借助原作的呈现而丰满起来，这是同人作品创作的天然便利条件也是束缚，所以同人作品既要依靠原作的框架，又要从原作中寻绎出可以发挥的空隙，既言有所本，又自出机杼，这种分寸感的把握很重要。同人作品中的人物尤其是原作中存在的人物，其性格特征一般都要求具有延续性。说起林黛玉，就会有多愁善感、才高浪漫等特点，即便做翻案文章也不能脱离这个基调。《大宋第一衙内》中即便高衙内是被洗白的主人公，但纨绔子弟本色还是毫不含糊的，并不能随意更改或者改变过大，否则也难以被读者所接受，毕竟强大的前见已经形成。

其次，灌注时代精神，也并非意味颠覆。

将现代思想注入古代文本也是由来已久的尝试，吴趼人的《新石头记》，还有陆士谔的《新水浒》《新野叟曝言》，陈景韩的《新西游记》等，都接应了本土通俗叙事的传统，而又将时代新兴精神与传统文本相结合，"从1903年到1909年短短数年之间，《西游记》《水浒传》《红楼梦》《三国演义》《儒林外史》《金瓶梅》等几乎所有古典白话小说名著都遭到了令人啼笑皆非的戏谑式改写与重写，总数达到几十种之多"。"这些小说并不是一般意义上对于原著故事后续发展的个人猜测，其创作目的不在于续写，而在于反映现实和表达自我情怀。"

当下的网络同人小说也毫不意外地展现出充满时代气质的一面，比如《沙僧日记》作者以日记体对传统的《西游记》主题进行消解重塑，以取经途中沉默的沙僧的眼光，把大家熟悉的取经故事做了另类的展现，在嬉怒笑骂的不正经中，意外地展现了生活中的辛酸苦辣，有着乐观励志的一面。这其中表现的是年轻一代对社会问题和自己态度的表达，有着独特的与世界和解的方式,借助传统小说的素材进行表现,未尝不是一种有趣的变体,传递着时代之思。"网络上的作家都在复制和戏仿中贯注了新时代的新精神,从而并不是本雅明和杰姆逊意义上的负面复制创作。"①时代精神的注入,可以是对于原作品的延伸,而并不一定是否定性的破坏性的反动。"通过拆解、戏拟、拼贴、混杂等方式,对传统或现存的经典话语秩序以及这种话语秩序背后支撑的美学秩序、道德秩序、文化秩序等进行戏弄和颠覆",却同样只是在借助这种戏弄和颠覆回应经典所提出的问题,这反而成为经典历久弥新、身影永在的一种证据,一个回声。通过网络同人小说的作品特点,我们可以看到,是对古代小说,尤其是经典著作的当代阐释。

最后,颠覆和逃离,也是题中应有之义。

同人作品的创作立意,本来就有通过从不同角度突破原作的架构和情节走向,释放自己对原作的未竟之思的一面。所以,对原作品的改变在所难免,而这种改变甚至颠覆也是同人作品可能生出新意的部分。最常见的方法包括但不限于起死回生、改变原作人物的关系、改变故事视角等。"黛玉之死"是不少同人小说作者难以逾越的情结,所以就有了各种方式让黛玉起死回生的故事,现在的网络同人小说也一样延续这样的神奇,比如《黛玉传奇》就让黛玉肉身生还了;《水溶玉新》《林黛玉和北静》等小说中,林黛玉都改变了官配,与北静王谈起了恋爱;《奋斗在红楼》则是让理科男穿越到庶子贾环身上,以这个原书小人物为主角敷衍一个奋斗升级的典型爽文。还有加入原作不存在的人物的,《红楼之林家谨玉》就虚构了林黛玉的弟弟林谨玉,而这部同人小说变成了以他为主角的完全不同的故事,《红楼梦》只是这个故事的一个背景而已,提供了一些现成的前情因果。还有两部或者以上作品混合的,比如《金粉红楼》让林黛玉穿越到张恨水的小说《金粉世家》中,再比如让林黛玉与伏地魔

---

① 欧阳友权《网络文学论纲》,人民文学出版社2003年版,第225页。

谈一场跨时空跨种族的恋爱。这些看似不羁无厘头甚至不合理的改变，是作者对于原作内容的心理期待的一种体现，是在原作笼罩之下的，又是突破原作阐发独立观点的一部分。

无论从渊源还是实在的影响看，大量取材于古代文学作品的同人小说完全可以从中国自身的传统自圆其说，大可不必舍近求远。所以，与其将众多脱胎自中国传统文学作品的同人小说向西方或日本同人创作生硬靠拢，不如寻找实在的原文本与这些同人小说之间的互文关系，毕竟这种关系或者影响是实在发生着的。"中国本土文化渊源是一面历史的镜子，研究网络文学，建构网络文学研究体系，不仅要重视来自欧美影视文化、日韩二次元文化等外来青年亚文化的影响，也绝不能忽视我国自身的文化优势和历史传承。"[1]无论彰显经典还是颠覆经典，同人小说的存在体现了经典与传统的衍生力量，催生了经典文本周边文学空间的繁荣生长，并使得经典文本不断被关注。而同人小说也在经典文本周边获得生存空间，得以与经典文本共时性存在，共同构成当代文学现场的面貌。二者是互相成就的关系，当然还是以同人小说对原作经典的依赖和汲取为主，"网络同人小说对经典小说的戏仿，既是对传统小说创作空间的探讨，也是对传统历史时空的文化形态和生存方式进行的一种文学式的反思与改造"[2]。如布鲁姆所说："一部文学作品能够赢得经典地位的原创性标志是某种陌生化，这种特性要么不可能完全被我们同化，要么有可能成为一种既定的习性而使我们熟视无睹。"[3]

网络小说进入门槛低，发言环境较为宽松，也为网络同人小说的大量出现提供了有利条件。同时，我们也注意到网络同人小说存在着不少的问题。

---

[1] 刘小源《被遗忘的晚清反案小说：中国网络同人小说的本土文化渊源》，《百家评论》2019年第1期。

[2] 李盛涛《论网络同人小说的反经典性》，《江西社会科学》2014年第1期。

[3] 哈罗德·布鲁姆《西方正典》，译林出版社2005年版，第3页。

首先，就是对传统经典的庸俗化解读，这一倾向虽然反映了当代读者的某些心愿，但有取糟粕去精华的嫌疑，比如大量的《红楼梦》同人小说低水平的重复，大大降低了大众的阅读欣赏水平。同人作品创作中这种无限度的任性或妥协，实际不只是对传统经典丰富内涵的损伤，也势必造成大众审美水平的低下。再有，对"爱情至上"的过分强调，将丰富多彩多元化的传统经典清洗成千篇一律的甜蜜爱情故事，仿佛除了爱情没有更值得书写的内容。还有，网络同人小说总体写作水平不高，内容中充满了不负责任的戏谑和戏仿，在低龄化读者群中，也容易造成混淆和误解。再有一贯被诟病的版权问题、粉丝"圈地自萌"的封闭性，也让同人小说受到极大限制，难以走得更远。现在考虑的是如何其提高品质，加强引导，使同人小说能够在古代小说尤其经典作品的光彩中，既汲取传统营养，又展现时代声音。

第三节 破局之路——走过传统

网络古言小说，无疑受到传统小说尤其是明清小说的影响甚深，这种影响或者说传承，首先可以从社会地位和生产机制方面来看视。网络古言小说与明清小说从某种意义上讲，有着相似的古今境遇。

明清小说在发展兴盛之时，社会地位却并不高，甚至不被正统文学所接受。包括四大名著在内的明清白话小说，在当时的社会认知中，都是不具备文学正统地位的。长久以来，占据中国文坛正宗的是经史诗文，词都被称为"诗余"，而小说更是处于鄙视链条最底端，被称为"小道"。"《南华经》曰：'大言炎炎，小言詹詹。'仁义道德，羽翼经史，言之大者也。诗赋歌词，艺术稗官，言之小者也。言而至于小说，其小之尤小者乎？"[1]在史书体系中，

---

[1] 王希廉《红楼梦批序》，《重校八家评批红楼梦》，江西教育出版社2000年版，第3页。

小说甚至没有形成独立的类别，或归入子部或归入史部，《汉书·艺文志》把小说放在九流十家之末："小说家者流，盖出于稗官。街谈巷语，道听途说之所造也。"《新唐书·艺文志》中说："至于上古三皇五帝以来世次，国家兴灭终始，僭窃伪乱，史官备矣。而传记、小说外暨方言、地理、职官、氏族，皆出于史官之流也。"

一些小说作者、小说批评家则习惯性地将小说与儒家经典、史传文学相关联，实际是对小说文体的抬举。所以冯梦龙说"史统散而小说兴"，金圣叹说"《水浒传》方法，都从《史记》出来，却有许多胜似《史记》处""《史记》是以文运事，《水浒》是因文生事"，张新之说"《石头记》乃演性理之书，祖《大学》而宗《中庸》"①，等等。越是这样比附，越是显示出当时小说文体地位的低下。也正是基于这样的文学观念的影响，很多小说作者并没有明确的版权意识，甚至都不敢或者不愿意署名，大量的明清小说作者不详，比如《金瓶梅》的作者兰陵笑笑生，《醒世姻缘传》的作者西周生，关于他们的身份至今都众说纷纭，甚至有明确记载的《红楼梦》作者曹雪芹，我们现在掌握的他的生平资料也是极少，很多问题付之阙如。

而就小说的生产传播机制而言，也与处于正统地位的诗词文赋大不相同。《三国演义》《水浒传》《金瓶梅》《红楼梦》等作品都是作为最接地气的通俗娱乐作品而流通的，迎合了日见壮大的市民阶层的精神需求。"所谓雅俗文学之界域乃主要在于创作主体和接受主体两者孰重，以创作主体为主，那便主要倾向于言志抒情的雅文学；而以接受主体为主，则在艺术格调上较多倾向于俗文学。虽然其中也包括言志抒情之成分，但读者之消遣、娱乐仍为其创作之本根、归趋。"②从这一点来说，小说是俗文学无疑了。这与我们现在印象中已经成为经典的明清小说作品的形象是有差距的，即使《儒林外史》《红楼梦》这

---

① 张新之《红楼梦读法》，《重校八家评批红楼梦》，江西教育出版社2000年版，第64页。
② 谭帆《中国小说评点研究》，华东师范大学出版社2001年版，第118页。

样的作品，作者既然立意做小说，那么以普通市民为接受对象的通俗作品，就是其基本定位。"明清小说一般都是以商品形态出现"①，小说的出版已经与商业利益直接挂钩。冯梦龙在《喻世明言·叙》中明确说"家藏古今通俗小说甚富，因贾人之请，抽其可以嘉惠里耳者"②，《红楼梦》抄本"好事者每传抄一部，置庙市中，昂其值得数十金"③。这样的商机随着出版业的发展而形成了产业链条，书商或者出版人在其中发挥了积极的作用，如余象斗、袁无涯等书坊主人不仅自己策划刊刻，还亲自下场编纂小说。"古代通俗小说所形成的多种创作现象，如《三国演义》影响下的演义小说、《西游记》影响下的神魔小说和明末清初才子佳人小说的大量泛滥"都与商业传播的逐利性有很大关系。

明清小说也有自己的读者评价反馈机制，袁宏道曾评价《金瓶梅》说："伏枕略观，云霞满纸，胜枚乘《七发》多矣。"袁宏道大概就是最早一批的"学者粉丝"了。当然，最为今人熟悉的小说评价机制还是小说评点。早期小说评点以书坊主人组织的居多，所以大多以导读注释等内容为主，以便于普通读者阅读，比如评林本《三国志》、东观阁本《红楼梦》等。但是，渐渐有知识分子主动参与评点，他们的评点动机显然不是注释疏导，而是更倾向于书写读后心得，更接近读者而且是高水平读者的阅读体验的总结和升华。其中的优秀评点作品也得到了读者的欢迎，随着小说文本一起流行当世，比如金圣叹评点《水浒传》就是小说评点的经典之作。而且，金圣叹不仅评点《水浒传》，还根据自己的思考修订作品，将《水浒传》第七十回以后的内容全部舍弃，体现了强烈的主体意识和个性风貌。金声叹修订的这一版《水浒传》也是传播最广、影响最大的一版。这些文人评点小说都是出于对小说作品本身的强烈兴趣，甚至多次增删，反复批点，体现出纯然的爱好。而且评

---

① 陈大康《明代小说史》，上海文艺出版社 2000 年版，第 17 页。
② 冯梦龙《喻世明言》，三秦出版社 1993 年版，第 2 页。
③ 高鹗《红楼梦序》，一粟《红楼梦资料汇编》（上册），中华书局 2005 年版，第 31 页。

点与作者创作之间也是可能形成直接或间接的互动影响,脂砚斋就曾经记录了作者因为自己的劝告或建议而改变小说情节,当然这种独特的关系比较少见,但是知名评点家做作品的修订,以及评点作品对创作的影响和引导都发挥着重要作用,在无形中帮助提高了小说的艺术品质。精英阶层的接纳和喜爱无疑为小说作品的生存和上升提供了可能。当然,反过来,越优秀的作品,喜爱和参与评价的人数也会更多,商业利益也会更佳。

直到近代"小说界革命",梁启超发表《论小说与群治之关系》,提出"欲新一国之民,不可不先新一国之小说",小说在文学界的地位才真正有了起色并逐渐被接纳,而其中少数作品也确实上升并取得经典地位。通俗流行读物中最近上升为经典的例子应该就是金庸先生的武侠作品了,王一川主编的《二十世纪中国文学大师文库》将金庸作品收入,引起了不小的争论,但也说明了金庸作品经典地位的到来。

网络小说在文脉上继承了以明清小说为代表的传统通俗文学作品的传统,借助新兴的网络平台,阅读网站通过订阅、打赏等机制直面读者,直接接受市场考验,突破了传统纸媒对作品门槛和类型的诸多限制,形成了全新的商业模式①。所以,相对于明清小说,网络小说门槛更低,更加接地气,对读者大众的评价反应更敏锐,同时也更难以避免泥沙俱下的情况。而在文学评论领域,网络文学早期被注意的部分是其实验性、先锋性的作品,而其后发展壮大的网络小说,也就是面向读者的通俗文学部分,一直被认为难登大雅之堂。这样的生存困境,让我们回看几百年前明清小说的境遇,颇有同病相怜之叹。

网络文学似乎与传统的纸质文学存在着巨大的割裂,尤其是在经历了最初的充满实验性的阶段后,2003 年后,资本商业运作阶段的网络小说并不被

---

① 马季《网络文学接续古典"文脉"》,"马季品评畅销书"公众号 2021 年 3 月 4 日。

传统文评界所认同，双方之间存在着意见的鸿沟，主要意见就在网络小说进入的低门槛带来的低质量和迎合大众的通俗性等问题上。刘震云指出网络文学的不足："我也经常看发表在网络上的作品，有的不仅文学性不强，错别字也很多，一个首页要没有10多个错字就不是首页，还有的连句法也不通。从文字到文学，我觉得还差23公里。"① "畅销书文学中的绝大部分因为本身的局限性，成了新文学运动之前的中国传统渣滓的延续。"② 慕容雪村认为："网络文学这个词在十年之后会消失。"③ 网络文学界与传统文学的对抗和反驳也时有发生，当然这些不和谐的声音还是被控制在有限范围内，而且随着后来网络小说的异军突起而被消抹和遮蔽了不少。

网络文学没有消失，反而以另一种姿态日益壮大，并对中国当代文学产生着不容忽视的影响。陈村说："我当时觉得文学的标准应该是一样的，但实际上网络文学从一开始就走在不一样的路上了，它不是我想的那种能够出现另类的、实验性内容的写作，而是以抓取最多观众为目标的写作。"④ 普遍的认识是，早期的网络文学具有先锋性和实验性，是促进文学发展的新途径，但是自从资本进入，引发了商业化进程，网络文学成为通俗文学的网络化，割裂了雅俗的认知。当然，随着时间的推移，网络小说还是逐渐被接纳了，作家莫言认为："不管是网络文学，还是传统文学，本质都一样，都是文学。网络文学和传统文学并没有不可逾越的障碍，应该是互通的。"⑤ 正统的文学奖项"鲁迅文学奖""茅盾文学奖"都开始吸纳网络文学作品参评，但是网络小说依然被认为存在诸多缺陷，距离真正被接纳进入文学殿堂还有不小的距离。

---

① 朱四倍《网络文学离"鲁迅文学奖"有多远》，《时代商报》2010年3月13日。
② 夏烈《我和大神》，花城出版社2016年版，第46页。
③ 《慕容雪村：网络文学一词将消失》，中国作家网2009年11月6日。
④ 《陈村：我以为先锋的东西，网络并没有出现》，中国作家网2018年6月22日。
⑤ 《莫言：网络文学与传统文学将长期共存》，中国作家网2013年9月13日。

网络文学的文学性讨论一直是无法回避的热点问题。网络文学或者类型化的网络小说开始促使人们思考和更新对于文学与文学性的认识。有研究者认为，如果不拓展文学边界，则网络文学的大部分无法被囊括进去，传统的文学研究基本上不把它们作为文学对待，而无处安放的这部分正是今天在网络文学中占据了最大份额，也是资本聚集的活跃部分。

有人开始思考网络小说的发展出路，认为增强网络小说的文学性和审美价值还是必须要做的工作，网络媒介的作用和独特的作者读者互动方式，让网络文学呈现了独特的生产与传播方式。网络媒介改变了传统文学的存在方式，作品内容和艺术形式都发生了转型，而未来还是要提升品质，解决文学性匮乏的难题，避免对于技术的过分依赖。"网络文学永远需要从传统的精英文学中汲取营养，并用新媒介的锋芒去拓展文学的新空间与新价值。"[1] 有研究者认为，无论网络文学与传统文学有多么不同，也应该具有作为文学作品的基本品格，也应该是一种有为而作，要在自由与担当、市场导向与艺术追求之间谋得平衡。也有人悲观地认为网络文学是文学的衰落，当然这种论调还在少数，且欠缺说服力。

更多的还是积极的，对网络小说充满期待的论调。"网络文学已经走过了无人问津的草创期，也度过了备受指责的落魄期，已经发展成为一支不可小觑的文学新军。"[2] "类型化创作虽然商业化、功利化色彩过于浓重，有悖于文学的初衷，但反过来受市场主导的文学创作较之前些年杂乱无章的自由书写，又展示出一定的专业素养。点击量一直是网络文学以及其产业延伸的生命线，这意味着网络文学批评的建构维度必须兼顾读者的审美趣味、大众文化品位。"[3]

因此，也有人认为应该更注重网络文学的独特性，网络文学不仅是文学

---

[1] 欧阳友权《网络文学的昨天、今天和明天》，《文学界》（专辑版）2009年第2期。
[2] 欧阳友权《网络文学：前行路上三道坎》，《南方文坛》2009年第3期。
[3] 李小茜《从"网络性"回归到"文学性"》，《中国社会科学报》2018年5月25日。

或文本的问题，最大的特点是独特的传播方式带来的作者读者交互方式，以及由此形成的一系列文化影响，仅仅拘泥于以语言为中心的"文学性"，网络文学也许不可能和此前的人类文学积累同日而语，但网络文学的文学性可能是以语言所结构的文本。也有声音表明，网络文学研究者需要与时俱进，不能将网络文学的评价标准建立在单纯的文学性上。在严肃的文学之外，重视网络小说作为娱乐产业的功能，作为大众想象力代表的一面，建立完善的网络文学批评体制，评价网络文学的生态，积极介入网络文学生产。从比较文学视域、史论结合角度，以不同抓手摸索对网络文学的发展进行规律性探索，从对理论体系进行反哺，作出自己的贡献。

更有人建议悬置网络文学好或者不好的争论，也不必与纸媒上的传统文学进行比较。经过几轮跑马圈地后，网络文学将从喧嚣走向成熟，网络文学要走向规范化和经典化，甚至认为网络文学要向传统文学靠拢和融合，双方在相互博弈而不断地走向相互交融，那将是一个全新的、富于活力的文学时代。而随着网络文学的日益壮大，也确实开始影响到文学边界与经典边界，进而开始探讨网络文学诞生经典的可能性和方向，认为网络文学的经典化将主要依靠网络文学的生产和评价机制，而传统学术研究只会起着补充作用。而网络文学的类型化是粉丝选择和集体智慧的成果，其中蕴含着成就经典的力量，在关注文本之外的"外部研究"的同时，也要进入网文作品的语言和形式结构，作"内部研究"，并以内部研究为核心，作内外结合的研究。

总之，当我们充分认识到，网络文学与传统文学在传播媒介、评价机制、审美趣味、思想性等方面的差异后，网络文学将改写文学的概念，也对传统的文学理论造成冲击。表面上来看，网络小说所面对的舆论环境似乎比明清小说要友好宽容，经历了众声喧哗，从最初传统文学界的排斥质疑，到逐渐被接受，到现在渐有显学之势。也有人看到了网络小说对明清小说乃至中国文化传统的继承以及相似的历史境遇和发展路径。"网络文学极少有效仿现代文学之作，取法古人的却比比皆是。中国古代流传至今的文学经典往往都曾流行于民间大众当中，书场、茶社是其生根发芽的场所。网络文学通过网络辽阔的虚拟空间，实现了与大众的心灵契合与对接，在这一点上，网络文学与古典文学的存续有相通之处。""而网络文学兴起后，'新文学'传统基本被绕过去了，网络写手们直承中国古典小说写作传统，重新面对'看官'，这不仅是出于一种文化上的亲缘性，也是出于生产机制上的相通性。"①

所以网络古言小说所面临的困惑与质疑，几百年前，它所模仿的明清小说也都实实在在地经历过，并且经过历史的锤炼，走出了自己的道路。而网络古言小说，在网络小说中虽然是数量庞大的一部分，也不乏闪光点值得探讨，但也并未出现真正受到重视的高水平经典之作，前面还有很长的路要走。它呈现着怎样的面貌，通过前面几章的讨论，我们已经基本有了一个初步的认识，总的来看呈现出这样的趋势：

一、选择主题，汲取素材

目前来看，网络古言小说从中国文化传统中汲取素材的方式是多变的。比如，有些作品以真实的历史事件和人物进行创作，尽量贴合历史，更接近传统文学的历史小说。《燕云台》是有真实历史背景的小说，女主人公萧燕燕是辽代的女政治家，是"杨家将"中著名的萧太后，这部小说"在历史的尘埃中整饬衣冠，照出新时代的思考"。从素材选取到人物塑造，《燕云台》都更接近传统纸媒的历史小说。《柔福帝姬》《孤城闭》也是以真实的历史事件和人物所进行的类似创作，更偏向于历史人物个人情感面的揭示。

另外，也有不少作品不再拘泥于历史材料的束缚，在历史大框架真实的基础上，加入虚构人物虚构故事，或者展开想象，呈现历史基础上的合理想象，更多地展现作者个人的解读阐释。《大唐探幽录》以唐代的真实历史背景

---

① 邵燕君《网络时代的文学引渡》，广西师范大学出版社2015年版，第206页。

为画布，对高宗武帝时的历史事件展开大胆假设，丰富想象。《三更桃花鼓》则是探索唐宋湮灭的历史事实。马伯庸的《三国机密》是在熟悉历史史实的基础上，偏要做翻案文章，进行反转式的想象，想象如果后主刘禅有一个孪生兄弟，没有那么懦弱，反而怀着力挽狂澜的抱负，那么，天下又将怎样。《谁说京官有钱有肉？》《盘秦》《玩宋》，则是在真实的历史背景上，虚构人物描写市井人生，风物百态。

而更多的古言小说是像《鹤唳华亭》一样，并没有固定的历史文化渊源，而又整体体现着对传统文化的传承。《鹤唳华亭》这部小说的名字来源于西晋陆机的故事，陆机出身名门，文采卓绝，一代名士卷入政治斗争死于帝王之怒，甚为可惜。临刑前，陆机回忆身经的繁华过往，感叹说："华亭鹤唳，可复闻乎？"小说中的国号南齐似乎与历史上南北朝时南朝第二个王朝齐相呼应，而且南齐皇室确实姓萧，但叙述的故事显然并非南齐历史史实，且出现的很多名物细节、社会风俗又都是宋代之后才有的，整体社会风貌更多取材于宋代。所以这是一部融合了各种历史文化传统元素的架空小说，处处融入了传统文化的影子。当然，我们前文所讨论的同人和仿作，更是直接体现了传统小说尤其明清小说对网络古言小说的深刻影响。

大多网络古言小说都是这样，杂取种种，而形成一个的模式。但是通过这些充满拼贴元素构成的文本所言说的主题，又是文学作品常见的，甚至相当平庸，迎合着普罗大众的爱好，无意挑战。如本书前面所讲，在主题的选择上，没有脱离传统小说所关注的内容，比如爱情、亲情、成长等都是常见的主题。在这些常见的主题中，有读者熟悉的一般性思考，比如对于爱情美满的描绘和追求，古今有着一致的追求，网络古言小说与泛滥一时的明清言情小说在爱情理想上的诸多追求如出一辙。但是也不可避免地融入了对当下现实的反映和思考，比如在爱情上因为以女性视角为主，所以对爱情的关注倾注了当代女性的美好理想。在亲情的描述中，虽然置身于类似传统封建伦理的环境，却并不尊崇和驯服于这样的制度，反而以此作为制造戏剧冲突的矛盾集中点，作者的目的在于通过突破这些不合理的桎梏来实现人物尤其女主人公的成长蜕变，从而成就每个读者心中最好的自己，而且也处处影射着现实中的人际关系和社会心态。所以古言小说的选材立意是杂收并蓄，于古中见今。

二、写人化物，结构故事

如前文提到的，网络古言小说的人物尤其女主人公是一切的起点和中心，与才子佳人小说中花容月貌面目模糊的小姐们不同的是，古言女主人公们的形象要丰富立体得多，一直是小说描写的中心。不少作者认为人物塑造是他们创作中最重要的任务，有的作家创作之初只是有一个人物的设定，并随着人物设定展开故事，只要人物设定好，读者嗑得上头就愿意追文，所以主人公塑造的成功与否直接决定着网络小说的成败。也正是在这样的动力和压力之下，女主人公的类型在短短二十年间不断发展，走了一条由较为单一而逐渐多样化的类型化道路。

早期的人物如《步步惊心》中的若曦是比较典型的早期女主，通过穿越实现了小人物白日梦的逆袭，锦衣玉食阶级提升，她周旋在几位皇子之间收获了丰厚的爱情与友情，展示出人人都爱我的玛丽苏女主状态。而她每日忧心忡忡，能力不足却总希望能够拯救一切的牺牲，也是赚了不少眼泪，现在看来多少有些过时和矫情。《三生三世，十里桃花》中的白浅显然就有些美强惨的样子了，被虐得很惨后也勇于报仇，并不装柔弱，与夜华爱恨交缠，干脆执着。《庶女有毒》中的李未央开启了复仇爽文中的腹黑女主模式，将重生后报仇雪恨虐渣打脸的技能拉升到最高。《十一处特工皇妃》中的楚乔武力值爆表，将儿女私情融入家国大义。《知否》中的盛明兰善良通透，致力于自己安安稳稳的小日子，用智慧和心思将自己庶女的人生转折为人生赢家，《庶女攻略》中的十一娘与之类似，不过在宅斗中锻炼得心机更深沉，对情爱并没有太多执着，权衡利弊过日子才是她们的最终追求。《长嫡》的傅明华也是宅斗能手，她腹背受敌，父母亲族共同造成了她一世悲剧，这一辈子她靠着重生的"金手指"结结实实大杀四方，最终登上皇后宝座。还有不少不那么有追求不那么出色的女主，《金陵春》中的周少瑾虽然有着上一世的教训，但是依然软弱胆怯，可是她幸运地遇到了强大的男主，背靠大树好乘凉，被细心呵护继续天真。《折腰》中的小乔也是类似的设定，负责貌美如花，自然有人心甘情愿为她捧上一切。《匪心记》一反大部分古言小说的情感洁癖，女主是个实实在在的青楼花魁，出身风尘，有情有义，敢爱敢恨，通透玲珑，像泥里的野花泼辣大胆地盛放，光芒无限，而最后结局也并非大团圆，男女主阴阳两隔，但不妨碍真情感人。《东宫女官》的女主是东宫的宫女，辅佐的就是那个大名鼎鼎的胤礽，女主的故事就是将保姆工作作为事业，认认真真地经营，将历史中无能的太子培养成才，全文没有涉及爱情。女主人公开始关注更多的东西，认认真真度过自己的人生，不再将幸福系在别人身上。我们看到作者们描写出这各式各样的女主人公，每个都有鲜明的倾向，性格也大多只强调某一个侧面，或聪慧或果敢或娇憨或恬淡，还是偏于简单化、扁平化，换言之，还是类型化的人物，但这里的类型是多样化的类型，是在不断尝试不断改变的类型，其中酝酿着无限可能。

男主在古言小说中基本处于镶边的位置，是锦上添花的美好，但不是与女主处于平等位置的小说环绕的中心。男主虽然身份地位贤愚美丑也各有区别，但几个基本的特点一直没有太大变化，强大可靠，深情不移，尊重有责任感，这大概是当代年轻女性经过百转千回后总结出来的对理想男友的终极要求，所以，在一部部作品中重复强调，巩固成男主人公不可更改的基本特质。

古言小说大多是所谓"古风写作"，"'古风写作'即以中国传统文化为基调的半文言半白话的小说写作风格已经形成固定的读者群体，对于当代作家来说，其最直接的临摹对象是明清章回体小说"①。网络古言小说在结构框架上，沿袭传统的章回体，通过章回划分故事阶段，并且几乎在每回末尾都会留有悬念，这与传统小说的且听下回分解也是一样的作用，都是面向读者、吸引阅读的一种惯用手法。而其中最重要的变化，还是对人物的重视和叙述主体的变化，传统小说受到史传和讲史的影响，一直保持着一种外在的第三者的叙述视角，营造了尽量疏离客观的氛围，时不时会抽离出来进行思考和评价，也以此时时提醒读者。网络古言小说则是一切围绕人物，并且强调人物视角的主观性和沉浸感，给读者更真实深入的阅读体验，而且普遍是Happy Ending，拖着光明的尾巴，在盛衰生死等问题上，都迎合了大众的心态，多做欢歌。

三、走过传统，塑造自我

对于中国传统文化尤其是明清小说的世界，网络古言小说所表现出的各种吸收借鉴的现象，是致敬和向往的表现。为什么一定要回到古代社会背景下去展开故事呢？诚然，那是一个离现实遥远的场景，更容易发挥想象，天马行空。但其中更有着当代人的浪漫的情怀，有着对遥远年代光辉文明充满自豪的演绎。同时，网络古言小说直面传统小说尤其是明清经典之作，其实也是一个祛魅的过程，是打碎重塑的过程。变形、颠覆、反经典，是摆脱对经典敬畏的过程。"平民话语终于有机会同高贵、陈腐、故作姿态、臃肿、媚雅、世袭、小圈子等话语并行，在网络媒体上至少有希望能打个平手，并且感受到：网络就是群众路线，网络文学至少在机会上创造了文学面前人人平等的局面。"② 这种后现代语境在《悟空传》《三国机密》等反转传统的作品中体现得非常鲜明，通过阐释和变形去颠覆我们一直以来背负的经典包袱。 比

---

① 邵燕君《网络文学经典导读》，北京大学出版社2016年版，第199页。
② 欧阳友权《网络文学的学理形态》，中央文献出版社2007年版，第272页。

如通过穿越，将现代人的思维和智慧代入古代社会，取得优势甚至独占鳌头，这是一种愉快的战胜过去的过程，也是我们摆脱历史包袱的一个方式。而解构的同时也是重塑自我的机会，比如穿越、重生、架空等独特的时空线索，已经成为网络文学的重要标签。

而且，网络小说当下也不仅仅局限于网络平台，大量优质网络小说也在纸媒出版，读者范围进一步扩大，也为传统出版业带来生机。并且网络小说影视 IP 的改编屡创佳绩，比如这几年大获成功的《甄嬛传》《琅琊榜》《花千骨》《知否》《镇魂》《陈情令》等都是知名网络小说改编而成，由网络文学圈子的内部自嗨转变为更大范围的追捧，掀起了网络小说影视化的热潮，在很大程度上弥补了影视行业内容匮乏的问题，满足了大众的审美享受需求。也有人倡议网络文学利用高端数字技术，发展阅读新空间，"突破平面印刷文学惯例而走高端技术化的发展道路，充分使用数字媒介特别是不断升级的计算机、互联网提供的技术手段和媒介功能，致力于开拓文学的生产空间，积极探索新的文学表达和审美可能，从而把中国式的'网络文学'提升为真正意义上的数字文学"[①]。在这方面，一些将文字与互动图像结合的新型阅读网站的方兴未艾已经让我们看到了发展的可能，至于技术会将文学带入什么样的新天地，则还需要一段时间的观察考量。另外"如今中国网络文学已经走出国门，一大批优秀网络文学作品被翻译成多国语言，向海外传播，成为中华文化走出去的一个特色'注脚'"[②]。中国网络文学在国外的悄然走红，也让我们看到了其在传承与发扬优秀传统文化环节中的又一增长点，当然相比于日本的动漫、美国的好莱坞电影、韩国的偶像文化，中国网络文学的影响还只能算刚刚起步，不过这是中国优秀传统文化走出去的一个良好契机，也让我们看到了网络小说发展的强劲势头。所以，虽然还是要说，网络小说的未来会

[①] 单小曦《网络文学发展的新空间》，《人民日报》2011 年 9 月 23 日。

[②] 《程云峰：网络文学不等于"快餐文学"》，中国新闻网 2019 年 4 月 30 日。

有很长的路要走，但至少我们从网络小说实际取得的成绩看到了多种可能性，看到了无限空间。

卡勒指出：文学是文本交织的或者叫自我折射的建构，"也就是说先前的作品使它们的存在成为可能，它们重复先前的作品，对它们进行质疑和改造"①。所谓交织，实际上就是互文性（intertextuality）。而这一定程度上将某部或某类新近作品与它的传统和历史联系在了一起，成为其意义不可分割的一部分。因此，无论怎样的颠覆，都是从传统出发，在颠覆与解构中体现文化传承的内核，最终还将放弃偏激，再次回归传统。传统虽然给我们包袱，但也提供营养，所以最终的和解是必然的。尤其在中国的文学传统中，并不强调古今冲突，往往是复古与创新并举，以传统的外壳承载现实之思。在网络媒介下，古言小说展现了对于优秀传统文化的大众化解读，比如对历史的不同解读，人物类型化中的不断突破，对女性形象的各种想象等。当然其中也不无忧虑，尤其是庸俗化的讨好大众的内容。在当下欢乐叙事、游戏心态和大众狂欢的节奏中，我们也感受到网络文学面临的别样危机。作家与读者的互动也可能变为一场对双方的绑架，作者不断以读者的期待取悦勾引读者的阅读行为，读者以评论打赏等机制要求刺激折磨着作家的写作路径，而共同催生了网络文学目前的面貌。网络文学的生成机制已与传统的纸媒文学大异其趣，而怎样走向经典、走近经典，使经典凸显，甚至转化为经典，还是值得思考的。

以邵燕君为代表的"学者粉丝"一直在探讨着网络文学经典化的问题，并试图建立标准：

网络类型小说（"传统网文"形态）的经典性特征——其典范性表现在，

---

① 乔纳森·卡勒《文学理论》，辽宁教育出版社、牛津大学出版社1998年版，第35～36页。

传达了本时代最核心的精神焦虑和价值指向，负载了本时代最丰富饱满的现实信息，并将之熔铸进一种最有表现力的网络类型文形式中；其传承性表现在，是该类型文此前写作技巧的集大成者，代表本时代巅峰水准。并且，首先获得当下读者的广泛接受和同期作家的模仿追随。其流传也未必是作品本身被代代相传，而是被后来作家不断致敬、翻新乃至戏仿、颠覆，成为在该类型文发展、转化进程中不可绕过的里程碑和基础数据库；其独创性表现在，在充分实现该类型文功能的基础上，形成了具有显著作家个性的文学风格，对该类型文的发展进行创造性更新。超越性在于，在典范性、传承性、独创性都达到极致状态的作品，可以突破其时代、群体、文类的限制，进入到更具连通性的文学史脉络，并作为该时代、群体、文类的样本，成为某种更具恒长普遍意义的"人类共性"的文学表征。①

影响的焦虑是每个时代都要经历的，网络古言小说在接受与逃离传统之间的拉扯，受到影响，并不一定只带来模仿，也会激发独立精神，促成超越。"诗的影响并非一定会影响诗人的独创力；相反，诗的影响往往使世人更加富有独创精神——虽然这并不等于使世人更加杰出。"②所以，网络古言小说也会有它的路，甚至有可能走向经典，我们希望和期待着这样的可能性出现。

---

① 邵燕君《网络文学的"断代史"与"传统网文"的经典化》，《中国现代文学研究丛刊》2019年第2期。

② 哈罗德·布鲁姆《影响的焦虑》，生活·读书·新知三联书店1989年版，第6页。

后记

  我的写作初衷很简单，只是因为我对于网络小说尤其是古言小说的个人爱好。我真的看了太多的古言小说，所以可以说这是一本由兴趣而来的书，能将爱好转化成自己的工作，是我的幸运。我执着地相信传统的力量一直都在，我在阅读中时时有所感受，古言小说中特别明显。因为这些文字读来觉得亲切，所以我自然而然生出将阅读的感受和自己的专业化作文字的冲动。事情想得很简单，操作起来发现步步艰难，感觉每要说一个话题都储备不足，书到用时方恨少的悲哀就是我这样的半瓶子醋经常要面对的吧。

  白驹过隙，岁月留痕，到现在，我还记得写第一本书时的艰辛，而这次的感觉是加倍的艰难。可能因为年纪大了，事情多了，上有老下有小，自己卡在中间，很多事身不由己。经常是夜阑人静，孩子睡了，我听着古风歌开始每日份的写作。你知道凌晨两点的北京是什么样吗？我经常看。但我的思想包袱没有以前那么重了，不再瞻前顾后，有了想法就写出来，享受说出自己的乐趣。

  在这里，要特别感谢一路帮助我的师友。感谢张庆善老师痛快答应为我写序；感谢方宁老师听我诉说关于这个选题的困惑，借给我第一笔"启动资料"；感谢马季老师热情支持，慷慨解答；感谢许苗苗为我解惑，引我摸到路径；感谢侯羽老师爽快襄助；感谢燕大出版社的朱红波编辑。

  最后，我要对老公说几句，南先生是最不像小说男主的老公了，我在他那里完全没有实现过什么爱情白日梦，所以我这么爱看言情小说可能也是在找些补偿。但是 2020 年春天，我老公让我看到了他也有小说男主的担当，我最无助时他一直让我依靠，虽然还是不会浪漫很会说教，但我感觉，挺幸福的。

  2020 年于大家都不容易，于我也是分外艰难，2021 年这本书惊喜出炉了，我很开心，一饮一啄，莫非前定。越是年纪大了，越是懂得每一次实现愿望的艰难，所以特别感恩，特别知足。最后，祝大家身体安康，轻松地做自己吧！

2021 年四月芳菲中